文春学藝ライブラリー

日本人の戦争

作家の日記を読む

ドナルド・キーン
角地幸男 訳

文藝春秋

日本人の戦争——作家の日記を読む　目次

初出誌　「文學界」二〇〇九年二月号
単行本　二〇〇九年七月　文藝春秋刊
文春文庫版　二〇一一年十二月刊
本書は文春文庫を底本としています。
DTP製作　エヴリ・シンク

日本人の戦争——作家の日記を読む

序章

戦時の日記

この本は、主に大東亜戦争が始まった昭和十六年（一九四一）後半から、連合軍の日本占領の最初の一年が終わる昭和二十一年（一九四六）後半まで、五年間にわたって日本の作家たちがつけていた日記の抜粋によって構成されている。ここに登場する日記作者は永井荷風を除いて外国では知られていないが、いずれも戦前ないしは戦後の日本でかなり知られた作家ばかりである。中には、五年間の日々の考えや行動を詳細にわたって記している日記作者もいる。しかし比較的短い期間につけられた日記にも、勝利と敗北の日々の作家たちの生活が見事に活写されている。

いわゆる職業作家でない人々が同じ時期につけていた日記も無数にあって、その抜粋集も幾つか近年出版されており、中には英語に翻訳されたものもある(1)。おそらく、さらに多くの日記が家族の手によって捨てられたか、あるいは処分されたかしたのは疑いのないことで、家族の人たちは自分の父や叔父、あるいは祖母が記録した日常の出来事など誰も興味がないと思ったに違いない。こうした「無名の」作者たちによって書かれた日記に繰り返しが多いのは、自分の経験を際立たせる文学的技巧が欠けているからで、それでも時には心からの叫びがあり、たとえ表現はぎこちなくても読む者の心を打つ。数行でもいいから記憶に残る一節を見つけるために、すべての日記を読むことが出来たらいいと思うが、それは終わりのない仕事で、とてもわたしの手の及ぶことではない。わたしが代わりに選んだのは、比較的数が少ない著名な作家たちの日記について書くことだった。

わたしが日記に興味を持ち始めたのは太平洋戦争のさなかで、(アメリカ海軍の情報将校としての)三年間の主な仕事は、押収された文書を読むことだった。その中に、日本の兵士や水兵の日記があった。おそらく最後の一行を書いた後に太平洋の環礁の上か海の中で死んだに違いない人々の苦難を綴った感動的な日記を読んで、わたしはどんな学術書や一般書を読んだ時よりも日本人に近づいたという気がした。

この本に登場する作家の中で伊藤整、高見順とわたしはかなり親しかったし、永井荷風と平林たい子には短時間だが会ったことがある。山田風太郎には会ったことがないが、同じ年に生まれて同じ本をたくさん読んでいることで、二人の間に絆のようなものを感じた。知り合っておけばよかったと思うのは渡辺一夫で、これは東大仏文科の学生たちに数世代にわたって崇拝された学者である。

わたしは論じる対象を概して日記に限ったが、時には日記と同じ頃に発表された新聞や雑誌の記事も使った。しかし後年になって書かれた回想録や小説作品は、その対象に含めなかった。わたしが書きたかったのはあくまで個人の日記についてで、当時のすべての日本人が生きていた状況についてではなかった。わたしは、政治的ないしは文化的活動の全体像を描こうと試みたわけではなかった。しかし極めて多彩な視点と方法で書かれた数々の日記は、日本の歴史の重大な時期における日本人の喜びと悲しみを暗に語っていると信じている。

主な日記作者たち

永井荷風は太平洋戦争が始まった時、すでに老大家だった。昭和十二年（一九三七）に発表された荷風の最新作「濹東綺譚」は一般読者から熱狂的に受け入れられ、批評家たちは荷風の傑作として絶賛した。しかし同年に起った支那事変によって、政府は国民の戦意を昂揚しない（荷風の小説のような）作品の出版を思い止まらせるか、全面的に阻止する指令を出した。出版社はこうした指令に脅え、一世を風靡《ふうび》する流行作家だった荷風の新作は、戦時中ほとんど姿を見せなかった。それで荷風が金銭的に困ったわけではなかった。荷風はかなりの額の遺産を相続していたし、これまでに書いた作品の印税で暮らしていくことが出来た。荷風は戦時中にも短篇を書いたが、その多くが発表されたのは戦後になってからである。

戦時中の荷風の主たる文学的活動は、大正六年（一九一七）からつけている日記を書くことだった。荷風はこの日記を、どこへ行くにも（預金通帳と一緒に）持ち歩いた。荷風の作品を読んだことのないような人々でも、こういうちょっとした噂は誰でも知っていた。また荷風はあまり写真を撮られなかったが、例外は浅草の踊子たちと一緒の写真だった。こうした評判のお蔭で、戦時中の荷風は警察の眼には害のない年寄りの奇人と映っていた。荷風は幸運だった。警察は荷風を尋問することがなかったし、荷風の日記を読もうともしなかった。荷風は政府批判を容赦しなかったが、荷風の日記にはほとんど各ページにわたって軍部に対する反感が語られていた。荷風が軍部の愚かしさを嘲笑し、また苛立ちを覚えたのは、軍部が始めた戦争が荷風の好物である英国の紅茶を荷風から奪ったからだった。どうやら荷風は、日記を自分の最も重要な仕事と見なしていたようだった。この判断に同意する批評家たちもいて、彼らは荷風の鋭い観察と全篇を引き締めている簡潔な文語体の文章を称賛している。しかし荷風が後世に記憶されるのは日記よりむしろ、崩壊した後もなお荷風が愛し続けた東京の昔を描いた短篇や随筆によってではないかと思われる。

人気作家の高見順は、戦時中（そして戦後）の日々について最も広範囲にわたる日記を書いた。高見の日記は昭和十六年（一九四一）一月から始まっていて、その日、高見はインドネシアへの旅に向けて東京を立った。日記が昭和四十年（一九六五）に出版された時、高見はその序文に次のように書いている。これまで日記をつけたことがなかったのは、マルクス主義運動に関係して昭和初年に検挙されて以来、警察が定期的に家宅捜索をする恐れがあったからだった。高見が警察の監視の眼から逃れる機会を与えられたのは、政府の報道班員としてバリ島に徴用された時だった。報道班員としての仕事の具体的な性格についてははっきりしたことは述べていないが、高見はバリ島の人々に同情し、白人の植民地支配からの解放を心から望むようになったと書いている。これは左翼、ならびに日本の軍国主義者の考えが一致するテーマだった。

高見は短期間日本に戻ったが、昭和十六年十二月の日米開戦直前に軍の徴用を受け、日本が占領した東南アジアの国々の指導者たちとの絆を強めることを目的とした作家など知識人から構成されるペン部隊の一員としてビルマへ派遣された。高見はビルマの高官たちと親しくなり、高官等はビルマを英国人から解放してくれたことで日本に感謝の意を表明した。

いったん日本に戻った高見は昭和十九年（一九四四）、ふたたび軍の徴用で中国と満州に派遣された。中国で多くのことに関心を示しているが、中でも中国人に対する日本軍部の残忍な行為を目撃したことに高見は鮮烈な印象を受けた。こうした中国体験は、翌年九月に始まったアメリカ人の日本占領に対する高見の反応に影響を及ぼすことになる。

昭和二十年（一九四五）三月十日に最悪の空襲が東京を襲う直前、高見は中国から戻った。見たところ、未だに警察を恐れていたようだった。高見の日記には、当時の日本を覆っていた軍国主義に対する反感をあからさまに表現した一節はどこにもない。戦時中の高見は軍部に協力せざるを得ないと感じていて、あとで自ら深く恥じ入ることになる作品を幾つか書いた。終戦間際に日本人が総動員されそうな雲行きになった時、いつでも天皇のために死ぬ覚悟は出来ている、と高見は妻に語っている。

高見は、（はっきりそう書いているわけではないが）敗北でもいいから戦争の終結を必死に望んでいた。いざ終戦になった時、初めは敗北の現実に憂鬱になったが、自分も含めてすべての日本人がその上陸に脅《おび》えていた占領軍が、それまで自分の経験したことのない自由をもたらしたことを知って高見は陽気になる。

わたしは、高見の日記に心を動かされたことはあっても驚いたことはなかった。高見が日記で示した態度は、小説その他から受ける高見の印象と一致していた。しかし伊藤整の日記に、わたしはかなりのショックを受けた。特に戦争勃発直後の日記に出てくる人物は、わたしが知っていた柔和でユーモアに富む親切な人物とは似ても似つかなかった。昭和十六年の戦争勃発は、たしかに数多くの平凡で好戦的でない日本人の中にも熱い愛国心を呼び起こした。しかし「アングロサクソン」の列強を破ることが、日本人が世界で最も素晴らしい人種であることを示す好機である、と伊藤のように戦争に狂喜した日本人はごくわずかしかいない。

伊藤は英文学の翻訳家で、一九三〇年代前半に出た日本初の「ユリシーズ」の翻訳を手がけた仲間の一人だった。伊藤の初期の小説はジェイムス・ジョイスの顕著な影響を示していて、ジョイスを自分の「師」と呼んでいた。難解なジョイスを翻訳するという緊張の連続が、「アングロサクソン」に対する伊藤の憎しみを煽《あお》ったであろうことは容易に想像できる。そして伊藤は、自分たち日本人が英文学の中でも一番難解な作品を翻訳したにもかかわらず、「アングロサクソン」は現代日本の文学に何も関心を示さないという事実に憤慨したかもしれない。しかし伊藤が日記の中で示した憎悪は、翻訳者として感じる欲求不満の域を超えている。その柔和な物腰にもかかわらず、伊藤の内にある激情的な何かが日記に捌《は》け口を見つけたのだった。

山田風太郎の日記を読んでわかったのは、それまで人は読んだ本によって自分の性格や信念を形成すると思っていたわたしの考えが間違いであるということだった。山田とわたしは、ほとんど同じ時期に同じ本を読んでいたにもかかわらず、二人の世界観は根本的に違っていた。山田は日本の勝利を心から望んでいたし、勝利以外の終戦は想像することさえ拒否していた。東京空襲を目撃した後もなお、日本は降伏すべきでないという山田の確信が揺らぐことはなかった。戦争が長引けば無数の死者が出て、国が完全に滅びるかもしれないことを、山田は知っていた。しかし、最後の一人まで戦うように呼びかけている。敗戦後、山田は復讐を訴えたが、それは多くの日本人が新しい自由を歓呼の声で迎えた中での孤立した声だった。

濫読家の山田は、空襲のさなかでも本を読むことをやめなかった。昭和二十年の日記は、山田が一年間に如何に多くのヨーロッパ文学と日本文学を読んだかを明らかにしている(2)。医学生(そのため兵役を免れていた)としての山田は、忙しすぎてヨーロッパの小説を片っ端から読み漁っている暇などないはずだった。しかし日記には、医学書はほとんど出てこない。

昭和二十年という年は山田がよく知っていたように、ドイツがまさに崩壊に瀕し、アメリカ軍がマニラに接近し、東アジア全域が米軍機の意のままにされようとしていた時だった。その年、山田は「日本に穏やかなる政治家は要らず。欲するはむしろロベスピエール、ダントン、マラー或いはクロンウェルの徒」(3)と日記に書いている。

他の日記作者たちは、いわば時代を叙述する語り手として高見や山田ほどの役割は果さなかった。残念ながら、この時期の最も偉大な作家である谷崎潤一郎の戦時中の日記は、あまりに興味に乏しくて引用したいという気にならなかった。それと対照的に、谷崎ほど有名ではない清沢洌《きよし》の日記は、軍部に率直に反対を表明していることだけとっても繰り返し引用するに値した。清沢が日記を書き始めたのは、昭和十七年（一九四二）十二月だった。友人の中央公論社社長は、日記をつけることが危険であることを清沢に警告する。清沢にも不安がないわけではなかった。しかし、次のように記している。

大東亜戦争は非常なる興亡の大戦争也。筆を持つ者が、後世のために、何らかの筆跡を残すは、その義務なるべし。すなわち書いたことのない日記をここに始む。将来、大東亜外交史の資料とせんがためなり。(4)

清沢は日記の隠し場所に慎重だったし、人との会話にも注意を払っていたにもかかわらず、自分が憲兵隊に検挙されたという流言が、すでに何十回も出ていると日記に書いている(5)。しかし、重臣と閣僚の間でさえ誰も真実を話さない以上、自分が真実を話さなければならなかった。「日本には正直に政治を語る機会は全くないのである」(6)と清沢は書いている。

米軍が占拠する直前のサイパン最期の日について書かれたタイム誌の記事が日本語に翻訳され、主要な日本の新聞に掲載された。記事は凄愴極まりないもので、女性や小さな子供たちが、アメリカ人の捕虜になるよりはと断崖から飛び降り自殺したことを報じている。清沢が啞然としたのは、自殺した女性やその子供たちに対して新聞が惜しみなく与えている称賛の言葉だった。読売報知の記事は「日本婦人の誇りよ、昭和の大葉《おおば》子《こ》」と死んだ母親を称え、東京帝大の某教授は「百、千倍の勇気湧く、光芒燦《さん》たり、史上に絶無」(7)と発言している。

清沢の結論は、こうだった。「日本が、どうぞして健全に進歩するように――それが心から願望される。この国に生れ、この国に死に、子々孫々もまた同じ運命を辿るのだ。いままでのように、蛮力が国家を偉大にするというような考え方を捨て、明智のみがこの国を救うものであることをこの国民が覚るように――。『仇討ち思想』が、国民の再起の動力になるようではこの国民に見込みはない」(8)。

わたしはこの本に二人の女性の日記を引用したが、二人は著しく対照的である。梨本《なしもと》宮《みや》伊都《いつ》子《こ》妃は、米本土を爆撃してアメリカ人に日本人と同じ苦しみを味わわせてやれなかったことが残念でならなかった。平林たい子は八月十五日、同じ村のよその家がまだ暗いままでいるにもかかわらず、嬉々として灯火管制の電燈の覆いを取ることで戦争が終わったことを祝った。

日記は、それが詳細なものであれ断片的なものであれ、作家たちには極めて重要なものだった。永井荷風は焼夷弾爆撃を浴び、所持品のほとんどすべてを失ったにもかかわらず、日記は救った。内田百閒《ひゃっけん》は自分の家が空襲で焼けた後、水も電気も便所も何もない小屋に避難したが、翌日、最初にやったことは数日来書けなかった日記に新しい出来事を書き入れることだった。高見順と伊藤整は日々詳細に日記をつけたが、さぞや日記を書くことは他の作品を書く邪魔になったに違いない。徳川夢声は、自分の日記を妻が田舎の安全な場所に送ったと知って愕然とする。夢声が恐れたのは、途中で日記が紛失することだった。

もしもこれらの日記が永久に出て来ないとすると、あとをつける張合が無くなる訳だ。揃っていないと価値は甚だ減少する。もっとも、私の日記なるもの、少年の頃からずっと毎日つけてあるものでもなく、近年に到っても穴だらけである。それでも昭和四年頃からずっと今日まで、途切れ途切れながら、私の生活の記録となっている。

(中略)

私は、明らかに後日、他人から読まれることを、予想し希望し、これが何らかの意味で人類に役立つことを願っている。自分というものを認めて貰いたい、という欲望もたしかに含まれている。とは言え、そんな機会は甚だ稀れであって、大抵は私の死

と共に、無意味な紙屑となること、これも予想している。(9)

最初から日記を発表するつもりだった日記作者は、ほとんどいなかった。彼らは後世の人々が自分の日記を読み、自分やその生きていた時代がどういうものであったか知って欲しいと思っていたが、日記が個人的な記録であり私的な文書だという考えを捨て切れなかった。永井荷風は、日記の一部を発表するのが新たにエッセイや短篇を書くより楽であると気づいた戦後最初の作家だった。他の日記作者たちは、高見順のように十五年か二十年待ってから発表した。伊藤整のように、自分が生きている間は発表を許さなかった作家もいる。伊藤は、あるいは自分の戦時の熱情に戸惑いを覚えたかもしれない。しかし伊藤が死ぬ頃には、多くの人々は伊藤（および他のすべての日記作者）の戦時の感情の発露を許す心の準備が出来ていた。

この本が生まれるきっかけとなった数々の日記はすべて公刊されていて、戦前戦中戦後の時代史の研究家にはよく知られたものである。しかし意外にもこれらの日記は、日本の大東亜戦争の勝利の一年間と悲惨極まりない三年間について語る人々によって、時代の一級史料として使われたことがほとんどない。

第一章　開戦の日

英米との戦争が勃発したことを知って、これまで日記などつけたことのない者まで含めて、数多くの日本人が日記を書き始めた。この戦争が日本の歴史の一大事件となるに違いないと信じ、新聞に報道される新しい事態を刻一刻と日記に記録することで、栄光の時代を記憶にとどめようとしたのだった。作家、ないしは後に作家になった人々の日記は、中でも一番興味深いものだった。それまでの政治的立場に関係なく、作家の多くは憑かれたように戦争に熱中した。かつて思想犯として獄中にあった左翼文芸評論の中心的人物青野季吉《すえきち》（一八九〇―一九六一）は、英米との開戦を知って、いよいよ自分にとって来るべきものが来た、天皇陛下の臣下として一死報国の時が来たのだ、と書いた。明けて昭和十七年（一九四二）一月一日、青野は日記に書く。

○じつに四海波静かと云ひたい明らけき日。天地も亦《また》、この戦勝の新年を歓呼するが如し。日本は神国なりと云ふ感が強い。(1)

多くの人々、とりわけ軍の中枢を嫌っていた人々は、英米のような強敵と事を構えることが妥当かどうか、かねてから疑問に思っていた。しかしそうした疑問は、高まる愛国心の中で一掃された。開戦の年に日本の陸海軍が目覚しい勝利を収めるごとに、人々の愛国心は強まっていった。相次ぐ勝利に国中が沸いた異常な興奮の中で、ごく少数の日記の筆者だけが冷静だった。中でも一番動じなかったのは、おそらく永井荷風(一八七九―一九五九)である。昭和十六年十二月八日、荷風は日記に書く。

十二月初八。褥中《じよくちゆう》(引用者注・寝床の中で)小説浮沈第一回起草。晡下《ほか》(引用者注・夕暮れ)土州橋《どしゆうばし》に至る。日米開戦の新聞号外出づ。帰途銀座食堂にて食事中燈火管制となり街頭商店の灯追々消え行きしが電車自動車は灯を消さず。六本木行の電車に乗るに乗客押合ふが中に金切声を張上げて演説をなす愛国者あり。(2)

四日後、荷風は書いている。

十二月十二日。開戦布告と共に街上電車飲食店其他到るところに掲示せられしポスタを見るに「屠《ほふ》れ英米我等の敵だ。進め一億火の玉だ。」とあり。現代の人の作文には何だの彼だのと駄の字をつけて調子を取る癖あり。駄句駄字と謂ふべし。(3)

戦時を通じて荷風は、日々眼にする愛国主義の示威に侮蔑感を表明し続けた。荷風の日記は軍部について極めて厳しい調子で書いているが、戦局が進むにつれてその語調は強まっていく。荷風が特に苛立ったのは、愛国者たちの悪趣味と幼稚なスローガンだった。アメリカやフランスで暮らした経験があり、フランス文学に特別な愛着を持っていたことから、荷風が多くの日本の知識人に比べて愛国的プロパガンダの影響を受けにくかったということはあるかもしれない。しかし事実は、作家たちの海外滞在経験と戦争賛否の態度との間には、まったくと言っていいほど関係がなかった。戦争の熱烈な支持者の一人だった高村光太郎(一八八三―一九五六)は、かつてアメリカとフランスで彫刻を学んだことがあった。しかし真珠湾攻撃を賛美する高村の詩の語調には、荷風の不遜とも見える無関心の態度はまったくない。詩は、次のように始まる。

記憶せよ、十二月八日。
この日世界の歴史あらたまる。

アングロ・サクソンの主権、
この日東亜の陸と海とに否定さる。
否定するものは彼等のジヤパン、
眇《びよう》たる東海の国にして
また神の国たる日本なり。
そを治《しろ》しめしたまふ明津御神《あきつみかみ》なり。(4)

いわゆるアングロサクソンに対する高村の敵意は、ニューヨーク留学中に受けた人種差別に由来するものとされている。「ジャップ」と呼ばれ、自分の国を「にっぽん」の代わりに「ジャパン」と呼ばれるのを耳にして、高村は憤慨した。こうした体験は激しい憎悪とまでは行かなくても、高村が抱いた憎しみの理由とはなるかもしれない。

高村と違って詩人の野口米次郎(一八七五―一九四七)には、外国で受けた待遇について不平を言う理由などなかった。十八歳でアメリカに渡った野口は詩人のホワーキーン・ミラーと出会い、ミラーは野口に詩人になることを勧め、サンフランシスコの詩人たちに引き合わせた。ほどなく野口は、ヨネ・ノグチの名で写象派詩人の仲間入りをした。写象派の詩人たちは、野口の魅力ある英詩が自分たちの書く詩に極めて近いと思った。野口は英語で小説も書き、その中には *The American Letters of a Japanese Parlor-Maid*

(日本人小間使のアメリカ書簡、一九〇五)がある。野口は、アメリカ人女性と結婚し(5)、数多くの英米人の友人を得た。野口が日本語で書いた詩は、英語の詩ほど達者ではなかったが、日本人の読者にはどこか非日本的な詩という印象を与えた。中でも知られた日本語の詩集に、大正十年(一九二一)に刊行された「二重国籍者の詩」がある。しかし、この二つの国籍を持つ男は、戦争勃発後に作った詩で西洋に異常な敵意を示した。一つは「屠《ほふ》れ米英われ等の敵だ」と題された詩で、次のように始まる。

『屠れ米英われ等の敵だ』で町は溢れる、
私もこれを叫ぶ、声を嗄《か》らして叫ぶ、泣きの涙で叫ぶ。
私の若い時代の十二年間を養つて呉れた国だもの。
忘恩行為だつて、国家の運命に替へられない、
過去の繋りは一場の夢だ。
昔の米英は私に正義の国だつた、
ホキットマンの国だつた、
ブラウニングの国だつた、
然るに今は富の陥穽《かんせい》に落ちた放蕩者の国、
見てはならない夢を漁る不倫の国……(6)

詩は続けて、いま米英時代の友人が彼に会ったとしたら「国と国との戦争だ、僕等の友情は破れるには神聖すぎる」と言うであろうと書き、その友人の訴えに対して、野口は詩の最後で次のように応える、「友情もろ共、君達もずばりと屠つて見せる！」。

どちらが先に攻撃を仕掛けたかということに関係なく、詩人たちは戦争が起きた責任を「富の陥穽に落ち」た英米のような自堕落な物質主義の国々に負わせた。歌人の川田順（一八八二―一九六六）が詠んだ短歌によれば、英米は十二月八日、残忍な本性を現わしたのだった。

つひにその
仮面脱ぎ棄て
牙をむく
英吉利奴《やっこ》
亜米利加奴《やっこ》(7)

戦争を始めたのが日本人でなく英米人であると非難されるのはどう見てもおかしいが、愛国主義は事実に優先した。

小説家もまた、まさに高村や野口の詩と同じような敵意を示した。伊藤整（一九〇五―六九）は、日記とエッセイの両方で開戦を喜び、予想されるアングロサクソンの壊滅に期待をかけている。しかし、真珠湾攻撃を知った時点での伊藤の反応は意外なほど冷静だった。伊藤は日記の中で、街やバスの中で見かける誰一人として戦争のことを話題にしているようには見えないと記している。通行人の顔は、誰もが「むっとして」いるように見えた。しかし伊藤自身は、真珠湾の奇襲でアメリカの戦艦が撃沈されたニュースに「日本のやり方日露戦と同様にてすばらしい」と快哉《かいさい》を叫んでいる。

伊藤は、明治三十七年（一九〇四）、日露戦争の宣戦布告に先立って日本がロシアの戦艦の奇襲に成功したことを言っているようである。かつての旅順で、また三十七年後の真珠湾で敵の不意を突いた日本軍の奇襲は、確かに効果的だった。しかし、どちらの奇襲も一般に認められる戦争の原則に反する行為として外国の非難を浴びた。

伊藤は自分の高揚する気分を弁明する必要を認めなかったが、教師ならびに翻訳者として英語と身近な関係にあった人物が、幾分かの躊躇を感じることはなかったのだろうか。十二月八日、伊藤は日記に書く。

感想――我々は白人の第一級者と戦う外、世界一流人の自覚に立てない宿命を持っている。

はじめて日本と日本人の姿の一つ一つの意味が現実感と限《かぎり》ないいとおしさで自分にわかって来た。(8)

十二月九日に書かれたエッセイは、さらに率直である。

……昨日、日米英戦争が始まっている。今後何年続くかも知れぬ大和民族の歴史上はじめての、そして最大のこの戦争の……。(中略)私は「ハワイ真珠湾軍港に決死の大空襲を敢行」という見出しなどを見て、全身が硬直し、眼が躍ってよく読めないのであった。(中略)

そして、そのことを、私は、地下室の白い壁の凹みによりかかりながら、突然全身に水をかけられたように覚る思いであった。そうだ、民族の優越感の確保ということが我々を駆り立てる、これは絶対の行為だ、と私は思った。これは、政治の延長としての、または政治と表裏になった戦争ではない《ママ》大和民族が、地球の上では、もっともすぐれた民族であることを、自ら心底から確信するためには、いつか戦わなければならない戦いであった。

私などは(そして日本の大部分の知識階級人は)十三歳から英語を学び、それを手段にして世界と触れ合って来た。それは勿論、英語による民族が、地球上のもっともすぐれた文化と力と富とを保有しているためであった。その意味は、彼等がこれまで地球上の覇者であったということだ。この認識は私たちの腹にしみ込んでいる。そしてこの認識が私たちの中にあるあいだ、大和民族が地上の優秀者だという確信はさまたげられずにいるわけには行かなかった。（中略）……私はこの戦争を戦い抜くことを、日本の知識階級人は、大和民族として絶対に必要と感じていることを信ずることができる。私たちは彼等の所謂《いわゆる》「黄色民族」である。この区別された民族の優秀性を決定するために戦うのだ。ドイツの戦いとも違う。彼等の戦いは同類の間の利害の争いの趣きがあるが、我々の戦いはもっと宿命的な確信のための戦いと思われる。(9)

この一文の中で伊藤が繰り返し使っている「民族」という言葉は、日本人や中国人、朝鮮人その他を含むアジアの一大民族のことではなくて、特に大和民族、つまり日本人のことを指していた(10)。十二月十六日、伊藤は「当局」から一般の記事への注意として「黄色人」対「白人」という書き方はしないように指示されたことを記している。代わりに「英米」とか「アングロサクソン」と書かなければならないのだった(11)。「当局」が何を指すかは明らかではないが、おそらく軍部である。日本が「白人」の国ドイツ、イタリアの同盟国であることに伊藤よりも敏感な軍部は、この戦争が人種間の争いと取られないように気遣ったのだと思われる。のちに、「大東亜」が戦争の究極の目的として正式に宣言された時、この非アジア人に対する人種的偏見を示す表現に軍部が反対した事実は忘れられた。

伊藤の予言によれば、戦争が終わった時点で新しい文学が華々しく花開き、それは昭和初期の文学とはまったく違うものとなるはずだった。その予言は正しかったが、伊藤は実際に起こった変化の性質までは予見していなかった。また伊藤は、自分が人生において博した最大の名声が、一人のアングロサクソン民族によって書かれた小説「チャタレイ夫人の恋人」の翻訳者としての（戦後における）名声であることも予見できなかった。

伊藤は十二月十六日、ある衝撃をもって日記に記している。数日前、伊藤が教えていた学校の先輩教師である高須芳次郎《よしじろう》（一八八〇―一九四八）が、文学の中の自由主義を排撃したのだった。その結果、伊藤は「今後十年か二十年のため、今の機会に自分の思想的内部改造をする必要あり。自分流の行き方で早く日本的意識の組織化を行わねばならぬ」(12)と考えるに至った。

英語と取り組む伊藤の闘いは、ジョイスの「ユリシーズ」の翻訳で頂点に達した。伊藤はこの時点で、こうした作品を翻訳すること自体が自由主義であり、それを断念しなければならないということに気づいたようだった。しかし伊藤は、英語を捨てるわけにいかなかった。伊藤には翻訳収入が必要だったし、すでに出版社にD・H・ローレンスの「メキシコの朝」の翻訳を約束していた。伊藤は敵国人の作品を翻訳することが、原作者の優越性を認めることになるとは思わなかった。

戦争が進展するにつれて伊藤は、大和民族に対する熱い思いの幾分かを失っていった。神道のバイブルとも言うべき「古事記」を読んで、大東亜戦争を古事記になぞらえようとしたのは事実だが、昭和十七年三月三日の日記に、次のように記している、「今月の文芸雑誌、同人雑誌を見ると、戦争開始時の日本主義の性急さがやや緩和され、やっぱり作家達には旧来の人間主義の文学精神に拠るところ見える」(13)。しかし伊藤は戦争の目標、日本の勝利が確実であることを最後まで疑わなかった。三月十四日、伊藤は書いている。

世界地図を開いて見ると、この三月間に日本が征服した場所の広さに驚く、インドが支那のような抗戦をしたらむつかしくなるが、濠洲は周辺の都会を占領すれば困難はないであろう。(14)

ヨーロッパ文学に心酔しそれを仕事にしていた他の日本人たちは戦争が勃発するや、その知識を進んで、いや嬉々として捨てたようだった。英語を完璧に使いこなし、(戦後に出版された)最も重要な作品が英国文学の研究だった吉田健一（一九一二―七七）

は、昭和十六年十二月、次のように書く。

十二月八日以来我々は凡《すべ》てが変つた思ひに生きて居る。以前と同じことも最早《もはや》同じではなくそれは我々の裡《うち》に或る新しい意識が疑ひのない事実として我々の心を支配して居るからなのだ。思へば、これこそ久しい年月の間我々が待望して居たことなのである。併《しか》し此の時が今日到来することを誰がよく予見し得たらうか。斯《か》かる形を取つて此の日が到来すべきことさへも断言を許される底のものではなかつた。（中略）戦争がこれからであることは言を俟《ま》たない。併し戦争は既に始まつて居るのであり、其処に今日の歴史的な意義が存するのである。これからの戦争は覚悟しなければならない。併し此の光栄に浴して、我々には覚悟を新にすることを措《お》いて何をなし得ると言ふのだらうか。然も刻々その意義を噛み締める溌剌たる覚悟である。興奮して居るのではなく、揺ぎのない感動がある儘《まま》に凡てが我々には新鮮に見えるのである。空襲も恐れるには当らない。我々の思想の空からは英米が取り払はれたのである。(15)

この重苦しい英米の雲が払われた空のイメージは、ほかの人々の作品にも登場する。元陸軍少将で歌人の斎藤瀏《りゅう》（一八七九―一九五三）は、次の短歌を書いている。

米英を
屠るとき来て
あなすがし
四天一時に
雲はれにけり(16)

米国との長引く交渉が打ち切られ、日本海軍が真珠湾攻撃で戦争の火蓋を切った時、すでに絶え間ない緊張に堪えられなくなっていた人々の心には清々しい気分が漂った。これは、斎藤少将のような前歴の人間にとっては自然なことだった。しかし吉田のような英国文学者が、日本の空から外国の思想の重苦しい雲が払われたことを喜んだのは意外である。

日記の筆者たち、特に戦争に反対した数少ない人物や単に戦争の妥当性に疑問を抱く人々は、知識人が警察の監視下にあることに気づいていた。彼らは、日記の中であからさまに政府を批判しないよう努めざるを得なかった。戦時中に極めて詳細な日記(約三千ページ)をつけていた高見順(一九〇七―六五)は、昭和二十年一月八日、友人が来訪した時のことを書いている。その友人は自分でも日記をつけておきたいと思ったが、それがどのような結果を招くかを心配していた。いつどんなことから家宅捜索を受けるかもしれず、その際に日記が証拠となって罪を受けることになるかもしれないのだった。高見は日記をつけることが危険を冒すに値する行為だと考えていたが、「この日記も、気をつけないといけない」(17)と書いている。

ジャーナリストの清沢洌《きよし》(一八九〇—一九四五)の日記は、痛烈な戦争批判に終始している。(疑わしい出版物を警視庁に持って行かれた)出版社の社長から、清沢は日記をつけるのは危ないと警告される。清沢は、「予もこの日記をつけながら、そうした危惧を感ぜざるにあらず」(18)と書いている。当初は注意を払って日記をつけていたが、昭和十八年十月一日、清沢は自分がなぜ日記をつけるのか、その理由を明らかにした。

大東亜戦争は非常なる興亡の大戦争也。筆を持つ者が、後世のために、何らかの筆跡を残すは、その義務なるべし。すなわち書いたことのない日記をここに始む。将来、大東亜外交史の資料とせんがためなり。(19)

日記をつけるのが危険であることを承知の上で、作家たちは日記を書いた。高見順にとって、日記はいかなる仕事にも優先した。日記を一日、二日書かなかったような時など(時たま、そういうことがあった)、高見は日記に詫びている。空襲で家三軒を焼失した永井荷風は、安全のためにいつも日記を鞄に入れて持ち歩いた。伊藤整は、昭和十九年十二月十七日に書いている。

初めは記録するつもりで書き出したこの日記が、今では私の生涯の最も重要な仕事であることが分って来た。私はこの中に、日本民族の美しさ、苦しみ、戦う姿、生活の諸相を後の世の人々のために書き留め、この時代の日本人の真の姿を伝えようと思う。私も戦場にやがて行くであろうが、その日まで私は書きつづけようと思う。(20)

高見のように詳細な日記を書くことは、本業である文学作品を書く仕事の妨げとなったに違いない。作家の中には、いつの日か売れる作品の素材となることを期して日記をつけた者もいた。しかし高見や荷風は、当初は自分の日記を発表するつもりはなかった。戦後に発表して初めて、二人の傑作として称賛されることになったのだった。

膨大な数に及ぶ戦時の日記をつけたのは、もちろん作家や知識人だけではなかった。ごく普通の人々、つまり民間人や軍人も日記をつけた。日記をつけること自体、日本では古く十世紀にまでさかのぼる伝統だった。日本人は別に事件のない時でも、ごくあたりまえの日常の経験を、日記に書くことで残す必要を感じていた。それは老年になってからの備忘録として、あるいは子供たちの教育に資することを願ってのことだった。日本軍兵士や水兵は、新年になるたびに日記帳を支給された。アメリカの軍人が日記をつけることを禁じられたのは、敵にとって有利な情報が日記に記されることを恐れたからである。しかし日本の兵士や水兵は、上官から日記をつけることを奨励された。これは日記を時たま検閲することで、日記の筆者の聖戦支持の態度に揺るぎがないかどうか、確認するためであったと思われる。

戦時中、作家たちは元旦に新しい日記を書き始めるにあたって、そのつど予言したものだった――（どの年であれ）今年こそ日本の運命を決する年になるだろう、と。昭和二十年は、まさにその決定的な年だった。昭和二十年一月一日、当時医学部の学生だった山田風太郎（一九二二―二〇〇一）(21)は、次のように日記に書く。

○運命の年明く。日本の存亡この一年にかかる。祈るらく、祖国のために生き、祖国のために死なんのみ。

○昨夜十時、午前零時、黎明五時、三回にわたりてB29来襲。除夜の鐘は凄絶なる迎撃の砲音、清め火は炎々たる火の色なり。浅草蔵前附近に投弾ありし由。この一夜、焼けたる家千軒にちかしと。(22)

最初に東京が空襲を受けたのは、昭和十七年四月だった。ジェイムズ・ドゥーリトル中佐率いる十六機の中型爆撃機が、軍事的な標的と公式に認められていた東京の施設を爆撃した。もっとも、その成果を示す写真は小型の釣り船一隻の沈没を確認するにとどまった。爆撃機は航空母艦から発進したが、着艦に際して爆撃機の機体の重量があり過ぎたため、爆撃完了後は安全のため中国大陸へ向かった。これは見せしめのための空爆にすぎず、東京の標的に損害を与えることより、むしろアメリカ人の士気を高めることが目的だった。しかしながら、この爆撃は日本人の不安を煽ることになった。ドゥーリトル戦隊の急襲の翌日、伊藤整は灯りが外へ洩れないように窓の隙間に目張りをし、また身動きしやすいように着物をやめて洋服を着ることにした(23)。永井荷風は、日記に書いている。

四月十八日。(中略) 晡下《ほか》金兵衛に至り初めて此日の午後米国飛行機東京に来襲。爆弾投下の事を知る。火の起りし処早稲田下目黒三河島浅草田中町辺なりと云。歌舞伎座昼間より閉場。浅草興行物夕方六時打出し夜は無しと云。新聞紙号外を出さず。四月十九日。(中略) 米機襲来以後世情騒然たるが如し。午睡の後金兵衛に至り人の語るをきくに大井町鉄道沿線の工場焼亡。男女職工死傷二三百人。浅草今戸辺に高射砲弾丸破片落下の為負傷せし者あり。小松川辺の工場にも被害ありと云。新聞紙ラヂオ共に沈黙せるを以て風説徒《いたずら》に紛々。確報知るべからず。(24)

信頼すべき情報の欠如が、この戦争の特徴だった。スウェーデンやポルトガルその他の中立国に駐在する日本人特派員は、枢軸国側にとって不利な情報も日本の読者に伝えた。しかし日本国内や日本軍が占領した地域で受けた被害については、日本の新聞は報道しないか、報道しても最小限に留めた。アメリカ艦隊、および太平洋の島に上陸していたアメリカ部隊に対する架空の勝利を伝える新聞報道は、日本人に安心感と喜びをもたらした。知識人の中でもごくわずかな人々だけが、新聞で壊滅的な敗北が報道されているにもかかわらず、アメリカ軍は依然として戦闘を続行する力を持っているのではないかと危惧していた。

新聞記事は、日本の対空防備が世界一であることを日本人に保証した。かりにその自慢の防備にもかかわらず敵の爆弾が日本の都市に落ちたとしても、新聞によれば敵の爆撃で破壊される建物は常に学校と病院だった。こうした公式発表に対する信頼が失墜したのは、アメリカ軍が日本の本土上空の制空権を掌握した時だった。フィリピンのレイテ島が陥落し、東京大空襲が開始された後、昭和十九年末までに日本人の三分の一が日本の勝利の可能性を疑い始めていたと言われる(25)。

言論統制が敷かれていたため、風説が情報の代わりを務めた。風説がはびこったこと自体、当局の公式発表や軍部に対する一種の抵抗の表われと解釈されている。一般に風説が信用を落とし、人々の記憶から消えるのに長くはかからなかった。しかし間違った風説は、同じく根拠のない新しい風説に取って代わられただけだった。時たま、風説は事実となった。昭和二十年一月十六日、永井荷風は、その年八月頃までには日本の敗北で戦争が終わるという噂を耳にしている(26)。しかし、これは稀な偶然の一致だった。根も葉もない無数の風説が流れたのは、なにも戦争の進捗状況や、アメリカ軍の上陸地点となりそうな沿岸地域の場所の特定についてだけではなかった。食料の配給制度についてもそうで、こうした風説が人々を疎開に駆り立て、昭和二十年に日本人を襲った心配と恐怖の種となったのだった。

一般に、風説を言い出した者が誰なのかを突き止めることは不可能だった。おそらく風説を流した一番の動機は、隣組の間で自分が注目されたいという願望であったろう。周りの人間が知らない情報を自分だけが入手できるという振りをすることで、周囲の尊敬を得ることが出来たのだった(27)。

最初の大規模な東京空襲は、昭和十九年十一月二十四日だった。占領したばかりのサイパンやティニヤンの島々の基地から飛び立ったアメリカの爆撃機は、日本の戦闘機に迎えられた。しかし、日本の戦闘機は到着が遅すぎて侵略者を撃ち落とすことが出来なかったし、日本の対空砲火は一発も命中しなかった。この事実は、日本の対空防備が完璧であるという当局の主張を信じていた日本人を幻滅させたはずだった。しかしアメリカの爆撃から東京を守れない日本の戦闘機に対して、日記の筆者たちが怒りを表明することはなかったようである。彼らは、日本の戦闘機がアメリカの敵ではないことに気づいていたようだった。日本人はB29に「ポー助」とか「プーちゃん」という愛称までつけ(28)、戦隊を組んで飛ぶ巨大な敵機の美しさについて少なからず語っている。空を見上げ、アメリカの飛行機が炎上しながら落下していくのを目の当たりにし、安堵の思いを記している日記の筆者もいる。

SF作家として知られた海野十三《うんのじゅうざ》（一八九七―一九四九）は、日本の勝利に最後まで揺るがぬ自信を持っていた。しかし海野は日記の中で、昭和十六年（一九四一）一月に大きな防空壕を作った先見の明を喜んでいる(29)。海野とその家族は、昭和二十年にその防空壕を最大限に活用した。

アメリカの空爆が頻繁になり、アメリカ軍が昭和二十年三月に硫黄島を占領後、空爆はさらに激化した。日本の本土に近い基地を手に入れたことで、アメリカの爆撃機は日本列島に爆弾を落とした後、燃料を補給することなく基地に帰還できるようになった。事実上向かうところ敵なしのアメリカの爆撃機は、全国の大都市を広域にわたって破壊した。しかし多くの日本人は、この期に及んでなお最終的な日本の勝利を信じていた。

山田風太郎は日記の中で、こうした日本人が抱く自信と、敵国の人々が抱く自信の性格を比較している。富強に頼るアメリカ、広大な領土に頼る中国、不敗の伝統に頼る英国と違って、日本人を支えていたのは日本魂に対する信仰だけだった。山田は、戦争のこの段階での日本人を夢遊病者に喩え、誰もが物に憑かれたように「凄烈暗澹たる日本の運命」を両手で支えている、と書いた。昔からゴシップ談義に花が咲く銭湯で耳にした話題について、山田は次のように記している。

十七年はまだ戦争の話が多かったと憶えている。十八年には工場と食物の話が風呂談義の王座を占めていた。十九年は闇の話と、そして末期は空襲の話。（中略）今ではいくら前の晩に猛烈な空襲があっても、こそとも言わない。

黙って、ぐったりとみな天井を見ている。疲れ切った顔である。それで、べつに恐怖とか厭戦とかの表情でもない。戦う、戦う、戦いぬくということは、この国に生まれた人間の宿命のごとくである。（中略）壁の向うの女湯では、前にはべちゃくちゃと笑う声、叫ぶ声、子供の泣く声など、その騒々しいこと六月の田園の夜の蛙のごとくであったものだが、今はひっそりと死のごとくである。女たちも疲れているのである。いや女こそ、最も疲労困憊し切っているのである。(30)

昭和二十年一月六日、山田は書く。

過去のすべての正月は、個人国民ともにそれぞれ何らの希望ありき。目算ありき。今年こそはあの仕事やらん、身体を鍛えん、怒らざらむ等々。よしそれの成らざるも、一年の計を元旦になすは、元旦の楽しみの一つなりき。しかも今年に限りてかかる目算立つる人一人もあらざるべし。(31)

昭和二十年元日の山田の日記、また同じ日に書かれた他の筆者たちの日記にも戦争を楽観視する言葉は微塵も見られない。過去三年間の元日には、誰もが楽観の言葉を記していたのだった。配給制度や食料不足にもかかわらず、日本人は昭和十九年まではまがりなりにも伝統的な正月の祝い事を続けていたし、少女たちは色鮮やかな振袖を着て、羽根を突いていた。しかし昭和二十年、山田の見た限り街頭は閑散として、聞こえる音と言えば国旗が風にぱたぱたとひるがえる音だけだった。

一月三日、山田は大晦日の空爆で三百軒あまりが焼けた一帯に出かける。

縄張りめぐらせど、何しろ場所広ければその惨澹の景余すところなく見得るなり。げに人間の住みしあとは汚なきものかな。トタン板、焼け石、焼け残りの柱、道具。ところどころにむしろ敷きて、被災者のむれ、整理に働く。いたるところ立退き先を書ける貼紙あり。いまだ余燼鼻をさし、焼失地周辺の家々の持ち出したるたたみや家具や――燃えて無き焼跡よりもむしろこの方が当夜の人々の混乱を想像せしむ。蒼白にひきつりし顔、見ひらかれたる眼、わけのわからぬ絶叫をあげし口など、まざまざと胸痛きまでに思い描かる。(32)

その後のさらに激しい空襲、また原子爆弾が落とされた後になっても山田の戦争支持の姿勢は揺らぐことがなかった。日本が連合国側の降伏条件を受け入れた事実を告げる天皇の放送を聞いた時、山田が味わったのは安堵の思いではなくて苦い失望だった。

清沢洌は、日本人が戦争を憎むようになる兆しに希望を見出した。昭和二十年元日の日記に、清沢は書いている。

日本国民は、今、初めて「戦争」を経験している。戦争は文化の母だとか、「百年戦争」だとかいって戦争を讃美してきたのは長いことだった。僕が迫害されたのは「反戦主義」だという理由からであった。戦争は、そんなに遊山《ゆさん》に行くようなものなのか。それを今、彼らは味っているのだ。だが、それでも彼らが、ほんとに戦争に懲りるかどうかは疑問だ。結果はむしろ反対なのではないかと思う。彼らは第一、戦争は不可避なものだと考えている。第二に彼らは戦争の英雄的であることに酔う。第三に彼らに国際的知識がない。知識の欠乏は驚くべきものがある。

当分は戦争を嫌う気持ちが起ろうから、その間に正しい教育をしなくてはならぬ。それから婦人の地位をあげることも必要だ。(33)

中には、聖戦への熱意を失わない者もいた。老練なジャーナリストで歴史家の徳富蘇峰(一八六三―一九五七)は、天皇を神のごとく崇拝していた。しかし終戦に際して、徳富は紙上で天皇を強く非難した。徳富が確信していたのは、もし天皇が日本の防衛軍を自ら統率していたならば、日本上陸を目指すいかなる敵も皇祖の御霊《みたま》が進んで排撃したに違いないということだった。主戦論者の中でも群を抜いていた徳富は、戦時中に戦争支持の論陣を張ったばかりでなく、敗戦後も戦争支持の記事を書き続けた。

清沢洌は昭和二十年一月二日の日記に、徳富が毎日新聞に書いた「一億英雄たれ」と題する記事を引用している。記事の中で徳富は、自分の微力のために日本国民を目覚めさせることが出来なかったことを悔やみ、遠からず東京の真ん中に敵の爆弾が落下することを期待している。徳富によれば、敵の爆弾だけが国民を覚醒させることが出来るのだった。清沢は書いている、「かくの如き無責任な言があろうか。徳富は戦争開始の責任者でありながら、その罪を国民にきせているのである」(34)。

戦争が敗戦に終わった時、大半の日本人は泣いた。誰もが、これをまぎれもない大惨事と見た。長い歴史の中で、日本は初めて敗北を喫したのだった。日本人の中にも、何人か例外はいた。東京大学教授の渡辺一夫（一九〇一―七五）は昭和二十年、フランス語で日記をつけていた。それは、自分の戦争観を警察に読まれたくないからだった。天皇がラジオで敗北を宣言した三日後の八月十八日、渡辺は日記に書く、「母国語で、思ったことを何か書く歓び。始めよう」(35)。戦時中の悪夢は、ついに終わった。食料の欠乏と失業が蔓延する時代に直面した日本人の目の前には、生死にかかわる難題が控えていた。しかし、最悪の事態は終わったのだった。

第二章 「大東亜」の誕生

真珠湾攻撃および米英に対する宣戦布告を知って、大多数の日本人は快哉を叫んだ。それは教育のない者も、知識人も同じだった(1)。お祭り気分は、開戦以来一年を通じて続いた。日本軍は驚くべき速さでフィリピン、香港、インドシナ、ビルマ、マレーシア、また南太平洋、西太平洋の島々を占領した。オーストラリアは脅威にさらされ、北太平洋のアメリカ領二島(アッツ島、キスカ島)は占拠された。日本軍は特にフィリピンのバターン半島で抵抗に遭ったが、その進撃を阻止するものは何もなかった。部下が虐殺を免れるのであれば進んで降伏する用意があった敵の指揮官を、日本軍は馬鹿にし切っていた。バターン半島でアメリカ軍が備えていただけの物資があれば、日本軍なら最後の一兵まで戦ったに違いない。アメリカ軍が大量の犠牲者を出したがらないのは、日本人の眼から見れば利用すべき敵の弱点だった(2)。

当時、複写されて広く出まわった報道写真に、山下奉文《ともゆき》大将がシンガポールの英国軍司令官パーシヴァル中将に対し、「イエスかノーか」と居丈高に降伏の最後通牒を突きつけている写真がある。この写真は、西洋で教育を受けた日本の知識人の間でさえ、なんら当惑の種とはならなかった。それどころか一世紀にわたる西洋への屈従の後に、今や日本人が優位に立ったことの紛れもない証として称賛された。同時にこの写真は、日本人が日清日露の戦争で敗軍の将を遇する際に見せた礼儀を、もはや守るつもりがないことを示していた(3)。小田島董大佐は、捕虜の待遇について「日露戦争の頃は西洋崇拝的であったから、現在は日本主義的にした」と述べている(4)。

日本人がこのたびの開戦を正当とした理由は、いわゆるＡＢＣＤ包囲陣（America, Britain, China, Dutch）の米英、中国、オランダが、日本に必要な資源の調達を断つことによって日本を窒息させようとしたことにあった。天皇の詔勅にある開戦時の戦争目的は、あくまで「自存自衛」だった。のちに戦争の至高の目的として唱えられることになる植民地化されたアジア諸国の解放については、戦争の初期段階では一切触れられていない。

戦争に消極的だったアメリカは、あくまで平和を維持したかった。しかし国務長官コーデル・ハルが日本に出した条件は、日本が中国に樹立した政府の支援を断念すること、またフランス領インドシナからの日本軍の即時撤兵を要求していた。日本がこうした条件を呑むことは、まず考えられなかった。

いったん戦争が始まると、大衆の熱狂は一切の反対意見というものを封じる結果となった。日本人の中には後年になって、日本が合衆国に勝てないことは最初からわかっていたし、だからいつも自分は戦争に反対していた、と主張する人々がいた。しかし戦争の結末について、親しい友人にさえ悲観的な意見を述べた者はいなかったし、またそれを日記に書きつけた者はごくわずかだった。不幸な結末を予告する声が聞かれるようになったのは、特にサイパンで惨憺たる敗北を喫してからで、その時になっても怖い憲兵に聞かれることをはばかって誰もが声をひそめた。

昭和十七年（一九四二）八月から翌十八年二月まで続いたガダルカナルの戦闘は、開戦初年度に日本軍が占領した領土をアメリカ軍が奪還にかかった第一歩だった。戦闘は熾烈を極めた。多くの日本兵がアメリカ軍の銃弾のためだけでなく、飢餓によって死んだ。そのため、日本兵たちは自分の日記にガダルカナルのことを「餓《ガ》島」と記したものだった。戦場や海上で回収されたこれらの日記を、わたしは数週間後に真珠湾の海軍局で読んだ。飢えと病気に苦しむ男たちの話で満たされた日記を読んでわかったのは、これまで日本人の心理がわかると公言していた者たちが、日本人のことを普通の人間の弱さを持たない狂信者だと言っていたのが大変な間違いだということだった。

ガダルカナルの戦闘の結果は、はっきり黒白がつけられるものではなかった。日本海軍は緒戦で勝利を収め、果敢に戦ったが犠牲も大きかった。そのため、（少なくとも後から振り返ってみると）ガダルカナルはこの戦争の大きな分岐点だったかもしれない。それでも、島にいた日本の部隊が全滅したわけではなかった。ガダルカナルからアメリカ軍を追い出すことを諦めた大本営は、生き残りの兵たちを撤退させた。降伏など論外のことだった。

ガダルカナル戦は日本の知識人たちの日記では、主としてアメリカ（とオーストラリア）の軍艦を撃沈させたニュースに狂喜するという形で話題となった。遠方の島で命を落とした日本兵に対して、深い悲しみを表明した日記は驚くほどわずかだった。代わりに日記の筆者たちは、死んで神となった兵士たちを称揚した。

ガダルカナルでの敗退にもかかわらず、戦争に勝てる見込みがある限り日本の大本営は死傷者の数を隠蔽したり、戦闘の結果を偽る必要を感じなかった。しかし、ほどなく大本営発表は当てにならなくなった。敵の損害を誇張するどころか捏造するようになり、逆に日本の損害は最小限に抑えて発表するようになった。大本営発表が明らかにしなかった事実については、風説がその代わりを務めた。伊藤整は、日記に書いている。

昨夜実の話、満鉄調査部のニュース。ガダルカナルにあった海兵一万（？）は全滅した由。その後の陸の揚兵三船隊の内二つは沈められ、一のみ上陸せるも苦戦にて、

やっと上陸点を死守せる由。極秘の由。他言なし。(5)

永井荷風の日記は、ガダルカナルのことに言及していない。南太平洋の島をめぐる戦闘より、荷風にとっては近所で見かける陰険な私服憲兵の方が気になるようだった。荷風は日記の中で、憲兵が自分の家を接収しようと企んでいるのではないかと憂慮している。荷風はまた、自分にとって極めて大事なジョニーウォーカーのような日用品が、目玉の飛び出るような値段になっている事実を報告している。戦時中の日記の筆者として一番勤勉なはずの高見順は、ことガダルカナルについては一切触れていない。高見は当時、ペン部隊——日本文化の親善使節として軍から外地に派遣された作家たちの代表団——の一員として徴用され、ビルマにいた。

次の軍事行動は、アリューシャン列島に属するアッツ島の戦闘だった。作家たちはアッツ島の戦闘に、これまで以上に敏感に反応した。昭和十八年(一九四三)五月二十九日、日本軍陣地にアメリカ軍が肉迫していることを伝えるアッツ島の戦況報告を読み、伊藤は不安な面持ちで日記に書いている。

アッツ島の日本軍はどうしているだろう。白夜だから、ほとんど二十時間も敵機の銃撃と爆撃にさらされているにちがいない。弾丸はあるだろうか、食物はどうしているだろう。負傷者の手当も出来るだろうか。北海道出身の兵たちという為か、この戦はこれまでのどの戦にも増して気になる(6)。撤退するとなっても果して撤退出来るだろうか。

二日後、伊藤は書く。

アッツ島の我軍、二千数百名は、二万の敵に囲まれ、遂に全滅す。二十九日夜傷者、病者は自決し、百余名の生存者は山崎部隊長の下、遂に突撃して全滅した……。(中略)こんな悲壮な事件はない。何ということか、とうとうこういう事になった。悲痛この上もない。いよいよ今度の戦はその真相を、露骨に現わして来た。目が覚めたような思いである。ノモンハン、ガダルカナル以上の壮絶な戦であり(7)、日露戦争にも比を見ないことである。

平和な国内の生活は、悉《ことごと》くこういう前線に支えられてあるのだと思うと、毎日の静けさも、たまゆらの陽炎のようなものに思われ、それだけ一入《ひとしお》、人の歩く姿、電車の走る姿、木の葉の繁りにも、生きている静かな存在の味いが濃厚に感じられる。(中略)

こういう悲報の真実味こそ国民をふるい立たせるのではないか。ハワイ戦からマレー、蘭印、ビルマ戦、比島戦等は、あまり勝ちすぎた。だから今ソロモン戦は決戦だと、当局はくり返しての重要性を叫んでも、現実に日本軍が負けるかも知れないのだという感じはピンと来ない。アッツ島の戦は負け、しかも全滅であるが、精神的にはそれを貫いて生きている。これこそ国民にこの危機を実感させ、全力をふるわせる無二の機会だと思う。（中略）

本土が敵に曝《さら》されている感じに、いよいよなって来た。これこそ、大東亜戦争のこれからの真の姿なのであろう。(8)

数日後、アッツ島の戦闘についてのアメリカ側の発表を伝える同盟通信のブエノスアイレス電を朝日新聞で読んだ伊藤は、日記に次のように記している。

……傷病者の自決した後に突撃全滅したというアッツ島の兵士たち、何という一筋の美しい戦いをしたことであろう。これは物語でなく、行為であり、肉体をもって示された事実なのだ。これが今後の日本軍の戦闘法の典型になるだろう。(9)

事実、アッツ島は、その後の戦闘の「典型」となった。病人と負傷者が（公式報道が言うように）自らの手によってでなく、他の日本兵が病院テントに投げ込んだ手榴弾によって命を絶たれ、残りの兵士たちは死に物狂いの突撃を敢行し、アッツ島の戦闘は終わった。この戦闘のパターンが、他の島々でも反復されることになった。アメリカ人は、日本兵の突撃を「バンザイ突撃」と呼んだ。日本人が死へ向かって突進する際、「バンザイ」と叫んだからである。（ビルマから帰国した）高見順は五月三十一日の日記に、「本日、アッツ島におけるわが守備隊の全員玉砕を知る。胸が熱くなった」と書いている(10)。

文字どおり「玉が砕ける」と書く「玉砕」という言葉が（非常に凝縮された言い方で）示しているのは、価値のない瓦として身を全うするよりは、美しい玉として砕け散る方がましであるということだった。兵士たちは、生きて虜囚の辱めを受けるよりは死を選ぶことこそ日本古来の伝統である、と教え込まれてきた。

アッツ島のアメリカ軍陣地への向こう見ずな突撃は、まさに自殺行為だった。このことを予期していなかったアメリカ軍は、危うく海に追い落とされるところだった。結局、アメリカ軍は優位に立ち、荒涼としたアッツ島のツンドラ地帯には日本軍兵士の死体が散乱した。その多くは、自分の胸に手榴弾を叩きつけて自殺していた。

この戦争で最初の「玉砕」は、アッツ島を有名にした。日本の守備隊の勇敢さを称えて、多くの歌が作られた。歌人前川佐美雄《さみお》（一九〇三―一九〇）は、アッツ島での山崎部隊の忠烈な死者たちに捧げて短歌の連作を発表した。これらの短歌で強調されたのは兵士たちの勇敢さでもなければ、兵士たちがいかに国に仕えたかでもなく、兵士たちの死だった。

天づたふひかりもうすき北の島に
神の御軍《みくさ》の二千死なしぬ

ひとりだに生き残らじともろともに
打《う》ち絶《た》えしをぞ永久《とわ》にしぬばむ(11)

俳人もまた、アッツ島について俳句を詠んだ。加藤楸邨《しゅうそん》(一九〇五―九三)の俳句は、「アッツ島応答なし」と題されている――アッツ島の守備隊と連絡しようとしたが返事がない、兵士たちは全滅したのだ。

こたへなし百合の花粉ははなびらに(12)

アッツ島の戦闘について一風変わった散文詩が、インドネシアの代表的詩人ハイリル・アンワル(一九二二―四九)によって書かれた。アンワルは、最後の突撃で部下たちと死んだアッツ島の日本軍守備隊長山崎大佐に捧げる頌歌《しようか》を、女友達のイダに贈っている。「(前略)ヤマザキ大佐だよ、イダ！　アッツ島のサムライ戦士、ああ、僕の理想の権化。この人とぴったり心を合わせていこう。／見てごらん。この、至高至尊の天皇陛下、祖国、そして国民に対する、自覚の頂点に達した最高の献身を。僕は思う。これはヤマザキの強烈な、燃え上がる生命力が充満して、死をもってその責任を遂行せしめたのだ、と」(13)。ハイリル・アンワルの散文詩は、日本人が自分たちのアッツ島玉砕を称える気持をインドネシア人に刻み付けただけでなく、天皇崇拝の気持をも伝えることに成功したことを示している。

すべての日本人が、玉砕を称える気持にひたっていたわけではなかった。昭和十八年(一九四三)六月一日の永井荷風の日記に、「街談録」と題された一節がある。

さる頃南洋に於て山本大将の戦死。つゞいて北海の孤島に上陸せし日本兵士の戦死に関し一部の憂国者はこれ即楠公(14)が遺訓を実践せしものとなせり。(中略)凡そ一国の興亡は一時の勝敗と一将帥の生死によりて定まるものに非らず。おのれが名誉と一刹那の感情のために無辜《むこ》の兵卒を犠牲にして顧みざるは不仁の甚しきものなり。云々。(15)

軍の栄光は兵士たちの生命の犠牲を正当化するものではない、と荷風は考えた。これは勿論、日本の軍国主義者の主張と相反するものだった。アッツ島の敗北をつまらぬことと斥《しりぞ》けていたように見える荷風は、二日後、いつもの調子で軍国主義者について不平を述べている。

このごろ毎夜枕につくも眠ること能《あた》はず読書未明に及びて初て睡《ねむ》るを常とす。架上の洋書にして読残せしもの次第に少くなれり。蓄へ置きし葡萄酒も今は僅《わずか》に一罎《びん》を余すのみ。英国製の石鹼も五六個となりリプトン紅茶も残り少し。鎖国攘夷の弊風いつまで続くにや。(16)

日本人にとって決定的だったアッツ島の戦闘は、アメリカ人にとってはさしたる関心の対象ではなかった。ヨーロッパでの戦争、特にスターリングラードでのソ連軍の勝利とシシリー島への連合軍の上陸の方が、アメリカ人には遥かに重要な緊急課題だった。今でも覚えているが、アッツ島での作戦を取材するために派遣された新聞記者が、A級のヨーロッパ戦争の代わりにB級の戦争について記事を書かなければならない不運を嘆いているのを耳にしたことがある。しかし、日本人はアッツ島を忘れなかった。アッツ島より重要な基地をアメリカ人に取られた後もなお、地の果てにある悲惨で冷たく霧に包まれたこの島の奪還を、日本人は繰り返し誓った(17)。

六月十六日、東条英機首相はアッツ島の敗北を悼む演説を行った。伊藤整が日記で指摘しているように、東条は演説の中でオーストラリアのことを一切口にしなかった。陸相時代には、演説のたびにオーストラリア征服を予言していたのだった。演説の様子から見て、どうやら日本の勢力範囲を無限に拡大するという威勢のいい自信から、より具体的な目標である大東亜の実現の強調へと政策の転換があったようである。

大東亜という構想が生まれたのは、一般に昭和十五年（一九四〇）にまでさかのぼるものとされている。この年、外務大臣有田八郎（一八八四―一九六五）は日本の指導の下に東アジアの国々の一致団結を提唱した。有田の後継者である松岡洋右《ようすけ》（一八八〇―一九四六）は、同年末に行った演説で「大東亜共栄圏」について語っている。この用語は一つの理想として昇華され、戦時を通じて日本人の合言葉となった。昭和十七年（一九四二）末、日本と東アジア一帯の国々に関する問題を処理するため、東条内閣によって大東亜省が設置された。

日本人が東南アジアに作った政府は、よく「傀儡《かいらい》政権」と呼ばれた。これは各政府が無能な人物によって率いられ、その主な仕事は日本からの命令を実行に移すことにあるという意味だった。しかし、当の「傀儡」たちの名前を一瞥すれば、この命名がいかに見当違いなものであるかがわかる。日本が支援したビルマ、フィリピン、インドネシア各政府の首脳（それぞれバー・モウ、ホセ・ラウレル、スカルノ）は、いずれも傑出した人物で、日本の敗戦後も各国で高い地位を維持し続けた。スバス・チャンドラ・ボース（一八九七—一九四五）は自由インド仮政府首班を自任し、インド独立のために献身的に働き、しかも断じて日本の卑屈な追従者ではなかった。これらの指導者たちは、いかなる困難があろうとも、日本との協力によって自分たちの国の植民地支配を終わらせることが出来ると考えていた。

植民地支配からの解放は、独立を望む国々の首班たちにとっては大東亜の構想以上に魅力的だった。だから日本で開催された大会にも出席したし、誇張された言い回しで天皇に深い敬意を表することも厭わなかった。日本が朝鮮、満州、台湾の国民に民族自決の自由を与えなかったことを、この指導者たちが知らないわけではなかった。しかし彼らが日本を支持したのは、大東亜共栄圏に属する国々に独立を与えるという約束を日本が本気で果たすと信じたからだった。岡倉天心の「東洋の理想」の有名な冒頭の一節「アジアは一つなり」が、「アジア人のためのアジア」といったスローガンと同じように繰り返し引用された。

新しい汎アジア精神が最初に表明されたのは、大東亜省が設置された同じ月である昭和十七年十一月三日、東京で開催されたアジアの文学者たちの大会だった。吉田健一は、大会の印象を次のように書いている。

十一月三日の大東亜文学者大会は確に普通の所謂大会と称する種類の催しとは性質を異にして居る感じがした。大戦争の最中に斯かる文学者の会合があつたことはそれ自体未曾有のことに思へるが、それよりも更にその戦争の結果として亜細亜の諸国の文学を代表する人々が始めて日本に集つて我が国の文学者達と会するといふことは歴史の動き、或は又世界の大変換期の象徴といふ言葉を用ゐて少しも過言ではないと考へた。会場に当てられた帝劇(18)は前に洋画の封切物をよく見に行つた場所であるが、その頃何時かこんな日に会ふことを予想しなかつたことと思ひ合せて、若いながら長生きをしたといふやうな不思議な感情を禁じ得なかつた。来朝の方々の中で最初に立つて演説をされたのは蒙古の代表であつてその態度にも打たれた。蒙古語は恐ろしく単調な言語で、勿論私には一言も解らなかつたが、それが私だけのことではないことが明かであるにも拘らず演説は澱みなく続けられた。その後でその和訳を聞かされて代表の態度の背後には古《いにしえ》の蒙古帝国の伝統が与へる自信と誇りとがあることを知つて感動した。これは中華民国及び満洲国の代表の演説に就ても言へる事であつて此の日会場に集つたのはそれぞれ数千年の歴史と伝統を有する国々の代表だつたのである。我々にしても我が国の過去に就ての自信と矜持に於て一歩も譲るべき理由を見出さない。併《しか》しながら我々は日本以外の亜細亜の諸国を余りにも長い間外国と見做《みな》し、又敵としてさへ考へて来たのではないだらうか。亜細亜は一なりとする理論は抽象的には（それを喝破した天心の自覚は別として）ヨーロッパ人によつてヨーロッパに於てでも述べられる。併し亜細亜がその過去現在に亘る無類の豊饒さに於て天心の言葉の儘に一であるといふ実感は今度の大東亜文学者大会が齎《もたら》した最大の収穫ではないかと思ふ。(19)

わたしにとって想像し難いのは、長年の親友吉田健一が「一言も解らなかつた」言語、特に「恐ろしく単調な言語」で行われた演説に、自ら耳を傾けて聴き入っている姿である。吉田はパロディのつもりでこの一文を書いたのではないかと思いたい誘惑にかられるが、ここに書かれている見解は吉田が当時書いたほかの文章と一致している。おそらく吉田は、自分が信じたいと思ったことを書いた。多くの日本人は、かつて会ったことのある（日本人以外の）アジア人すべてについて、かりに好ましくない意見を持っていたとしても、アジアが一つであると考えることに喜びを感じた。

第一回の大東亜文学者大会には、（朝鮮、台湾を含めて）日本から五十八名、中華民国、満州、モンゴルから二十一名の代表が参加した。各国代表は東京に到着するや皇居、明治神宮に参拝、翌日は靖国神社に参拝した。日本語が、大会の公用語だった。他の言語で行われた演説は日本語に通訳されたが、日本語による演説は他の言語に通訳されなかった。満州国代表は、「今に日本語が東亜語になり、東亜文学就中《なかんずく》日本文学が世界に光彩を放つであろう」と宣言した。台湾代表は「日本語を知ることによって初めて、東アジアの指導原理である八紘一宇の偉大な精神に触れることが出来る」と、これに調子を合わせた(20)。

第二回大東亜文学者大会は、昭和十八年（一九四三）八月に東京で開催された。議題は、「決戦精神の昂揚、米英文化撃滅、共栄圏文化確立、その理念と実践方法」だった。会議に参加した日本人の中には、藤田徳太郎（一九〇一—四五）のような狂信者もいた。藤田は日本文学者で、自分の名前の漢字をフジタ以外の音で読まれるのはけしからん、と中国人を攻撃した(21)。大会の司会は、同じく狂信的な戸川貞雄（一八九四—一九七四）だった。しかし他の代表たちは、アジアの作家が共通の目標に向かって働くという理想に感銘を受けた。

これとは違った種類の大東亜会議が、昭和十八年十一月、東京で開催された。こちらの代表は、作家ではなくて政治家だった。二つの国、ビルマとフィリピンは日本の占領下にあったがこの年、独立を与えられた。フィリピンは独立して、まだ一ヶ月足らずだった(22)。日本が支援している中国と満州の政府は、数年にわたって日本に自治政府として認められていた。しかし世界の大半から合法的に認められていたのは、重慶の中国政府だけだった。大東亜の国々の中でタイが一番消極的だったのは、おそらく植民地化された経験がないからで、タイが代表として派遣したのは首相ではなく代理だった。インドネシアとマラヤ（マレーシア）が招かれなかったのは、重要資源の供給地である国々に対して（会議のテーマである）独立を与えることに日本の軍部が反対したからだった(23)。同年十月二十一日に日本の支援でインド国軍を結成したばかりのスバス・チャンドラ・ボースは、オブザーバーとして招待された。おそらくインドが大東亜の圏内に入るかどうか、幾分不確かなものがあったからである。しかしチャンドラ・ボースは、招待者すべてがアジア人であるこの会議を「家族パーティ」(24)と呼んでいる。ビルマの国家元首として出席したバー・モウは戦後、次のように書いている。

我々の多くは初対面だったが、まるで旧知の友であるかのように振舞っていた。離れ離れだった我々が、今こうして再会を果したのだった。自分について言えば、今度訪問した日本はもはや最初に訪ねた日本と同じ国ではないと実感した。日本は今やアジアで、我々はアジアを再発見したアジア人なのだった。(25)

会議は明治節にあたる十一月三日、東条首相がホストを務める茶会で始まった。代表たちがホテルでなく個人の邸宅に宿泊したのは、ホテルのような公共施設で供される食事が当時は貧弱なものだったからである。翌朝、各国代表はアメリカ製の高級車ビュイックに迎えられ、皇居へ向かった。天皇に拝謁し、天皇は一人一人にねぎらいの言葉をかけた。各国代表は、国名のａｂｃ順に拝謁したわけではなかった。もしそうであれば、ビルマが最初に来るはずだった。また「あいうえお」順に従えば、中国とタイが日本より先になったはずだった。日本側は、日本が一番先にくるように「いろは」順を採用した。これなら「に」の「にっぽん」が、他のどの国よりも先になる。続く数々の式典その他も、すべてこの順番に従った(26)。

会議のテーマである大東亜諸国の独立は、大西洋憲章に対抗して起草された「大東亜共同宣言」、俗に言う太平洋憲章の特徴となった。大西洋憲章は民族自決を謳っていたが、アジアの植民地支配の終結は宣言されていなかったし、またそれが望ましいともされていなかった。これが大西洋憲章の最大の欠点で、日本人はその盲点を突いたのだった。昭和十八年四月二十日、外務大臣に就任した重光葵《まもる》（一八八七―一九五七）は、戦争目的として「アジアの解放」の理念を導入した。これによって日本は、植民地支配下にあるアジア諸国を団結させる高邁《こうまい》な大義を手に入れたのだった。

各国代表は、この理念を喜んで受け入れた。しかし他の諸問題については意見の相違が見られ、日本の方針に対する反発さえあった。満州国代表の張景恵は、東条首相が議会で行った施政方針演説を引用し、その中で東条は「満州国の今日の発展充実は取りも直さず大東亜全域の明日を示すものである」と言っていた。しかし、自分の国が第二の満州国、つまり日本人の「顧問」によって支配される国になるという将来の見通しは、決して他の各国代表の歓迎するところではなかった。ビルマのバー・モウとフィリピンのホセ・ラウレルは、お決まりの日本への敬意を表した後、自国の満州国化に反対を表明した(27)。

ホセ・ラウレルは、特に難しい立場にあった。フィリピン人が日本の憲兵や警備隊から過酷な扱いを受ける事件が頻発し、日本は必ずしもフィリピンでは解放者として歓迎されていなかった(28)。この機会にラウレルは自分の見解を表明するにあたって、まず次のように述べた。

わたしは茶会の部屋に入るや目から涙があふれ、力がみなぎり霊感を得た思いで言った、「十億の東洋人、大東亜の十億の民！　その大部分が特に英米両国に支配されるなどということが、どうして可能だったのか」。(29)

ラウレルによれば、大日本帝国は大東亜諸国とその国民が「生きる当然の権利を享受」できるようにするために、人命と財産を犠牲にしているのであり、「自らの存続を賭けて、この聖戦を戦っている」のだった。さらにラウレルは、日本人と協力して自分はフィリピン人をひどい迫害から救ったと続けた。しかし東条との会見の中でラウレルは、フィリピンが米国に宣戦布告することを拒み、「自分たちの恩人であり同盟国だった米国に宣戦布告するのは、フィリッピン人にとって『礼儀』に反することだ」と述べた(30)。ラウレルは、フィリピンの国民感情が日本の支配を嫌っている事実を無視できなかった。

バー・モウは、戦後に書かれた回顧録にあるように、ビルマを鎮定する過程で日本の軍部が犯した野蛮な行為や、その後の数知れないビルマ国民の逮捕に憤慨していた(31)。しかし日本がビルマを独立させるという約束を信じていたし、なんであれ英国人が戻ってくるよりはましであると考えていた(32)。バー・モウは言う、「ビルマでわたしは長いこと、アジアの夢を見続けてきた。わたしのアジア人の血は、いつも他のアジア人に呼びかけていた。昼となく夜となく、わたしは夢の中でアジアがその子等に呼びかける声を聞いた」(33)。

戦後初のビルマ首相で、まだ民主主義が左右両翼から脅威を与えられていた時期に民主主義推進の中心人物だったウー・ヌーは、一九四四年九月に発表した記事の中で次のように述べている。

　モンゴル人種復活の主唱者であり擁護者でもある日本は、東アジアにおけるアングロサクソン勢力の支配と影響力を打ち砕くことに成功した。（中略）東アジアのアングロサクソン勢力を一掃し、反アジア人種によるアジア侵略の再度の試みに対して共同戦線を維持することは、全アジア人の義務である。(中略)大東亜共栄圏における日本の覇権が意味するもの——それを我々は日本のこれまでの行動から十分に信じることが出来るのだが——それは、東アジア諸国が経済的、政治的、社会的に公正な処遇を受けるようになることであり、従って我々はいかなる中傷誹謗があろうとも、こうした指導力を希望と信頼と信念をもって歓迎する。(中略)この共栄圏の建設にあたり、東アジア十億の民は、東条大将のような先見の明があり立派で信頼すべき指導者を持つことを極めて幸運と考えていい。(34)

戦時中に来日したフィリピン特派大使ヨルゲ・B・ヴァルガスは一九四三年、ラジオ演説でフィリピン国民に向かって次のように述べた。

その時が来たのだ、フィリッピン人を無気力にさせるアングロサクソンの影響力と文明を棄て去り、我等の生き方に革命的な変化をもたらす時が——。我々は東洋人としての魅力と、その本来の美徳を取り戻さなければならない。新しい国民文化を発展させるのは諸君であり、その文化はフィリッピン人を共栄圏の尊敬すべき価値ある仲間とすることが出来るのである。(35)

大東亜共同宣言は十一月六日、ドイツ大使、イタリア、ハンガリー、ブルガリア、ルーマニア、スペイン、デンマーク各国公使の立会いの下で、満場一致で採択された(36)。会議は極めて的確、かつ効果的に運ばれた。宣言の採択は、当然のことながら新聞で派手に取り上げられた。しかし、はっきり焦点が政治的問題に絞られていたため、何かというと詩を作っていた当時の日本でもこの会議を詩にうたった者はいなかった。作家にとってこれより遥かに重要だったのは、通称「文報」と呼ばれた日本文学報国会の活動だった。

作家たちの様々な組織(37)が発展して出来た日本文学報国会は、戦時中の政府の強い支援があって成立した。昭和十七年（一九四二）五月二十六日の創立総会で基調演説を行ったのは、内閣情報局次長で「尊皇攘夷の血戦」の筆者である奥村喜和男《きわお》（一九〇〇―六九）だった。幕末の志士たちの合言葉を本の題名にしたことは、奥村の激しい愛国主義と外国嫌いを象徴している。

文報に所属していた作家たちの長い名簿を見ると、すべての作家がこれに参加していたのではないかという印象を受ける。多くの作家が文報に入ったのは、戦争目的に賛同する真面目な考えからか、あるいは、左翼系の作家たちにとっては文報に属することで過去の罪を水に流すことが出来たからだった。しかし、頑固に参加を拒絶した人々もいた。永井荷風は、再三にわたって入会を強要されたが、「打棄て丶答へず」と日記に書いている(38)。大空襲下の東京の生活を生き生きと描いた日記「東京焼盡」の筆者内田百閒《ひやつけん》（一八八九―一九七一）は、何度も勧められたが文報には最初から関係せずと心に決めていて、あくまで無関係を通した(39)。百閒は、そもそも政治家とつき合う作家が嫌いだった。

高見順は昭和二十年（一九四五）六月まで参加を拒否していて、当時の日記に次のように書いている。

過日、今日《こんひ》出海《でみ》君から文報入りを誘われたとき、迂闊《うかつ》にも「入ってもいい」と答えたのである。今君は、再三説かれて遂に文報入りを承諾し、私にも一緒に入ってくれないかといった。久米さんも、入ってやれというので、ついうかうかと、ウンといった。あとで考えると、やはりいやだった。そこで文報から正式にいって来たら、断ろうと思っていたところだ。しかるに文報側は、今君から私の文報入り承諾を聞いて理事会にただちに掛けたらしい。――文報へ入ったっていいのだが、勉強の時間がなくなるのが辛いのだ。島木君の「独善主義」かもしれないが、私は「自己完成」に忙しいのだ。だったら一切の外的活動は拒んだらよさそうなものだが、そうも行かない。そうも行かない範囲のことは、やる。それは一種の休息にもなる。精神的換気である。

文報入りは換気ではすまされない。(40)

高見はそうは言っていないが、あるいは文報から受けとる手当てを歓迎したかもしれない。また高見は十年あまり前、共産主義者の容疑で憲兵に逮捕され拷問されたことには触れていないが、その汚名をそそぐことが文報入りを決意した一つの要因であったかもしれない。自他ともに認める共産主義者の宮本百合子（一八九九―一九五一）は、戦後になって夫の宮本顕治から文報入りを非難された。宮本顕治は当時、共産主義者として投獄されていた。百合子は、一人で外にいるのに耐えられなかった、と顕治に応えている。

ほかにも戦後になってから、文報の活動に関わったことを弁解しようとした人々がいた。文芸評論家の平野謙（一九〇七―七八）は、あくまで文報入りは「偶然」だったと主張した。しかし、平野が嘱託となった情報局の課長（平野は回顧録の中で、この課長について好意的なことは何も書いていない）によれば、平野は役所に三度、自宅に二度訪ねてきて、すでに課の嘱託には空きがないにもかかわらず採用してくれるように頼んだ。課長が無理してやっとのことで採用を決めてくれた時、平野はわざわざ九州まで行き、両親にその喜びを伝えている(41)。平野の文報入りは、決して「偶然」ではなかった。今となっては、こうした問題で誰が真実を述べているかを判断するのは極めて難しい。

ただ、こう言っておけば間違いないのではないだろうか。ほとんどすべての作家が、自ら進んでかどうかは別にして文報の仕事に関わった、と。また同時に記しておかなければならないのは、それが存在した約四年間にわたって文報はなんら目覚しい業績を挙げなかった。東京と南京で文学者大会を後援したほかには、「愛国百人一首」を昭和十八年に発行し、また芭蕉の死後二百五十年を記念して俳人たちが顕彰式典を行い、さらに軍艦建造のための献金運動をした(42)。

第三章　偽りの勝利、本物の敗北

昭和十八年（一九四三）後半に主としてソロモン群島とニューギニアで行われた戦闘に、日記の筆者たちはガダルカナルやアッツ島に対するほどの興奮や悲嘆を覚えなかった。高見順は、ソロモン群島での戦闘については日記で触れていない。かろうじてギルバート諸島のマキンとタラワの敗北を一行で片づけた後、新聞に連載される自分の原稿の挿絵について編集者と打ち合わせたことを記している。伊藤整は、しかし、片時も戦争のことを忘れなかった。伊藤は日記に書く。

……タラワ、マキン島の我軍は、この度の戦闘では全滅するにちがいない。皇国のため、民族のための貴い犠牲である。いま秋から冬にかかる時の美しい富士の見える日本の国土は、その人たちの血によって護られているのだ。（1）

伊藤は、自問する。

アメリカ大陸に人類あって最大の物質文明を樹立したアングロサクソン民族が、亜細亜を植民地として支配するか、それともアジアの精鋭殉国の思想に凝り固まった大和民族が十億のアジア各種属を率いて、東亜細亜を守りとおすかという民族の宿命的な決闘の只中に私たちは生きている。（中略）物を作るのは米国人が上手だろうが、戦闘では日本人が世界に冠絶している。日本の戦のやり方は、今の日本としてはこれが最上の戦闘法であり、それが成功しているというべきだ。(2)

伊藤は、アメリカ艦隊が受けた甚大な被害の公式報告に安堵するが、アメリカ軍がソロモン諸島のレンドバに上陸したことを知って激昂した。

この島に上った米軍を一人残らず殺して、ガダルカナルの仇を報じ、かつ敵の戦意を摧《くじ》かなければならぬ。（中略）ガダルカナル、アッツに続いて、三つ目のこの島の上陸戦で今度こそ米軍に思い知らせなければ、国民の意気も消沈するであろう。(3)

伊藤は殺気立っているように見えるかもしれない。しかし伊藤の敵意は、間もなく彼が読んだ元駐日アメリカ大使ジョセフ・グルーに関する記事によって正当化されたようだった。あり得ないことだが、記事によればグルー元大使が日本人は殺すよりほか仕方がないと発言したという。伊藤は断言する。

こういう暴論を喜ぶような残虐なアメリカ人の血液がたしかにある。それは彼等が新世界米大陸を開拓し、土人を殺リクする間に体得し、発展させた血液である。(4)

アメリカ人は日本人のことを残虐であるとして非難を浴びせ、漫画の中で牙をむく怪物として描いた。伊藤は、残虐性はアメリカ人の特徴だと考えた。あるアメリカ人の言葉を、伊藤は日記に引用している。そのアメリカ人は空前絶後の空襲を日本本土に加え、「人間は勿論一木一草といえども芟除《さんじょ》するであろう」と言ったのだった(5)。

その年十二月、伊藤はニューヨーク・デイリー・ニューズの社説に激怒している。社説は、「降服ということを知らぬ日本軍を破るには、東京とその近郊を毒ガスによって壊滅させる外ない」と書いている。伊藤は叫ぶ。

これを我々大和民族が記憶しておかねばならない。何ということを公然と言い出すのであろう。これは歴史に書き留めておかねばならないことだ。彼等はアングロサクソン以外は人間でないとでも思っているのだ。そんなことをし始めたら、彼等の子弟は、太平洋の島々の上で、逆に毒ガスで次々と死ななければならない事となるだろう。

(6)

清沢洌は日記に、北海道旅行の汽車の中での出来事を記している。途中から挺身隊が汽車に乗ってきて、その隊長が次のように演説した、「大西洋憲章というものをチャーチルとローズヴェルトが作ったが日本人を皆殺しにすると決議した。男も女も殺してしまうのだと声明した、きゃつらに殺されてなるものか」。清沢はさらに、アメリカ人が勝利の暁には、日本人に子供を生ませないように、日本人の男から睾丸《こうがん》を取るか、あるいは孤島に追いやる云々と一般人の間では信じられている、と書いている(7)。

ヨーロッパでの戦局の推移は、伊藤を悲嘆に暮れさせた。

七月二十七日。(中略)朝刊にてムッソリーニの辞職を知り、驚愕す。イタリアは崩壊に瀕しているのだ。ムッソリーニは現在のイタリアを築いた人、ムッソリーニ即イタリアであった。枢軸の片方は今や戦線から脱落しようとしている。大変である。

戦う方針は不変だなど新聞は勝手な見出しをつけているが、腹が立って来る。ムッソリーニが政治をやって行けないならば、ヒットラーの立場も危いのではないか。(8)

ファシズムの永続性を信じていた伊藤は、イタリアの最近の動静を新聞で読み、「はかなく哀れな感じ」を覚えた(9)。昭和十八年(一九四三)八月、伊藤は書いている。

私など敗戦国民として生活するほどならば死んだ方がさっぱりしていいと直感的に感じているが、日本人はこれが本能だから、イタリア国民と同様に考えていたら米英は誤算をする。(10)

伊藤の英雄はヒットラーだった。二十年前にナチを結党した記念の場所であるミュンヘンのビアホールでヒットラーが演説した要旨を読んで、伊藤は書く。

読んでみると、やっぱり、この演説をした人は天才であるとの感を深くする。人の心を把握する力は、素晴らしい。(中略)個人の信念と才能とが国民を指導し、人を信じさせる力は偉大なものだと思う。この戦争は、十九世紀以来の民主的社会思想の表現した「人間の弱点の正当化」という、人とは弱いものなりとの観念を踏み破り、

意志の力、人格の尊厳、人間の美しさにこの上ない価値を見出して来ている。(11)

伊藤は、ヒットラー暗殺が企てられたことを知って驚愕した(12)。言うまでもなく伊藤は、ヒットラーの命令で行われた残虐行為の数々を知らなかった。しかし、たぶん知っていたとしても伊藤は、日本の同盟国が戦争に勝つために取らざるを得なかった非人間的な措置を弁護したかもしれない。

伊藤だけが、こうした見解を持っていたわけではなかった。二十世紀の傑出した歌人斎藤茂吉(一八八二―一九五三)は、代表的な短歌雑誌「アララギ」に連載していた「童馬山房夜話」(一一八)に次の一節を書いている。

七・二〇事件、即ちヒ総統暗殺未遂事件は私等をしてひどく心痛せしめた。自分などの信頼する独逸人がなぜあんなことを為したか、まことに心痛の限である。(中略)ヒ総統がたとひ統軍上眼力が無いにしても、只今総統を殺したなら独逸がどうなるかといふくらゐのことは分かる筈である。(13)

石川淳(一八九九―一九八七)は昭和十七年、「ドイツに関する限り、ヒトラアはみごとな指導者に相違ない。(中略)今後、万一彼が失敗したとしても、それは美しいものだと想像される」(14)と書いた。この時期、日本の作家の中にはユダヤ人を弾劾するドイツ人に呼応して、資本主義と共産主義の弊害としてユダヤ人を非難する者もいた。一部の日本人だけが、ドイツの同盟参加に疑問を抱いていた。清沢は昭和十八年(一九四三)十二月十五日の日記に書いている。

十一日の日独攻守同盟の記念日に、日本だけが騒ぐのはどういうわけだろう。ベルリンでは大島大使が主催で高官を招いたらしいが、リペントロップは出ない。(15)

伊藤の考えでは、敗退しているにもかかわらず大和民族は、かりにドイツ人と組まなくても最終的には無敵であることが明らかになるはずだった。昭和十九年(一九四四)七月、伊藤は次のように書く。

こうして今年こそは大和民族が真の危機に直面して来ている。神州の不滅を信じ、皇兵の絶対不敗を確信することに変りはないが、苦難にいよいよ直面し、首都を空爆されることが予想されるし、欧洲における盟邦はじりじりと四囲から押されて不利を加えて来、どうしてこれを打開するか。大和民族よ奮起せよ。この時こそ、我々の力の限りを使って、その生命を全うし、祖国の名誉と運命を確保しなければならない時

だ。(16)

伊藤の日記には、なにも威勢のいい喊声《かんせい》や大和民族を叱咤激励する言葉だけが書かれているわけではない(17)。あまり丈夫な身体ではない自分が徴兵されるかもしれないという可能性について、伊藤は絶えず心配していた。当初は、あと一年半で徴兵の年齢制限である四十歳になることを考えて自らを慰めていた。しかしほどなく、徴兵が四十五歳まで延長されることになるという噂を耳にする。不安になった伊藤は、中学教員の職に就いた(18)。

また伊藤が繰り返し記録しているのは、家族を養うのが難しくなっているという現状だった。

うちでは金が無くなり、今日明日にでも米屋、郵便保険料などが取りに来る分はあるが、外に少しの余裕もなく心配で、いろいろ考えたが、この月末までに「幼年時代」か少女小説かを書き上げて金を作ることに腹をきめ……。(19)

作家が窮状にあることは、事実だった。ふだんであれば伊藤に原稿を依頼していた雑誌は、資金繰りに困った末に、あるいは政府の命令による統合ないしは廃刊で倒産していた。知識階級が読む二大雑誌「中央公論」と「改造」が昭和十九年（一九四四）七月に出版禁止となったのは、思うに雑誌の内容がどちらかと言えば依然として進歩的だったからである。雑誌の数が減ったことで作家は収入を失うことになり、家族を養うために別の仕事を探さなければならなかった。伊藤は一時中学で英語を教えたが、政府が非常事態に鑑みて人文科学を教えることを禁止したため、仕事がなくなった。いつまで作家として生計を立てていけるか、伊藤は不安だった。小説家の北原武夫（一九〇七―七三）は、伊藤に「文学は休止だね」と話す。いま文学が役に立っているのは一種の宣伝活動だけだ、と(20)。

伊藤は、政府と同様に出版界の中にもいる国粋的な極端論者たち（伊藤は自分がそうだとは思っていなかった）が、自分のように西洋文学を学んだ者の作家としての生存を危うくするだろうと考えていた。現在の状況について沈黙を守ることを強いられれば、それでもいいと伊藤は思った。伊藤は日露戦争のような、あたりさわりのない題材について書くことに精力を傾けることにした(21)。翌年、相変わらず同じような心境から伊藤は日記の書き方を改める決心をする。

戦況は報告的なものを新聞の切抜によって編輯し、私はあまり書かぬこと。戦局の批評めいたことは避けるように努める。食物不足の話はなるべくやめ、鶏や農作物の

仕事の記録を主にし、また生活の感想を主にすること。(22)

伊藤は、自ら取り決めたこの約束を守らなかった。昭和十九年末に向けて伊藤は、戦時中の日本人がどのように生きたかを後世に伝えることが自分の使命だと決意する。戦場へ送られる日まで、伊藤は日記を書き続けることを誓う。事実、想像することも出来なかった日本の敗北で戦争が終わるまで、伊藤は日記を書き続けた(23)。

大和民族が勝つという伊藤の信念(24)は、海戦での日本の驚くべき勝利を伝える大本営発表に力づけられた。昭和十八年十一月九日、伊藤は午後七時のラジオのニュースで、ブーゲンビル島沖で敵の戦艦三隻が撃沈、一隻が大破したことを知った。巡洋艦二隻、駆逐艦三隻も撃沈したという。伊藤は、「心の躍る」のを禁じえなかった(25)。事実は、アメリカの戦艦は一隻もこの海戦に参加していなかった。機動部隊には巡洋艦二隻が参加していたがどちらも打撃を受けなかったし、大きな被害を受けたのは駆逐艦一隻だった。日本側の勝利は、これ以外すべて架空のものだった。日本の方が遥かに大きな損害を被り、軽巡洋艦と駆逐艦一隻が撃沈されていた。伊藤は翌日、アメリカ海軍長官フランク・ノックスが日本の勝利について沈黙を守った、と記している。

十一月末、日本が占拠していたギルバート諸島に対するアメリカ軍の作戦が始まった。伊藤は日記に書いている、「ギルバート諸島の米軍は開戦以来の損害を被ったと敵側がしきりに発表している。これは事実その損害が大きいのであろうが、それにも増して、最近のブーゲンビル島沖の損害を隠蔽して注意を転換させる為でもあろうかと考えられる」(26)。

十二月二日、伊藤は敵がギルバート諸島で航空母艦二隻を失ったという発表を聞いた。ギルバート諸島で敵が失った空母は、これで計七隻になった。これにブーゲンビル島で失った空母五隻、戦艦四隻を加えると敵の被害は甚大なものだった。しかし、アメリカ側は何も発表しなかった。昭和十九年（一九四四）三月二日、伊藤は日本が最近さらに敵戦艦、空母等五、六隻を撃沈したという噂を聞いたが、公式発表がないので噂は嘘だったかもしれないと思う。もっとも、大本営がわざと勝利を秘密にしている可能性はあった。四日後、伊藤は小笠原諸島沖で敵空母十数隻を撃沈したという報告を聞くが、三月十一日に編集者から、先日来の大戦果はことごとくデマであったことを知らされる。重慶、上海あたりに流された敵側の作為的デマを、短波受信機を持っている株屋か何かが、そのまま聞き伝えたものであるらしかった(27)。

デマに騙された結果、撃沈したアメリカの戦艦のニュースに対して伊藤が慎重になったかといえば、そうではなかった。台湾沖海戦のことを、伊藤は嬉々として日記に書いている。昭和十九年十月十六日の大本営発表によれば、敵空母十隻、戦艦二隻、巡洋艦三隻、駆逐艦一隻が撃沈され、その他十九隻を撃破した。伊藤は、これを開戦以来の戦果と呼んでいる。日本側が失ったのは空母一隻だけだった。艦隊の主力であるアメリカの空母は、今や海底に葬られたのだった。西太平洋の主権は、再び大和民族の手に握られた。国民の心に潜んでいた恐怖は消え、日本に垂れ込めていた暗い空気は一掃された。いかなる戦闘にも日本は勝つ戦力を持っている、という自信が世間に広まった。この気分一新の空気が、街の通りや人々が集まる事務所、また配給を待つ列の人々にも漲《みなぎ》っているのがわかった。勝利について語る小磯首相の談話発表は素晴らしかった。この大勝利の結果、アメリカは二度と再び太平洋で日本を破ることは出来ない、と伊藤は断言する。

敵はひるんだ。ここに改めて一年か二年を費して航空母艦群を建造して敵が寄せて来るとしても、我方もまたその間に力を補い充たして待つであろう。戦って死ぬ外に敗れることを知らぬ日本人のこの戦争における自信はいよいよ動かすことが出来なくなった。三日か四日のあいだに行われたこの戦は、半年を費してロシアに攻め込み、スターリングラードで一敗地にまみれたドイツのような失敗を米国に喫させた。あまり短時日なので信じがたいほどの決定戦が行われたのだ。サイパン、テニアン、大宮島のみならず、アッツ、ギルバート、クエゼリン、ルオット等の島々に玉砕した人々にこの事実を知らせたいものだ。(28)

伊藤が開戦以来最大の勝利と呼ぶものは、後から出たいかなる書物にも記述されていない。伊藤を始めとする日本人は、アメリカ艦隊の大半が壊滅したというニュースに狂喜した。しかし、十月十二日から十六日の間に台湾沖と沖縄沖で行われた海戦で損傷を受けたのは、アメリカの巡洋艦二隻だけだった。アメリカの軍艦が一隻も沈まなかったのに対し、アメリカ艦隊を攻撃して帰還しなかった日本の戦闘機三百十二機の壊滅は日本から永遠に制空権を奪った。アメリカが大敗北を喫したと思われた後、現場に飛んだ日本の偵察機は、驚いたことにアメリカ艦隊がほとんど無傷であることを発見した。しかし、勝利のニュースを取り消すには遅すぎた。十月二十一日、天皇は大本営に御嘉尚《ごかしょう》の勅語を発した。天皇もまた、敵損害の誇張された報告を信じるように暗黙のうちに誘導されていた。

アメリカの軍艦に与えた被害を推定するにあたって、なぜ日本人がこれほど間違えたかについては、幾つかの理由が考えられる。おそらく一番簡単な説明は、戦争のこの時期、是非とも日本の勝利が必要とされていたからだった。開戦時、日本の相次ぐ勝利にアメリカ人が動揺した時、明るい話題が一つあった。それは、大胆不敵な操縦士コリン・ケリーが決行した戦艦「榛名《はるな》」の撃沈だった。ケリーは、「榛名」の煙突めがけて機体ごと飛び込んだのだった。ルーズベルト大統領は、故ケリーの遺児が大学に入る年齢に達した時、ウェストポイント陸軍士官学校に入学出来るように取り計らった。ケリーは、最高のアメリカ陸海軍勲章である名誉勲章を受けたと伝えられている(29)。昭和十八年二月に真珠湾に配属されたわたしは、「榛名」が依然として航海中で損傷さえ受けていないことを機密事項として知らされた。アメリカを覆っていた陰鬱な空気を一掃する手段として意図的に出されたと思われる虚偽の発表について、何らかの公式声明があったかどうかは思い出せない。ドゥーリトル編隊の東京急襲も、おそらく同じ目的のものだった。もちろん日本に与えた被害は、失われた人命や飛行機の埋め合わせになるほどのものではなかった。

一方、伊藤は米国海軍長官フォレスタルの声明を読んで驚愕している。フォレスタルは、米国の海軍勢力が増大した結果、太平洋にいる四艦隊のうち二艦隊で日本の全艦隊と十分決戦できると言明した。これが本当なら、日本の艦隊勢力は人々が言っていたようには膨大なものではないのか、と伊藤は日記に書いている。伊藤は「ちょっと心細い感じである」と記しているが、一方でアメリカの最大の機動部隊が壊滅したという事実に安堵の気持を覚える。伊藤の結論は、こうだった、「こういう敵の政治家たちの言明というもの、たいていはその動機があからさまに推定されるので、子供の強がりと同様なものであることを、度々感じる」(30)。

アメリカ艦隊の安全を深刻に脅かしている戦局の展開に、伊藤は格別の満足感を覚えた。十月二十九日、次のように書いている。

昨日の朝刊にて、我方は自ら敵艦に突入する目的をもって出発する神風特別攻撃が出、……。帰還しない目的の飛行機を作っているということは、一月ほど前から度々耳にしていた。（中略）……遂にここに姿を現わした。日本民族の至高の精神力の象徴である。これで日本が勝てぬようならば、人間の精神力というものの存在の拒否となり、人類は物質生産力による暗黒支配の中に入るとしか考えられない。否日本人は、この精神力によって戦いとおすにちがいない。（中略）日本人の行動の極点である。(31)

ほかの作家たちもまた、特別攻撃隊（特攻隊）の栄光を称えている(32)。小説家の横光利一（一八九八―一九四七）は、日本語ならではの言い回しで特攻隊飛行士に対する賛辞のエッセイを書いた。冒頭、横光は次のように書く。

すべてのものから別れて行く精神――これはどういふものだらうか。恐らく、誰がどんなに工夫をして表現しても、現在、日々発してゐる特攻精神だけは、表現することは不可能である。ただ一人で敵の一艦を沈没せしめる、さういふことではない。死を以つて的に中《あた》る。それも間違ひだ。身を以つて国を救ふ、それでもない。それなら何か。

私はこの特攻精神を、数千年、数万年の太古から伝はつて来た、もつとも純粋な世界精神の表現だと思つてゐる。敵を滅ぼすといふがごとき、闘争の精神なら、すべてのものから別れる必要はない。運命に従ふといふがごとき、諦めの精神なら、訓練する要もない。歴史を創造する精神、といふより、むしろ、そのやうな創造の精神を支へ保つ、最も崇高な道徳精神だと思つてゐる。勿論、この表現も真に迫つたものではない。(33)

特攻隊が編制され、アメリカ艦隊の撃沈撃破に成功したことは、伊藤を始めとする日記の筆者たちに希望をもたらした。しかし昭和二十年一月二十日、伊藤は書いている。

比島の戦況は、新聞が色々と強気に書くにもかかわらず、決してよくない。敵はリンガエンからルソン中央の平原をマニラに向って南下しつつあり……。(中略)そして敵はまたリンガエン附近の飛行場で、小型機を使用しはじめたという。そうすると制空権も漸次に敵手に陥ることとなろう。(中略)

飛行機なく艦船なくしてどうして比島という島国の戦を有利ならしめ得よう。そして目下のように政治家、役人、企業家等が国のために働くという精神が薄くては、この戦争にはとても勝つことが出来ぬと（引用者注・矢野参謀は）熱した口調で語ったという。(34)

この最後の一節は、新しい兆候を示している。日本の参謀の一人が、現状のままでは戦争に勝てないと言明したのだった。この敗北主義は、伊藤を深刻にさせた。

昭和二十年二月八日に文報（日本文学報国会）に行った時、レイテ島の日本軍が壊滅したことを聞かされた伊藤は、日記に次のように書く。

そう言えば、ルソン島の戦況に気をとられて私たちも注意しなくなったが、この一月ほど、あれほど喧《かまびす》しかったレイテ島の戦況の報道が新聞にすっかり出なくなった。十日ほど前には、レイテ島は全員玉砕した、という噂を聞いたが、今日文報での話では、レイテ島の我軍は、後方へ迂回した敵のため食糧弾薬を悉く奪われ、全滅になった、という。また敵側の報道では、同島の日本軍は餓死的な状態で三十万も捕虜になった、と敵は放送している由。たとい餓死状態になろうと数十万もの日本軍がおめおめと捕虜になるなどは、私には考えられないことだ。だがこの報道の沈黙は怖ろしい。

（中略）

レイテで破れれば、この戦争は敗けだと、あんなに当局が断言し、特別攻撃隊の相ついでの突入によって敵の艦船数十隻を沈め、斬込隊によって敵の飛行場を奪取したり、降下隊によって反撃したりした。あの花々しいレイテ島の戦は、やがて全島を敵に包囲上陸され、敵が更に北上して、ミンドロ島、ルソン島に上陸すると共に、ぱったり消息が絶えてしまった。(35)

高見順は、戦時の大半にわたって日本にいなかった。開戦の時、高見は陸軍報道班員としてフランス領インドシナにいたし、昭和十七年はビルマにいた。昭和十八年一月に帰国したが、翌年は中国へ派遣され、そこで昭和十九年の後半を過ごした。日記には会った人物の話や観光名所の素描がふんだんに出てくるが、軍の報道班員として実際に高見が何をしたかについては多くを語っていない。昭和十九年の中国滞在で最も注目すべき出来事は、その年十一月に南京で開かれた第三回大東亜文学者大会だった。日本代表の団長は、もともと武者小路実篤(一八八五―一九七六)が務めるはずだった。しかし間際になって武者小路が病気になり、長与善郎《ながよよしろう》(一八八八―一九六一)になった(36)。長与は「如何ニシテ小説詩歌戯曲等ヲ以テ士気ヲ激励シ戦意ヲ昂揚シ大東亜戦争ニ協力且英米ヲ駆逐シ以テ大東亜民族ノ解放ヲ計ルヤ」という題で演説した。高見の演説は、もう少し穏やかな題で、「如何ニシテ大東亜諸民族ノ文化水準トソノ民族意識ヲ昂揚スベキヤ」だった(37)。

高見は、大会の様子を次のように描写している。

大会の風景はおもしろかった。

中国の人たちは、ほとんど聞いていない。時々耳を傾け多くは卓上の雑誌をよんだり新聞をよんだりしていた。

実に自由な態度だ。気がねや遠慮がない。――むしろうらやましかった。

満洲国代表はいずれも「今や苛烈なる決戦云々」といった紋切型のつまらない演説ばかりだった。

中国側は文化人の生活の窮迫をなんとかしたいといった実際的な提案が多かった。

日本人はことごとく原稿を持って演説をする。演説が下手。中国人はメモだけで演説をする。身ぶり豊かなうまい演説振りだった。(自分はしゃくにさわったからメモも持たずに、やった)(38)

中国を訪問した際の高見の日記は、当時日本で作家たちがつけていた日記とは、まったく異なる。ほとんど戦争に触れていないし、中国では食料不足や空襲の恐怖もなかった。現地で出会う日本の軍人に対して嫌悪感が表明されることもなかったが、高見は昭和七年（一九三二）に共産主義者の嫌疑で憲兵に逮捕されたことを忘れることはできなかったはずだった。高見は、残忍で知られる特高刑事から拷問を受けた後、転向手記を書いた(39)。

高見の小説に描かれた特高刑事は、陸軍将校甘粕正彦（一八九一—一九四五）を髣髴《ほうふつ》とさせる。無政府主義者の大杉栄の死に関わったとされる甘粕は、その罪で裁かれて有罪となったが、処罰される代わりにフランスに留学させられた。戦時中のこの頃、甘粕は満州で宣伝映画を作っていた。高見は中国滞在中、甘粕に数回会っている。しかし日記には、その印象が一言も語られていない。

中国滞在中の高見の日記は、どちらかというと興味に乏しい。しかし、いったん日本に帰国してからの日記は、終戦と占領が始まった昭和二十年（一九四五）の日々の記録として実に貴重なものとなる。中国と満州は（少なくとも高見が訪ねた場所は）、平穏だった。物価は高かったが、ほとんど何でも買うことが出来たのに対して、当時の日本には重苦しい気分が漂い、店には品物が何もなかった。最初に大規模な空襲が東京を見舞ったのは、高見が中国から戻る直前の昭和十九年十一月二十四日だった。この時以来、昼夜に関係なく常に空襲の危険があった。誰もが劇場に行くのを恐れたのは、大きな建物が標的になりやすいからだった(40)。

高見が住んでいたのは、東京から電車で一時間ほどのところにある鎌倉だった。鎌倉は爆撃を受けていなかったが、近くの沿岸はアメリカ軍の上陸地点として最も可能性が高いという噂が流れていた。こうした緊張感は、日記を書き続ける上で高見の刺激となったかもしれない。高見にとって日記は自分の生活の記録であるばかりでなく日本の苦悶の記録でもあり、これこそ自分の一番重要な仕事であると高見は考えていた。高見は生計のためにあらゆる原稿依頼に応じたが、その数は少なくなるばかりだった。危険をかえりみず、高見は足繁く東京へ通った。時には文報に顔を出すこともあったが、多くはまだ店を開けているバーで飲むためだった。高見の日記に描かれた地図は、空襲で焼けたバーなどのあった場所を示している。いずれも、かつての幸福な日々の思い出だった。

高見は鎌倉・東京間の列車の中で、いつもは乗客の大半を占めていた学生の姿が見られないことに気づく。中学生でさえ、軍需工場に勤労動員されたのだった(41)。列車が大船を過ぎる時、石炭の焼がらの山を女と子供がかきまわして、まだ使える石炭を物色している姿が眼に入った。「支那では、こういう風景を、いたるところで見た」と高見は書いている。日本人は中国を遅れた国と見下していたが、貧困と戦時の欠乏で日本人も急場しのぎの生活に追い立てられていた(42)。

ほとんど建物が全壊してしまった周辺一帯を眺めて、高見は往時を偲んでいる。また高見は、東京の住民が爆弾よけに朝食にらっきょうを食べるようになったことを伝えている（これには条件が一つあって、らっきょうを食べて効き目があるためには、その効き目を知り合いから知り合いへと順番に伝えていかなければならなかった）(43)。

昭和二十年二月二十七日、東京を訪れた高見は、その破壊の規模に愕然とした。神田橋周辺の一帯は焼失し、ところどころまだ煙が上っている。前に来た時には焼け残っていた小川町の左側は、今や真っ黒な焼け跡だった。右側は、見渡す限りの焼け野原である。高見は、東京が焼け野原になったという噂さえ聞かなかった。かりに知っていても、みだりに口にしてはいけないと控えているのだろうか。日記は続く。

家に帰ると新聞が来ている。東京の悲劇に関して沈黙を守っている新聞に対して、いいようのない憤りを覚えた。何のための新聞か。そして、その沈黙は、このことに関してのみではない。

防諜関係や何かで、発表できないのであろうことはわかるが、――国民を欺かなくてもよろしい。

国民を信用しないで、いいのだろうか。あの、焼跡で涙ひとつ見せず、雄々しくけなげに立ち働いている国民を。(44)

五ヶ月後、高見は同じ調子で書いている。

昨日、中村武羅夫《むらお》さんと塩田良平氏とに会って文報事務所へ午後行くことを約した。新橋へ出て、田村町へ歩き、そこで目黒行の電車を待った。(中略)そうして田村町ではいくら待っても目黒行は来ないということがわかった。天現寺《てんげんじ》行の小さな電車がガタガタとやって来た。なんともいえないボロ電車だ。外人が乗っている。外人はこのボロ電車と、車中のいずれも汚い風態の日本人を、どう思うだろう？　いろいろ想像した。結局、――実によく頑張っている、そう思うにちがいない、そう確信した。窓から見える焼トタンの小屋も――実によく頑張っている。私の気持も明るくなった。そうしてこのけなげな日本人を、これ以上の悲惨と不幸に突きおとしたくないものだとしみじみ思った。戦争指導者にこの愛情が果してあるだろうか。現実を果して知っているのだろうか。そんなことも考えた。(45)

第四章　暗い新年

昭和十九年（一九四四）十二月三十一日、永井荷風は日記に書いている。

晴また陰。夜十時警報あり。忽《たちまち》解除。夜半過また警報。砲声頻《しきり》なり。かくの如にして昭和十九年は尽きて落寞たる新年は来らむとす。我国開闢《かいびゃく》以来未曾《いまだかつ》てなかりし事。是《これ》皆軍人の為すところ。其罪永く記銘せざるべからず。（1）

昭和二十年は、荷風にとってだけでなく東京の全住民にとって悪い年だった。硫黄島の飛行場を占拠したアメリカ軍は東京から至近距離に基地を得て、盛んに焼夷弾攻撃を始めた。東京は軒並み破壊された。最悪の焼夷弾攻撃は、三月十日に起きた。これまで市内の他所《よそ》の火災には眼もくれなかった荷風も、今度ばかりは手の施しようのない損害に深い衝撃を受けた。荷風が二十六年間住んだ偏奇館(2)は欧米で購入した書物で満ちていたが、これが全焼した。三月九日付の日記に、荷風は十日未明の惨事について語り始める。

> 夜半空襲あり。翌暁四時に至りわが偏奇館焼亡す。火は初長《はじめな》垂《だれ》坂の半程より起り、西北の風にあふられ忽《たちまち》市兵衛町二丁目表通りに延焼す。予は枕頭の窓火光を受けてあかるくなり、隣人の叫ぶ声唯ならぬに驚き日誌及草稿を入れたる手革包を提げて庭に出でたり。谷町辺にも火の手上るを見る。又遠く北方の空にも火光の反映するあり。火粉は烈風に舞ひ紛々として庭上に落つ。予は四方を顧望し到底禍を免るゝこと能はざるべきを思ひ、早くも立迷ふ烟《けむり》の中を表通に走出で……。(3)

荷風は交番へ行き、(友人が住んでいる)三田まで通行は可能かと尋ねる。途中が焼けているので行くのは難しいと言われ、違う方向へ足を向けるが、やはり途中で炎に遮られる。七、八歳の少女が老人の手を引いて道に迷っているのに行き会った荷風は、二人を安全な場所に誘導した後、偏奇館を最後にもう一度見ようと思い、警告を無視して家の近くまで戻る。近所の家の門前から、偏奇館のあたりに火炎が一段と烈《はげ》しく空に舞い上がるのだけが見えた。万巻の書が、一瞬のうちに煙となって消えたのだった。

夜が明けてから、なんとか従弟の杵屋五叟《きねやごそう》の家に辿り着いた荷風は、筋骨が痛く、疲労困憊し、ひと眠りした。気づいてみると、家も蔵書も無くなって、今や自分は着の身着のままなのだった。思い起こしてみると偏奇館に隠棲して二十六年になるが、戦時で下男下女や園丁も思うように見つからず、ひと思いに蔵書を売り払い、身軽になってアパートへでも引っ越そうかと思っていた矢先だった。こういう形で無一物となったのは、かえって老後の安心のためにはよかったのかもしれなかった。しかし荷風は、四十余年前に欧米で購入した詩集、小説など座右の書を忘れることが出来なかった。今や再び手にすることが出来ないと思うと、「愛惜の情如何《いかん》ともなしがたし」と荷風は書いている(4)。

翌日、五叟は息子二人を、何か見つかるかもしれないということで「灰を掻く」ために偏奇館へやり、荷風も後から出かけた。五叟の息子たちは、灰の中から掘り出した三つの品を荷風に見せた。一つは谷崎潤一郎が荷風に贈った断腸亭の印、一つは荷風の父が愛玩していた楽焼の茶碗、一つは母方の祖父が日常手にしていた煙管《キセル》だった。罹災の記念として、これ以上に貴重なものはなかった。三品とも、奇跡的に無傷だった。

荷風は自分の家が破壊されたからといって、アメリカ人に恨みを抱くことはなかった。荷風の恨みは、常にこの戦争を始めた軍国主義者たちに向けられた(5)。

他の日記の筆者たちは、荷風と違って、敵に対して遥かに強い怒りを覚えた。山田風太郎は、空爆後の町の荒廃を日記に書いている。壊れた店のガラスや傾いた看板、剝げ落ちた壁に灰色の塵《ちり》が厚くこびりついているところから見て、その惨澹たる町の風景は決して一夜にして変貌したものではなかった、過去三年間の惨澹たる結果に違いなかった。「鳥も鳴かない。青い草も見えない。ただ、舗道のそばに掘り返された防空壕の上に、砂塵がかろく立ち迷い、冷たい早春の日の光が虚無的な白さで満ちているばかりである」(6)。山田は続ける。

昨晩目黒で、この下町の炎の上を悠々と旋回しては、雨のように焼夷弾を撒いているB29の姿を自分は見ていた。おそらくきゃつらは、この下界に住んでいる者を人間仲間とは認めない、小さな黄色い猿の群とでも考えているのであろう。勿論、戦争である。敵の無差別爆撃を、天人ともに許さざるとか何とか、野暮な恨みはのべはしない。敵としては、日本人を何万人殺戮しようと、それは極めて当然である。

さらばわれわれもまたアメリカ人を幾十万人殺戮しようと、もとより当然以上である。いや、殺さねばならない。一人でも多く。

われわれは冷静になろう。冷血動物のようになって、眼には眼、歯には歯を以てしよう。この血と涙を凍りつかせて、きゃつらを一人でも多く殺す研究をしよう。

日本人が一人死ぬのに、アメリカ人を一人地獄へひっぱっていては引合わない。一人は三人を殺そう。二人は七人殺そう。三人は十三人殺そう。こうして全日本人が復讐の陰鬼となってこそ、この戦争に生き残り得るのだ。(7)

山田風太郎がこうした考えを書き留めたのは、二十三歳の時だった。わたしは、山田と同じ年に生まれた。幾つかの点で、わたしたちは似ている。たとえば同じ本を、たくさん読んでいた。山田の日記は、すさまじい空爆の時期でさえ自分が何を読んでいたかを記録している。だいたいにおいて山田は、題名だけを書いて特に感想は記していない。しかし五月七日、デュマ・フィスの「椿姫」について次のように書いている。「この書いままで幾度か読みたり。いままた読むも名作なり。思想円熟せる老人の作のみが唯一の傑作にあらざるなり。二十四歳の小デュマの二十四歳たるゆえんは、老人のなす能わざる夢と美と哀感と熱情に現わる」(8)。山田のように日記をつけていたら、わたしも一九四五年に似たようなことを書いていたかもしれない。

山田はトルストイ、チェーホフ、ゴーリキーの小説を読んでいるが、一番興味を覚えているのは(わたしと同様に) フランス文学、特にバルザックだった。ある時、わたしは「人間喜劇」全巻を読もうと心に決めたことがあった。結局、それは果たせなかったが、たぶん山田はわたしよりもバルザックをたくさん読んでいたと思う。この時期に山田が読んだ一冊は、特にわたしを驚かせた。それはマーテルリンクの「ペレアスとメリザンド」で、遥か昔の遠い王国を舞台にした繊細で美しい戯曲だった。この一節を読んだ時のわたしの最初の反応は、恐ろしい戦争のさなかに読むには変わった本だということだった。しかし次の瞬間、一九四五年に沖縄に上陸した時、自分がラシーヌの「フェードル」をザックに入れていたことを思い出した。

たぶん、わたしたち二人を隔てる最大の違いは、山田が抱いたような敵に対する憎しみをわたしが持たなかったことだろう。勿論、わたしはアメリカが勝つことを望んでいた。しかし、わたしは自分が尋問した日本人の捕虜に温かみを感じたし、そのうちの何人かとは友達になった。わたしは一人でも多くの日本人が戦闘で殺されることを望む代わりに、一人でも多く捕虜となって助かって欲しかった。おそらくわたしに憎しみが欠けていたのは、少なくとも日本人はわたしの住んでいる町を破壊しなかったし、日本人がわたしの国を占領するのではないかと恐れることもなかったからに違いない。わたしは何十万という日本人が虐殺されればいいと思ったことはない。原爆投下は、わたしにはひどい衝撃だった。

憎しみを抱いていたにもかかわらず、山田はアメリカ人が美点を持っていることを知らないわけではなかった。昭和二十年二月一日、山田は朝日新聞編集局長鈴木文四朗(9)の「敵の国民性」という講演を聴き、講演から日記に次のように抜粋している。

一、米人は恐るべく勤勉なり、今の日本で最も働き最も能率をあげい《ママ》る者は誰ぞや、そは囚人と米軍の捕虜なり。囚人は知らず、米捕虜の働くは必ずしも背後に銃剣あるに依らず。彼らは実に働くをたのしみとなす国民なり。余、今次大戦始まる前、米に渡り而して欧州にゆき、ふたたび米に帰れるに、その印象、欧は午後三時の国にして米は実に午前十時の国なりということなりき。

鈴木はアメリカ人が組織力に富むと称え、フォード社では自動車一台を作るのに四十五分しか掛からなかったと言う。特に自動車工場のみならず、アメリカ全体の清潔さに感銘を受けた鈴木は、それを日本と比較している。

日本はなるほど自らの家庭は茶室的にこまめに磨き清む。しかしひとたび社会に出ずれば実に痛嘆の極みなり。街頭に痰を吐く、鼻紙を捨つ、甚だしきは——先日東京駅地下道にて見たることとなるが、大の紳士の堂々と立小便しているにはかつ呆れかつ憤激にたえざりき。公園、病院等最も美しく清潔なるべきものが最も不潔なり。文部省のごとき外観美なりといえども内は村役場のごとし。その汚穢《おわい》乱雑なる、これで大日本の文教の府なりなどとは凄じきかぎりなり。(10)

この時期、もしアメリカ人の講演者が日本人の美点について語ったなら、まさに鈴木がアメリカ人について言ったと同様に、日本人が仕事熱心であること、日本人の清潔好きを強調したに違いない。鈴木はアメリカ人の勇気を称えた後、「勇の道誤りて凶暴残忍の気味あること」と付け加えている。これは、やはりアメリカ人が日本人に向けて浴びせた非難と同じだった。わたしが読んだ日本人の押収文書には、よくアメリカの兵士の長所と短所の評価が書かれてあった。いずれも、アメリカ人が日本の兵士について考えた評価と一致していた。

山田は非戦闘員だが、日本の兵士が直面する選択の可能性について書いている。

戦いて国を滅ぼすか、屈して永遠の汚辱にまみえるか。実に恐るべき関頭なり。決して小説中に於けるがごとき簡単なる命題にあらず。これ生きんとする本能と、光栄をつらぬかんとする理智との闘いなり。人間内部に於ける動物と神との格闘なり。日本人はいずれをえらぶか。

山田はこの設問に対して、命令口調で答える、「断じて屈するなかれ。恥を知り死を恐れざる民族たれ！」(11)。

日本人に対する山田の高潔なる助言は、なにも内地にいる日本人に限られたものではなかった。ドイツが連合軍に降伏したことを知った山田は、ヨーロッパ各地の日本人は米英に捕えられるより、むしろ潔く自ら処すべきであると書いている。日本人が死ぬ覚悟でいることと、ドイツ人が進んで降伏したことを比較し、この違いがアメリカ人に二つの異なった作戦を取らせるはずである、と山田は言う。

　敵アメリカ、日本本土直接攻撃の犠牲甚大なるを危惧し、支那大陸に上りて日本を孤立せしめ自滅せしむる作戦。また一挙に日本本土を攻撃して、中枢を消滅せしめ末梢おのずから滅ぼす作戦。この二法いずれをえらぶかは種々論議されたれど、このドイツの戦例によりて、日本本土直接攻撃を採る算大なり。いずれにしても、日本は不《ふ》撓《とう》不屈、ドイツとは違うなり。ドイツの戦例を以て日本に適用せんとする敵の錯覚誤解をその致命傷たらしめよ。(12)

山田は、紛争の新たな可能性を予測する。

　ソ連が究極に於て日本と一戦せざるべからざるはこれ宿命の未来なり。今や太平洋に苦戦する日本の背後より満州に出ずるにしかず、ソ連がかく考うるもまた尤も千万なり。今やソ連の手は空《あ》けり。アメリカはなお日本と戦う。その日本はいまだ降服の兵一人も出だしたることなく、一島攻むれば守備隊全軍玉砕するまで死戦敢闘す。この厄介なる敵を相手にしている間に、ソ連に欧州を——せっかくあれほど甚だしき犠牲を払いたる欧州の天地を、自由なるソ連に料理せらるるは米としては耐えがたきところならん。日本のみならずアメリカのこの焦慮を、恐るべき現実主義者たるスターリンがこれを極度に利用せんとするは容易に予想せらるるところなり。（中略）ソ連の欲するは、日米両国がなお交戦死闘を継続し、疲労困憊する事態ならん。このゆえに日本危しと見れば、むしろ日本に活を入れてなおアメリカと戦わしむるの望みを出だすや、なしとはいまだ断ずべからず。然るときは、日ソ結び、米英独を敵に回すという奇妙キテレツの事態出現せずとはいまだ計るべからず。(13)

山田は、フセヴォロド・イワノフの小説「餓鬼」に感銘を受けている。ロシア人の赤ん坊に乳を飲ませるために、キルギーズの女を奪ってきたロシア人の話である。ロシア人は、その乳をロシア人の赤ん坊に独占させるために、女の赤ん坊を殺すことにする。女が自分の赤ん坊の命を助けようとすると、ロシア人は言う、「どこの馬の骨とも知れねえキルギーズのために、ロシア人が一人死んでもいいっていうのかい？」。山田は、作者の意図がロシア人の残忍性を描くことにあると気づく。山田は書いている、「日本のこの戦争は、意識的無意識的に、かかる白人に対する黄色人種の復讐にはあらざるか」(14)。

東京に避難先を探すのを諦めた山田は、山陰の但馬《たじま》の実家に帰郷することにする。列車は何本もなく、四時間待った挙句に乗った列車は、すでに満員だった。乗客は通路やデッキにも坐ったり、しゃがんだりしている。座席は三人がけで、肘掛にも尻を乗せている乗客がいた。列車は十一時間後の午前十時、京都に到着した。しかし、一つだけある鳥取行きの列車に乗るために午後三時五分まで待たなければならなかった。山陰線のフォームで待っている間、山田はバルザック「谷間の白百合」を読む。

駅で偶然出くわした友人の田熊と一緒に、山田は鳥取行きを待たずに途中まで行く列車に飛び乗り、田熊が水筒に詰めてきた酒を酌み交わす。二人は、沖縄での戦闘の成り行きに悲憤慷慨《こうがい》する。もはや、本土が戦場になることは避け難い事実だった。しかし最後の一兵まで死に物狂いで戦えば、きっと勝つ、というのが二人の結論だった(15)。

田熊は、日本には殺人光線式の新兵器が完成していると言う。山田も桜五号というB29撃墜用の新航空機や、米本土攻撃用の航空隊の噂を聞いたことがあった。しかし山田は、こうした噂は怪しいものだと思った。もし本当にB29撃墜用の飛行機があるなら、いいかげんに現れてくれないと、日本中がきれいに無くなってしまう。山田によれば、新兵器の幻を夢見ながら滅んでしまったドイツの轍《てつ》を日本は踏んではならないのだった。田熊は、目下日本では必死になって毒ガスを製造中だと言う。日本は戦争に負けてなお生き残ろうとする国ではないから、破れかぶれに毒ガスを使うのも結構だと思った。しかし、その前にB29を何とかしなければ、こっちの方が毒ガスで全滅してしまうことになる(16)。

山田風太郎の日記の筆致は、陰鬱である。科学的思考で訓練された人間として、自暴自棄から出ただけの噂は信用しなかった。しかし山田は、この戦争での日本の勝算について客観的に考えることが出来なかった。五月二十一日、B29が東京の神田方面に宣伝ビラを撒いた。山田が聞いたところでは、そのビラは天皇の裁可を受けずに満州事変を始めた軍部を非難し、日本人が幸福になる方法は降伏のみである、と勧めていた(17)。山田は、ビラには何も反応を示していない。代わりに二日後、日本人が降伏して捕虜になることを考えるべきでない理由として、ドイツの戦争犯罪者が戦後復興の奴隷として英国、ソ連、フランスへ送られつつあるという報道を引用している。それでもなお、ドイツが数十年の後に復讐の頭をもたげるであろうことは眼に見えている、と山田は予言した(18)。しかし日本が敗れた場合、やはりいつの日か復讐に出るかどうかは予言していない。敗北の可能性について触れることは、山田には出来なかった。

内田百閒の日記は、山田と対照的に全体として陽気である。百閒の家は、三月十日の空襲で焼夷弾に焼かれなかった。次の空襲では隣近所一帯も焼け野原となることを覚悟したが、百閒は東京を離れるのが嫌だった。百閒がいつも一番気がかりなのは、煙草と酒が十分に手に入るかどうかだった。昭和二十年四月四日、百間は書いている。

硫黄島は已《すで》に取られ又琉球にも敵軍が上がつたさうだから、敵の飛行機は今までよりはもつと頻繁にやつて来るだらう。ただ思ふ事は、寿命の縮まる様なこはい思ひをした後で、空襲警報が解除になり、ほつとした気持で今度もまた無事にすんだかと思ふ時、お酒か麦酒《ビール》が有つたらどんなにいいだらうと云ふ事で、いつもそればつかり思ふなり。(19)

爆撃を免れた百間の幸運は、永遠には続かなかった。大規模な空襲が、五月二十五日夜にあった。百間は書く。

十時二十三分空襲警報になつた。昨暁も玄関に置いてある持ち出しの荷物を表に出したが、今夜もあぶなさうだから持ち出した。すぐに向うの西南の方角の空は薄赤くなつたが、それよりも今夜は段段に頭の上を通る敵機の数が多くなる様であつた。火焰《えん》を吐いて落ちて行くのは一つ見ただけである。焼夷弾が身近かに落ち出した。B29の大きな姿が土手の向う、四谷牛込の方からこちらへ今迄嘗《か》つて見た事もない低空で飛んで来る。機体や翼の裏側が下で燃えてゐる町の焰《ほのお》の色をうつし赤く染まつて、ゐもりの腹の様である。もういけないと思ひながら見守つてゐるこちらの真上にかぶさつて来て頭の上を飛び過ぎる。どかんどかんと云ふ投弾の響が続け様《ざま》に聞こえる。(20)

空襲は午前一時まで続いた。空襲警報解除のサイレンを聞き、百閒は無事だったことを妻と喜んだ。二人は、家を見に戻らなかった。間違いなく全焼したことはわかっていた。失ったものを嘆き悲しんでも、無駄だった。しかし、惜しんでも余りあるのは夏目漱石直筆の額だった。百閒がなんとか無事に持ち出した大事な品々の中には、一升瓶に残っている一合の酒があった。

百閒と妻には行くところがなかったが、少なくともその夜を過ごせそうな小屋を見つけた。もっとも、水も電気も、便所も台所もなかった。百閒は五月二十七日、先行き不安なまま二、三日来たまっていた日記を、一日かかって書く。それが終わると、妻とともに今後の身の振り方を考えた。危険の少ない田舎へ移ることは可能だったが、勤め先の関係で東京を離れることは出来ない。かりに田舎へ行っても、暮せるかどうかもわからなかった。ほかの人々がそうしているように、防空壕に住もうかとも思った。しかし、梅雨が始まると悲惨である。結局、「戦雲のをさまる迄」は小屋に留まることにした。小屋の持主は、母屋の一部屋を片付けたから、そちらに移ってはと勧めてくれるが、百閒は「この小屋が気に入つたから安住したい」と言って丁重に断る(21)。自由であることを何よりも大切にしていた百閒は、たとえ逆境にあっても親切を謝絶した。ほとんどすべての作家が参加した文報（日本文学報国会）に入ることを百閒が断ったのも、面倒に巻き込まれるのを避けたいという同じ思いから出たものだった(22)。

五月三十日、電車が再び動き始めた。百閒は時計を合わそうと思って四谷駅に行くが、電気時計は止っていた。ぶらぶらと歩きながら小屋に帰る途中に思い出したのは、よく新聞に出てくる焼け出された人々が「さつぱりした」と言う、ということだった。百閒の場合は意味が違っていたが、やはり「さつぱりした」と思った。「二階の書斎の大机のまはりや、本箱の抽斗《ひきだし》や押入の中や茶の間の廊下の小さなテーブルの上や、その他整理しなければならぬ片附けなければならぬと常常《つねづね》さう思ひながらいつ迄たつてもどうにもならなかつた煩《わずら》ひを、一挙に焼き払つてしまひ実にせいせいした気持である」(23)

著名な東京大学仏文学科教授渡辺一夫は、壊滅的な大空襲があった翌日、三月十一日から日記をつけ始めた。すでに述べたように渡辺が日記の多くをフランス語で書いたのは、そうしなければ自分の政府批判が憲兵に読まれてしまうかもしれないと恐れたからだった。日記にはイタリア語、ラテン語その他の語句が散見されるが、いずれも悲劇的な文句である。日記の表紙には、二つの引用句 "Lasciate ogni speranza" と "Mane, Thecel, Pharès!!" が書かれている。前者はダンテ「神曲」地獄篇で地獄の入口に記された「一切の望みを棄てよ」。後者は旧約聖書「ダニエル書」からの一節で、神を恐れぬ行為に対して王国が衰退滅亡する運命を預言した三語。これ以上に前途を悲観している言葉は、なかなか思いつかない。

　渡辺の日記は適切にも、以前に日記をつけていたにも拘らず、なぜそれを放棄したかという話から始まる。それは、自分の死後に残る人々にとって関心のあることを自分が何も書けないと思ったからだった。それが、なぜ再び日記をつけ始めようとしているのか。渡辺は、次のように説明する。

　今日、僕はあらためて日記の筆をとることにした。気持が変ったのは、筆をとらしめるに足る説得的な理由、いささかの希望を見出したからである。ここに記す些細な、あるいは無惨な出来事、心覚えや感想は、わが第二の人生において確実に役立ってくれよう。僕が再生し、復讐するその時に。こういう言葉が、ごく自然に出て来たが、それほど決意は固く、かつ熟慮の上ということだ。

　三月九日の夜間爆撃によって、懐しきわが「本郷」界隈は壊滅した。思い出も夢も、すべては無惨に粉砕された。試練につぐ試練を耐えぬかねばならぬ。カルヴァリオの丘における「かの人」の絶望に、常に思いを致すこと。かの人に比すれば、僕なぞは低俗にして怯懦《きょうだ》、名もなき匹夫にすぎぬ。かの人の苦悩に比すれば、今の試練なぞ無に等しい。耐えぬくこと!

Mater dolorosa!(24)

中には、たとえば次のように当時の作家の日記として驚くべき一節がある。

・もし竹槍を取ることを強要されたら、行けという所にどこにでも行く。しかし決してアメリカ人は殺さぬ。進んで捕虜になろう。

・国民の orgueil〔高慢〕を増長せしめた人々を呪ふ。すべての不幸はこれに発する。(25)

渡辺のラブレーの翻訳は、印刷所が空爆を受けた時には印刷製本が完了したばかりだった。その一切が、焼けた。そのあとに渡辺が記した唯一の感想は、「ラブレーは遂に日本に無縁なのだらう」。この諦念を述べたあと、渡辺は次のように記す。

日本は何も慾《ほっ》しない、恐ろしく無慾である。立派な世界人を産む国民となることすら放棄してゐる。滅び去ること。これが唯一の希望であり念願らしい。

同じ日、渡辺は書いている。

知識人の弱さ、あるいは卑劣さは致命的であった。日本に真の知識人は存在しないと思わせる。知識人は、考える自由と思想の完全性を守るために、強く、かつ勇敢でなければならない。(26)

三月十六日、渡辺は宮原晃一郎(27)から手紙をもらった。宮原によれば、自分の時代はすでに終わり、今や文化再建運動の準備をする時であり、渡辺の世代の人々が青年たちをリードしなければならないという。しかし、こういう考え方をする老年の世代は皆無に近かった。渡辺は書く。

・老父は一徹だ。祖国のおかれた憂慮すべき危機的な状態などは、まったく判っていない。何年か前と同じに、必勝の信念を抱きつつ無為に日を送っているように見える。(28)

確実な勝利を約束する古いスローガンは、どこに行ってもまだ目に入った。渡辺はフローベールの「紋切型辞典」にならって、これらのスローガンを茶化している。たとえば「八紘一宇」(29)は「己の言ふことをきかぬと殺すぞ焼くぞ」、「一億特攻隊」は「文句を言わず全員死んでしまえ」、そして「玉砕」は「やけっぱちの死人」だった(30)。

重慶で作製された戦争犯罪者のリストが外務省にあると聞いた渡辺は、「連中は我々のため、民衆のために死ぬ気はない。奴らは我々を巻添えにして死のうと思っているし、力と策略により我々を破滅の淵に引ずりこまんとしている」と書く。しかし、軍部に対するこうした反感の中にあって、渡辺は将来への希望をまったく捨てたわけではなかった、「早き死を願ふ。召集されて弾丸に当ること。しかし生きることがどの位困難かを思ふと闘志が涌いて来る」(31)。

繰り返して渡辺が書いているのは、国民に対する日本の指導者層の冷酷さについてだった。「サイパンの病院。玉砕前患者に手榴弾を渡す。若干の捕虜を生ず。硫黄島の場合には医者が患者を毒殺することに決したりと」(32)

当時の日記の筆者の多くと違って、渡辺はヒットラーに同情を抱かなかった。渡辺は言う、「ヒトラー、ムッソリーニ、ゲッベルスが死んだ。苦しんでいる人類にとって、何たる喜び! いずれも怪物だった」(33)。

渡辺は、東京に残るかどうか迷っていた。六月一日、「二十五日〔五月〕の大爆撃で、しばらく東京を離れるつもりになった」と書いている。しかし、そのあと自問する、「必要な本もなしに、無為の日を送るのか? 何一つ仕事もせずに、生きていられるのか？」。もし東京に残れば、週一回の教授会に出席することになる。それは、死の危険に身をさらすこと以外の何物でもなかった。しかし渡辺は、まさに崩壊しようとしている祖国、存続しなければならない祖国のために生き延びることが自分の義務であると思う。「知識人としては無に等しい僕でも、将来の日本にはきっと役立つ。ひどい過ちをおかし、その償いをしている今の日本を唾棄憎悪しているからだ」(34)

空襲のさなか、数々の疑念に苦しみながらも渡辺は日記を書き続けた。「この小さなノートを残さねばならない。あらゆる日本人に読んでもらわねばならない。この国と人間を愛し、この国のありかたを恥じる一人の若い男が、この危機にあってどんな気持で生きたかが、これを読めばわかるからだ」(35)

かなりの熟慮の末に渡辺は東京を離れ、すでに家族が疎開している新潟県の燕《つばめ》へ向かう。家族と再会して嬉しかったが、ここ燕では、いや日本では、これまでやってきたことが無に帰してしまう、と渡辺は思う。日本はアメリカ軍に包囲され、まさに自殺しようとしているのだった。

人類愛や和合、知的国際協力を説いて何になるか？　自殺しようとしている者に向って悔悛や贖罪を説いてみたところで、何の意味があるか？
我国は死ぬべきだ。その上で生れ変らねばならぬ。

何千何万という民家が、そして男も女も子供も一緒に、焼かれ破壊された。夜、空は赤々と照り、昼、空は暗黒となった。東京攻囲戦はすでに始まっている。戦争とは何か、軍国主義とは何か、狂信の徒に牛耳られた政治とは何か、今こそすべての日本人は真にそれを悟らねばならない。しかし無念なことに、真実は徐々にしかその全貌を露わにしない。地方では未だに最後の勝利を信じている。目覚めの時よ、早く来れ！　朝よ、早く来れ！(36)

時々、理性的な人間であることに渡辺は疲れを覚えたかもしれない。エドモン・ド・ゴンクールの日記で一八七一年のパリ籠城の記述を読み、渡辺は次のように書く。パリ市民たちは飢え、傷つき、追いつめられていたとはいえ、一九四五年の日本人よりも遥かに幸せだということがわかる。ゴンクールは国を愛し、友人たちの敗北主義を呪っているが、パリ籠城の最後の日記に、こう書いた、「フランス人であるということに疲れを覚える。芸術家が、破壊的な群衆の愚劣な騒動やたわけた発作に四六時中妨げられることなく、落着いて物思うことのできる国、そんな祖国を探しに行きたいなどと、ぼんやり考える」――確かに、この一節は、戦争のこの段階における渡辺の気持を代弁していたに違いない。

又従弟《またいとこ》が「私は最後までやりますよ！　……たとえ死んでもね！　……ここまで来てしまった以上、戦い続けるほかないでしょう……最後までね！」と言った、と渡辺は書いている。この叫びは日本人一般の気持を表すものとして、渡辺の心を強く打った。これに対して渡辺が下した判断は、「悲劇的な愚かさ！」ということだった。そして付け加える、「この叫びが一たび行動に移ると、国を無に帰するだろう」(37)。

中でも戦争に対する渡辺の最も忌憚《きたん》のない意見の一つが書かれたのは、日本兵がなお沖縄諸島で抵抗を続けている時だった。

しかし遅かれ早かれ敗北するだろう。沖縄制圧後の米軍がどうでるか、我々はどうするか？　徹底的な爆撃、これに対し我々はやけくその抵抗。軍人どもは至聖の御稜威《みいつ》を勝手に利用し、我々を殺人と自滅に駆り立てている。

僕は初めからこの戦争を否認してきた。こんなものは聖戦でもなければ正義の戦いでもない。我が帝国主義的資本主義のやってのけた大勝負にすぎぬ。当然資本家はこれを是認し、無自覚な軍国主義者は何とか大義名分を見つけようとしたのだ。(38)

渡辺は左であれ右であれ、いかなる「主義」にも我慢がならなかった。それは、幻燈によって映し出された不合理な虚構、つまり各国が自国の立場を正当化するために作り上げた嘘に過ぎないと考えていた。渡辺は絶えず戦争に反対したが、自分自身が変わったことを知っていた。「戦前のアメリカニスムに対する浅薄な熱狂を常に恐れ且つ呪つてゐた己は開戦直前の恐るべき排外思想をも呪って来た」(39)

渡辺の日記は、思わず引用したくなる素晴らしい一節に満ちている。中には新聞に報道された出来事について語ったものもあれば、読んでいる本について語っている一節もある。しかし大半は、戦争の断末魔の苦しみの中で煩悶する日本の苦難に関する渡辺の考察である。フランス語が読める憲兵がこの日記を発見していたとしたら、渡辺の身に何が起こっていただろうか。

伊藤整の反応は、これほど複雑ではなかった。最悪の空襲があった三月十日、伊藤の日記はいたって事務的である。

いよいよ東京の大半は今日で灰燼となった。罹災者は一体どういうことになるだろうか。都民の配給生活はどうなるか、やがて、我々郊外居住者にどういう影響が及ぶか。(40)

五日後、さらに伊藤らしい一節を記す。

この頃軍部の人たちは、敵が上陸するのは必至であるから、我々日本人は悉《ことごと》くゲリラ戦をやらねばこの戦は勝ち抜けないと言っているそうである。そうだとすると、我々は秩父や甲州の山の中に入って敵機の目をかすめながら、夜敵陣を襲ったりする生活をつづけることとなろう。今の生活から考えると、まだまだ空想の上だけのことであるが、思ったよりも早く、そうなる日が来はしないか。(41)

第五章　前夜

昭和二十年（一九四五）三月十日の空襲は東京の住民を恐怖で戦慄させたが、空襲を受けなかった町に住む人々も似たような恐怖を経験した。かなりの数の作家が住んでいた鎌倉では、アメリカ軍の上陸が間近に迫っているという噂が飛び交い、予想される侵略に備えて海軍があわただしく防御陣地を構築した。鎌倉は、後でわかったことだが爆撃を受けなかった。しかし住民たちは、歴史的重要性と由緒ある寺々のためにアメリカ軍が鎌倉を攻撃目標からはずすとは、とても思えなかった。

高見順は鎌倉の安全性に危惧を抱き、母親を田舎に疎開させることにする。上野駅は、少しでも安全なところへ逃げようと必死になっている罹災民で満ちていた。前年いた中国で目撃した光景を思い出し、高見は日記の中で中国人と日本人を比較している。上野駅ほど混雑していたわけでもないのに中国人は大声でわめき立て、あたりは大変な喧騒だった。そうした喧しい中国人に比べて、おとなしく健気で、我慢強く、謙虚で沈着な日本人に、高見は深い感銘を受ける。

私の眼に、いつか涙が湧いていた。いとしさ、愛情で胸がいっぱいだった。私はこうした人々と共に生き、共に死にたいと思った。否、私も、――私は今は罹災民ではないが、こうした人々の内のひとりなのだ。怒声を発し得る権力を与えられていない、何の頼るべき権力もそうして財力も持たない、黙々と我慢している、そして心から日本を愛し信じている庶民の、私もひとりだった。（1）

間近に迫った敵の上陸を防ぐための備えの一つの手立てとして、日本の軍部は民家を接収するかもしれなかった。高見は最も大事な所持品である日記五冊、セザンヌの画集等を安全な場所へ移すことにした。原稿依頼が途絶えた高見には収入がなかったので、ほかの所持品は買い手さえ見つかれば何でも売らざるを得なかった。友人の小林秀雄が所持品を伊東のオークションで処分すると聞いた高見は、小林に頼んで自分が売りたいと思っている品物を一緒に持っていってもらう。ジャワで買った鞄、妻の鰐皮《わにがわ》のハンドバッグ、鰐皮の札入れ、バルダックスのカメラ、ジャワ更紗《さらさ》数枚、等々、これで二千円ほどになるだろうか、と高見は思った（2）。同じく現金が欲しかった小林は、愛蔵の焼き物類を骨董屋に売った。このところ所持品を処分する人間が多いため、骨董屋は売り手の足元を見て買い叩いた。しかも、現金でなく代わりの品物で持っていってくれという。小林は数々の愛蔵品を売り、「ととやの茶碗」(3)を持ち帰った。

蓼科《たてしな》の牧場で牧夫を求めていると聞いた高見は、もし鎌倉が危うくなったら蓼科で宿屋の帳付けをやってもいいと思った。しかし折よく、もっとありがたい話が舞い込んできた。小説家の久米正雄（一八九一―一九五二）が、鎌倉で貸出文庫をやろうというのだった。戦争のために住民には娯楽がなくなり、誰もが本を求めていた。久米は鎌倉に住む文学者たちに呼びかけ、皆の蔵書を集めて図書館のようなものを作り、それを手数料を取って読者に貸し出すつもりだった。読者が払った手数料の一部を、本の提供者が受け取るという仕組みだった。

この「鎌倉文庫」と呼ばれるようになる貸出し制度は、うまくいった。開店した昭和二十年五月一日、すでに会員は百人を越していた。鎌倉文庫開店の明るい話題で始まった高見の日記は、しかし、一連の暗い外電の引用で終わっている。まず、チューリッヒの特電はムッソリーニの逮捕を伝えていた。上海の特電はドイツ降伏を伝えたが、リスボンの外電はそれを否定していた。翌二日のストックホルム特電は、ベルリン放送がフリードリッヒ大王の「結末がくれば余は名誉をもってそれをとるであろう」という言葉を引用したと伝えた。これは、おそらくヒットラー総統の悲惨な最期を示唆していた

（4）。

五月一日、ヒットラーの死が公式に発表された。ベルリンは二日に陥落し、七日、ドイツは降伏した。高見は書いている。

ドイツが遂に敗れたが、来るべき日が遂に来たという感じで、誰も別にこの大事件を口にしない。大事件として扱わない。考えて見ると不思議だ。

次から次へと事件がおこるので神経がもう麻痺している、鈍くなっている、そういう所もあるだろう。自分の家が危いときに、向う河岸の火事にかまわ《ママ》っていられない、そういう所もあるだろう。それに、——私はどうもヒットラーが好きになれなかった。英米の謀略宣伝にかかっているのかもしれないと充分反省はするのだが、ナチというのが神経的に嫌いだ。これは私だけではないようだ。大方、そんな感情のようだ。ドイツが遂に倒れたと聞いても、同情と傷心をそう感じないのは、そんなせいもあるようだ。しかし、ドイツの国民は可哀そうだ。（5）

ヒットラーの死を知った山田風太郎は、次のようにヒットラーを絶賛している。

近来巨星しきりに堕つ。ヒトラーの死は予期の外にあらずといえども、吾らの心胸に実にいう能わざる感慨を起さずんばやまず、彼や実に英雄なりき！

当分の歴史が何と断ずるにせよ、彼はまさしく、シーザー、チャールス十二世、ナポレオン、アレキサンダー、ピーター大帝らに匹敵する人類史上の超人なりき。吾らは彼を思うとき、彼と同じ空の下に生くるを想うとき、今が悠遠の世界史上、特記さるべき英雄時代、暴風時代、恐怖時代、栄光時代——いわゆる歴史的時代なることに想到せずんばやまず、一種異様の昂奮を覚えざるを得ざりき。(6)

高見も山田も、今や二つの同盟国を失った日本が、孤立したまま全世界を相手に戦うことになった事実には何も触れていない。しかし、高見はボルネオの戦闘についての新聞報道を読み、五月十一日の日記に書いている。

敵に明らかに押されているのだ。敗《ま》けているのだ。何故それが率直に書けないのだ。何故、率直に書いて、国民に訴えることができないのだ。

今までも、いつも、こうだった。だから国民は、こういう気休めの、ごまかしの記事にだまされはしない。裏を読むことになれさせられた。すると、何の必要があって、こういう記事でなければならないのだ。(7)

長引いた苦戦後の硫黄島の敗北は、日記の筆者たちの心を揺さぶる最後の戦闘となった。高見はそのニュースを聞いた三月二十一日、書いている。

……三時の報道。硫黄島玉砕の発表。（栗林司令官の電文をアナウンサーが涙で濡れた声で伝えた。胸がこみあげて来た。硫黄島で怨みをのんで死んだ人々のことを考えると、安閑として生きていることが、何か申訳ない気がした。）(8)

山田風太郎は、アメリカ軍の硫黄島上陸のニュースに個人的な反応は何も示していないが、次のように書いている。

飛行機を以てせば皇城を去ることわずか三時間、しかも吾らにとってはこの島太平洋の孤島なりと断腸の言吐かざるべからずと、新聞論調沈痛をきわむ。三百隻より成る敵の大機動部隊は、なお本土をへだたること七十里の海面をわが池のごとくに航行しあり。

この島、例のごとく喪《うしな》わんか、帝都は文字通り四時敵の戦爆連合の乱舞にさらさるるのほかなし。「房総海岸に敵は上陸を開始せり」と発表せらるるも決して唐突無稽のこととは思われざる事態現前せり。(9)

フィリピンで続いている戦闘がまだ終わらぬうちに、さらに決定的な戦闘が沖縄で始まった。新聞および大衆雑誌は、あらゆる努力を払って次のことを読者に納得させようとしていた。それは沖縄戦によって、日本軍はアメリカの脅威を徹底的に破壊する最上の機会を与えられたということだった。しかし、日本が間違いなく勝つという自信は急速に衰えていった。昭和二十年五月、アメリカ軍の沖縄上陸以後の作家たちの日記を読むと、めったに戦闘の話が出てこないことに驚くことになる。たしかに高見が言うように、次から次へと起こる無数の危機的状況に人々は放心状態になっていた。南方の島が侵略されるたびに、新聞はその戦闘の結果が日本の存亡に決定的な影響を与えると断言してきた。しかし結末はいつも同じで、守備兵の英雄的な努力にも拘らず、島は常にアメリカ軍の手に落ちるのだった。

日記の筆者たちは、沖縄をめぐる戦闘の成り行きについて最初は楽観的だった。四月十八日、山田は沖縄周辺の敵艦隊の撃沈破が三百九十三隻に達し、敵の沖縄作戦が悲劇に終わろうとしている、と書いている。続けて、

しかもなお強引に近海を去らず、攻撃をつづくる米艦隊。吾はもとより全機特攻。沖縄戦日米最後の決戦の相貌を呈し来り、凄惨激烈言語に絶す。(10)

五月十二日の読売報知は、また別の海軍の勝利を伝えている。空母を含む敵軍艦十七隻を撃沈破し、記事によれば、敵は懸命の補給にも拘らず消耗を補塡することが出来ない状態にあった。日本軍は逃げる敵艦隊に追撃の手を緩めてはならなかった、こうした勝機は二度とやって来ないのだった(11)。

戦争遂行の強硬論者の一人である徳富蘇峰は、五月十四日に書いた長い論説を毎日新聞に発表し、日本の成功の数々を列挙している。徳富によれば、四月六日から五月四日の間に、特攻機は沖縄戦に参加したアメリカ軍艦千四百艦の三分の一以上を撃沈ないしは撃破したという。日本は敵に倍する補給工作を行い、敵を沖縄から一掃するばかりでなく、硫黄島、サイパンを回復する局面を打開しなければならない、と徳富は呼びかける。さらに、

問題は決して区々たる沖縄一島のことではない。国家の興廃存亡の機は実にこれに繋がつてゐるといはねばならぬ。沖縄を失へばわれわれは南方と殆ど全く連絡を切断せられ同時に日本本土を攻略する足場を敵に贈与することとなるのである。(12)

日本の輝かしい成功の数々について語る徳富の記事が書かれた二日後、沖縄が危なく

なった、と高見は日記に書いている。「沖縄は大丈夫だろうと思っていたのだが」と、高見は愕然とする。新聞は今や、情勢が重大局面を迎えたことを認めた。毎日新聞の見出しは、「沖縄守るは地上戦、艦船撃沈で勝勢計算は早計、総力撃滅の一途のみ」となっている(13)。

日本の存亡が沖縄戦の結果如何にかかっていると、誰もが考えていたわけではなかった。科学者でSF作家の海野十三は強硬な戦争支持者だったが、沖縄戦が日本史の天下分け目の戦である天王山、関ケ原にあたるという新聞記事に腹を立てている。沖縄が敗北して間もない七月十四日、海野は日記に書く。

果して天王山だったのか、関ケ原だったのか。それは尚相当の時日を貸さなければ判定できないが、この天王山だの関ケ原などという用語が、あまり感心出来ないものであることは確かだ。それは国民の戦力敵愾心《てきがいしん》を集結させるために余儀ない強い表現であったかもしれないが、今度のように沖縄がとられてしまったとなると、もうあとは戦っても駄目だ、日本の国はおしまいだという失望におちいって、動きがとれなくなる。これは困ったことだ。

当局はそれに困ってか、沖縄は天王山でも関ケ原でもなかった。そんなに重要でない。出血作戦こそわが狙うところである——という風に宣伝内容を変えてもみたが、これはかえって国民の反感と憤慨とを買った。そんならなぜ初めに天王山だ、関ヶ原だといったのだと、いいたくなるわけだ。(14)

例によって噂は、たびたびニュースの代わりを務めた。特攻機が撃沈したアメリカの軍艦の数について山田風太郎や徳富蘇峰が伝えている数字は、明らかに大幅に誇張されていた。アメリカの艦隊は多少の損傷はあったものの、大半は無傷だった。噂は、いつも人々を元気づける類のものばかりとは限らなかった。五月二十八日、伊藤整は書いている。

噂どおり、宮城は焼け、東京駅も焼け、銀座も悉く焼け、麻布、赤坂辺など、これまで残っていたところは全く失われたという。大東亜省も焼けたという。「もう東京というものは無くなったですよ」という。

しかし、その後には希望が持てる新しい噂が続く。

また昨日百田氏が途上の見聞とて、異様な話をする。それは沖縄の敵が全面降服をしたとて、途中で逢った学生など有頂天になっていたという。本当なら、こうして焼け出されても、こんなうれしいことはないが、と言う。氏の帰ったあと二階の人たちに聞くと、その人たちは今日中野方面へ歩いて行って来たが、その噂は本当で、あちこちで皆が万歳を叫んだり、国旗を立てたりしている。憲兵隊の前を通ったので訊ねたところ、まだ確報はない、と言ったが、どうやら本当らしいとのこと。本当か、本当ならと、私も胸が躍るような気がする。しかし、こうして徹底的に首都を焼き払われた時あだかも、敵方の諜報網の作為か又は国民の希望的夢想かで、そういう噂が市内に行われているなら、実によくない徴候だ、とも思う。その噂は昨日からなのだが、昨夜も今朝も今夜もラジオは遂にそんな報道を出さない。そして今夜は百余名に及ぶと思われる迅雷特攻隊士の感状の発表があった。初めて、我方で、新武器と言われているロケット爆弾による特別攻撃隊の発表がこうしてされたわけである。

このあと伊藤の日記には、「沖縄の敵の全面降服という虚報」という言葉がいきなり出てくる(15)。スパイに関する無数の噂が、日本側の損害を釈明するために次々と創作された。山田風太郎は、こうした「流言蜚語」の例の幾つかを挙げている。たとえば某省の某官吏はスパイで、空爆が始まると必ず地下にもぐって無電をたたき、その妻は無電の音を消すためにいつもピアノを弾いた、そのことを子供が学校の作文の授業で書き、スパイであることが露見した、等々(16)。大佛《おさらぎ》次郎(一八九七―一九七三)は別のスパイの件について、いかにも思わせぶりな口調で語り始める。「これはデマかも知らぬが土浦の工場を女の気違いがいつも口をあけて歩いていて門内にも入る。これが調べたら女装の二世だったという。とにかく敵は工場の疎開先など短時日に嗅ぎ出し確実に爆撃する」(17)

日記は、どれもアメリカの飛行機から撒かれる宣伝ビラのことに頻繁に触れるようになる。大佛は、「マリヤナ時報」六月一日のページを日記に貼り付けている。その見出しは、「首里城の上に星条旗翩翻《へんぽん》と飜る」。写真には、沖縄の子供達が新しいおもちゃともいえる「ジープ」で遊んでいる姿が写っている。別のビラには、トルーマン大統領の写真と、「日本の軍部と為政者が敵だという、日本国民を奴隷化する考はない」というトルーマンのメッセージが載っている(18)。

山田風太郎は、六月初旬にB29が東京に撒いた宣伝ビラを見た。片面には東京の聖路加病院の写真が色刷りで載っていて、その裏面には病院が「米国から日本への贈り物」であると題して、次のような文句が書いてあった。


「日本の軍部は天皇陛下の御裁可を経ずして真珠湾を攻撃した。……吾々の敵はこの野心的な軍部であって君達国民ではない。……君達の勇敢なことは吾々もよく認めた。しかし戦いは明らかに君達に不利である。この上の抵抗は無益な犠牲を増すばかりである。米国の船舶航空機の生産力は、日本とは太陽と星ほどちがう。君達が戦うなら、吾々は一物もなきまでに徹底的に大爆撃を反覆する。しかし吾々は平和を愛する。そんな暴力を逞しうするに忍びない。日本国民諸君よ！　君達の幸福はまず剣を置くとから始まる。そして戦争以前の友達になって米国に手をさしのべて来たまえ。吾々は君達を決して不合理な待遇で迎えない。……云々」

これに対する山田の論評は、こうだった、「さすがにうまいものである。／しかし彼らは、日本人が降服の上にいかなる幸福もあり得ないことを信じていることを知らないのである」(19)。

戦争の最終段階において、米軍機は空襲のあと決まって宣伝ビラを撒いた。マニラで発行された「落下傘ニュース」は、週刊新聞の形をとっていた。二百万もの部数が印刷され、日本上空や戦闘中の東南アジア一帯に撒かれた。記事の多くは事実だったが、中にはアメリカに都合のいい宣伝メッセージもあった。たとえば強制収容所での生活は、拘束された二世にとっては保養休暇のようなものだといった主張の類である(20)。思うにこれは、二世の「強制収容」がアメリカ人の人種的偏見から出たものであるという日本側の主張に反論しようとしたものだろう。宣伝ビラを拾った者は、直ちに憲兵に差し出すように命じられていた。しかし、ビラを読んだ日本人の約三分の一はビラの内容を信じたと推定されている(21)。沖縄を占領したアメリカ軍の次の行動は、本土侵攻しかないはずだった。すでに日本の大都市の多くは破壊され、東京や大阪に新しい標的がないとわかったB29は、攻撃目標を中都市へと向けた。もし爆撃が続けば、日本の都市の大半は滅びたと思われる。山田風太郎は、疎開先の但馬の実家から東京へ戻る途中、京都で列車を乗り換えた。待ち時間を利用して市街に出た山田は、他のどの都市よりも日本の過去を体現している京都の運命に思いを馳せている。

実に京都の壊滅は眼前にあり。ここ二ヵ月ここ旬日の間にも、いま眼前に見る街の廃墟となるはほとんど確実なり。しかるにこの京都の街の人心如何。指呼の間、大阪はすでに徹底的に破壊され終んぬ。京の人もとよりおびゆ。しかれども人は己の身に痛苦至るまで、どうしてもピンと来ぬもののごとし。街上の防空壕も京都らしく繊美にして、建物疎開も児戯に類するもののごとし。
聞く、東京灰燼《かいじん》に帰しつつあるを見、しかも一度も空襲を受くることなかりし横浜は、米国、彼が交易の地なりしを愛惜し、この町この港は爆撃なかるべしとのささきすら交されし由。而して一日六百機猛襲し、瞬時の間に全滅し去る。吾人すら東京にありて三日敵機来らざれば空襲など遠き昔の話のごとく忘却し去らんとす。(中略）憂うらく京都の人、恐れつつ、覚悟しつつ、而もこの観光を以て世界に聞えたる古都、或いは米国もこれを惜しむと思いあらずやと。これを訊《といただ》せば彼ら否定せん、而もその心底にかかる一縷《いちる》の自慰なきや。危きかな。
されど、雨にけぶるこの美しき古都を見るとき、余は予言者の誇りはつゆ感ぜざりき。哀惜の念胸に満ちき。出来ることなら助けたきかな。東京大阪ごとき雑然紛然たる大ガラクタ都市はふたたび成るに易し。新しき東京は帝都の面目を具《そな》うべく、新しき大阪は商都の相を全くすべし。されどひとたび失われたる京都は永遠に帰らず、そはこの町が過去の象徴なればなり。あたかも幼き日の唯一のアルバムのごとく再生するを得ず、ふたたび成る金閣銀閣、まことの金閣銀閣ならんや。(22)

山田と違って高見順の郷愁は、戦前には娼家も含む繁華街として知られた東京の一角、浅草へと向けられた。高見の戦前の作品の多くは、浅草を舞台にしている。日本の伝統的な文化を描いたことで有名な川端康成も、幾つかの小説の中で浅草の雰囲気を描き出している。浅草で最大の寺として有名な浅草寺《せんそうじ》が大正十二年（一九二三）の大震災を生き延びたことは、すなわち祀られた観音さまの御利益の証とされていた。しかし二日前の壊滅的な空襲後の三月十二日、その辺一帯を歩いた高見の眼には、浅草寺は跡形もなく消え、浅草は見渡すかぎり瓦礫の山となっていた。高見は、日記に書いている。

愛する浅草。私にとって、あの、不思議な魅力を持っていた浅草。山の手育ちながら、なんともいえない愛着、愛情の感じられた浅草。その浅草は一朝にして消え失せた。再建の日は来るだろうが、昔日の俤《おもかげ》はもうとどめないに違いない。まるで違った浅草ができるだろう。あのゴタゴタした、沸騰しているような浅草。汚くごみごみした、だからそこに面白味がありわけのわからぬ魅力があったあの浅草はもうない。永久にないのだろう。震災でも残った観音さまが、今度は焼けた。今度も大丈夫だろうと避難した人々が、本堂の焼失と共に随分沢山焼け死んだという。その死体らしいのが、裏手にごろごろと積み上げてあった。子供のと思える小さな、――小さいながら、すっかり大きく膨れ上った赤むくれの死体を見たときは、胸が苦しくなった。(23)

永井荷風にとっては、この戦争は軍部によって被った生活の不便以外の何物でもなかった。これまでずっとそう思ってきた荷風は、自分の屋敷が灰燼と帰した時、戦争が何かを初めて知ったのだった。荷風は仮の宿を転々とし、その三度とも焼け出された。今や、リプトンの紅茶がないどころの話ではなくて、荷風は本物の窮乏生活に苦しんでいた。五月一日、荷風は「水道涸渇す」と日記に書いている。ガスは、すでに先月十五日の空襲以来切れていて、「毎日炊事をなすに取壊し家屋の木屑を拾集めて燃すなり。戦敗国の生活、水なく火なく、悲惨の極みに達したりと謂ふべし」(24)。

荷風にとって、日本はすでに敗北していた。罹災免税の手続きをするために税務署へ行った荷風は、その手続きが煩雑なので諦めた。誰も、手を差し伸べる者とていなかった。荷風は、自分を見失ってしまったかのように見える。あらゆることが、荷風を苛立たせた。しかし荷風の憎悪の対象はあくまで憲兵であって、アメリカ人ではなかった。

東京市街焦土となりてより戦争の前途を口にするもの、憲兵署に引致せられ、又郵書の検閲を受け罰せらるゝ者甚多しと云。(25)

荷風が日記に記録していることの多くは、ただの風聞に過ぎなかった。しかし荷風は、目黒の祐天寺近くに住む占い師が、戦争は六月中に日本の勝利で突然の終局を迎えると予言したことを、日記に書き留めずにはいられなかった。新宿笹塚あたりでも、お地蔵さまのお告げとして、やはり戦争の六月終結という流言が流れていた。

その六月になっても、一向に戦争の勢いは衰える様子がなかった。もっとも、東京の空襲は以前より少なくはなっていた。荷風は六月二日、友人と共に東京を離れる。神戸から遠くない明石にある友人の故郷に、一緒に疎開するよう勧められたからだった。しかし二人が到着した時には、すでに故郷の家は避難民で一杯で空き部屋がなかった。近くの寺や友人の家に仮寓して空襲に遭った後、二人は岡山に向かう。ここでも、まるで待ち受けていたかのように荷風は空襲に見舞われた。

この時期、荷風は山間の小さな町勝山に疎開しているかつての弟子、谷崎潤一郎に手紙を書いている。谷崎は小包を送って寄越し、中には鋏、小刀、朱肉、半紙千余枚、浴衣一枚、角帯一本その他が入っていた。「感涙禁じがたし」と荷風は書いている(26)。

荷風は、大阪で人が拾ったというアメリカの宣伝ビラを見せられた。ビラは、「日本の偉人よ。何処に在りや」という文句で始まっていた。明治時代に自由を唱導した偉人たちの名前を列挙し、日本の将来を保証する唯一の道は言論の自由と自由主義政府の確立である、と書いてあった(27)。荷風は、何も意見を記していない。

八月十日、広島市が焼滅したニュースが岡山の人々を戦々恐々とさせている、と荷風は伝えている。この時点で、荷風は勝山に谷崎を訪ねようと決心する。

八月十三日、荷風は未明に起き、明星の光を仰ぎ見ながら暗い道を岡山駅へ向かった。駅はすでに、切符を買い求める人たちで混雑していた。中には、駅の外で前夜から露宿している人たちもいた。この光景に驚いた荷風は、いったんは勝山行きを中止しようかと思うが、気を取り直して列の後ろにつき、なんとか切符を手に入れた。列車が出るまでには大分時間があったが、列車が動き出すと荷風は旅を楽しみ始める。向かい側に坐っている老婆と言葉を交わし、老婆は弁当の包みを開いて馬鈴薯《ばれいしよ》、小麦粉、南瓜《カボチヤ》を煮て突きまぜたものを、荷風に勧めてくれた。一片を取って口にすると、意外にも味がよかった。

勝山に着いた荷風は、谷崎の疎開先の家を訪ねる。谷崎は離れの二階を書斎にしていたが、一階は大勢の親戚の疎開者と共用していた。初めて谷崎夫人に紹介された荷風は、「痩立《やせだち》の美人にして愛嬌に富めり」と書いている。谷崎は当初、荷風を渓流に臨む景色のいい旅館に案内するつもりだった。しかし、そこはすでに同盟国でなくなったドイツ人収容所に当てられていた。荷風は、こぢんまりした宿に滞在することになったが、そこで出た夕飯は久しいこと口にしたことがないような珍味だった。白米は、谷崎が届けた。

翌朝、谷崎に案内されて荷風は町を散策し、昼飯は谷崎の家で食べた。谷崎は荷風に勝山に留まるよう勧め、荷風もその気になりかけたが、食料事情の悪い時期にこれ以上居座って谷崎に迷惑をかけるのは忍びないと思った(28)。夕方、谷崎から使いが来て晩飯に招かれた。牛肉もあって大変なご馳走で、日本酒もうまかった。「細君微酔。談話頗《すこぶる》興あり」と荷風は日記に書いている。長居を謝して、九時過ぎに宿に戻った。荷風はそうは書いていないが、おそらく谷崎夫妻は別世界に住んでいると感じたのではないだろうか。

翌八月十五日、宿の朝飯は鶏卵、玉葱の味噌汁、ハヤの附焼き、茄子の糠漬けだった。

荷風は、まるで東京の高級料亭で食事をしている心地だった。別れを告げに谷崎の家に行くと、すでに谷崎は荷風の汽車の切符を手に入れていた。汽車の中で、荷風は谷崎夫人が詰めてくれた弁当を開いた。おいしさのあまり、「欣喜名状すべからず」と荷風は書いている。

岡山の仮寓先に戻ると、友人が言うには、今日の正午にラジオ放送があり、日米戦争が突然終わったことが公表されたという。「恰《あたか》も好し」と荷風は日記に書き、日暮れには友人たちと「平和克復」の祝宴を張った(29)。

戦争が終わったというニュースに永井荷風は、信じられないような平静さで対応した。これで平和になり、白米を見て感涙にむせばなくてもいい戦前の生活が回復される、と荷風は思ったかもしれない。戦争のお蔭で、荷風は与えられた食料のどんな欠片《かけら》にも喜ぶ乞食同然の人間になっていた。こうした事態を招いた者たちを、荷風は憎んだ。だから敗戦を知って、荷風は祝ったのだった。

荷風の反応と山田風太郎の反応には、これ以上の違いはないというほどの開きがある。山田は八月十四日、日記に書いている。

　日本は最後の関頭に立っている。まさに滅失の奈落を一歩の背に、闇黒の嵐のさけぶ断崖の上に追いつめられている。

硫黄島を奪い、沖縄を屠ったアメリカ軍は、日夜瞬時の小止《こや》みもなく数千機の飛行機を飛ばし、彪大《ぼうだい》な艦隊を日本近海に遊弋《ゆうよく》せしめて、爆撃、銃撃、砲撃をくりかえしている。都市の大半はすでに廃墟と化した。無数の民衆は地方に流竄《りゅうざん》した。あまつさえこの敵は戦慄すべき原子爆弾を創造して、一瞬の間に広島を全滅せしめた。しかも唯一の盟邦ドイツを潰滅させた不死身のごときソビエトは、八月八日ついに日本に対して宣戦を布告したのである。

怪物支那民族を相手に力闘することすでに八年、満身創痍の日本が、なおこの上米英ソを真正面に回し、全世界を敵として戦い得るか？(30)

伊藤整は八月十二日の日記で、空と海からの攻撃の下で祖国が絶体絶命の境に追い込まれたことを認めた。しかし伊藤は、なお戦闘が延々と続くと信じていた。

大和民族はどういう境遇になっても、戦えるところまで戦うであろう。しかしその実力、最後の実力は国民にも分らず、敵にも分っていない。我々はまだまだ戦う力があると信じている。(31)

大佛次郎は八月十一日、政府がスイスとスウェーデンの公使を介して皇室は残すという了解のもとにポツダムの提議に応ずる、と回答したことを友人から聞いた。大佛は、日記に書いている。

結局無条件降服なのである。嘘に嘘を重ねて国民を瞞着し来たった後に遂に投げ出したというより他はない。国史始って以来の悲痛な瞬間が来たり、しかも人が何となくほっと安心を感じざるを得ぬということ！　卑劣でしかも傲慢だった闇の行為が、これをもたらしたのである。(32)

海野十三は、八月九日にソ連軍が北満および朝鮮国境を越えたニュースを聞き、頭がふらつき、最悪の事態が起こったと思った。日本の強硬な反共姿勢にも拘らず、政府は不可侵条約を結んでいたソ連が戦争終結の仲介をしてくれるに違いないと信じていた。ソ連が条約の更新はしないと宣言した後もなお、政府はこの希望を捨てなかった。海野にとって、日本の勝利どころか戦争の平和的解決の望みさえ絶たれたことは明らかだった。海野は書いている。

わが家族よ！

(中略)

われら斃《たお》れた後に、日本亡ぶか、興るか、その何《いず》れかに決まるであろうが、興れば本懐この上なし、たとえ亡ぶともわが日本民族の紀元二千六百五年の潔ぎよき最期は後世誰かが取上げてくれるであろうし、そして、それがまた日本民族の再起復興となり、われら幽界に浮沈せる者を清らかにして安らかな祠《ほこら》に迎えてくれる事になるかもしれないのである。

此の期に至って、後世人に嗤《わら》わるるような見ぐるしき最期は遂げまい。

わが祖先の諸霊よ！ われらの上に来りて、倶《とも》に戦い、共に衛《まも》り給え。われら一家七名の者に、無限不尽の力を与え給わんことを！(33)

他の多くの日本人と同じように、海野は戦に敗れた日本で生きていくことは想像できなかった。海野は死ぬ覚悟をし、家族も道連れにするつもりでいた。

第六章　「玉音」

昭和二十年（一九四五）四月五日、ソ連は昭和十六年に調印した日ソ中立条約の不延長を日本に通告してきた。中立条約が結ばれた当時、その調印は昭和十四年（一九三九）の独ソ不可侵条約と同様に、それまで当の調印国同士が互いに敵意を示してきた事実を記憶している者たちを驚かせた。日本はすでに昭和十一年（一九三六）にドイツと防共協定を、さらに昭和十五年（一九四〇）にドイツ、イタリアと三国同盟を締結していた。特に共産党の国際組織である第三インターナショナルと戦うことを意図した防共協定に反撥したソ連は、日本を侵略者と決めつけた。昭和十四年、ソ連軍と日本軍は日本が占拠した満州とモンゴル国境地帯にあるノモンハンで激しく衝突した。

敵対する両国が、いかなる問題であれ合意に達することなどあり得ないように見えた。しかし事実、日ソ中立条約はお互いにとって有益だったし、自国の部隊がそれぞれ他の地域で必要とされていた時、条約の締結は国境の平和を維持するという両国の望みを満足させるものだった。昭和二十年夏、日本が孤立し、政府閣僚の多く（軍部でさえも）が協議による戦争終結の道を探っていた時、この中立条約の存在は、日本と連合軍との調停にソ連が乗り出してくれるのではないかと期待させるに足りた(1)。

日本政府は、唯一可能な調停者の感情を害することを避けようと骨を折った。新聞は驚くべき姿勢の変化を見せ、ソ連に関する好意的な記事を掲載し始めた。こうした新しい姿勢は、新聞以外にも広がった。映画会社はロシア人の気にさわるようなことは一切脚本から省くよう命じられ、日露戦争に触れることさえ禁じられた(2)。

アメリカ、英国、中国が発表した昭和二十年七月二十六日のポツダム宣言は、日本が無条件降伏しない限り、連合軍は日本を「迅速かつ徹底的に壊滅」させるという意図を明らかにしたものだった。建前としてまだ中立条約に縛られていたソ連(3)は、ポツダム宣言に署名しなかった。このことが、ソ連の調停に対する日本の期待を強めた。しかし最初の原爆が広島に投下された二日後の八月八日、ソ連は日本に宣戦布告し、期待は打ち砕かれた。翌日、ソ連軍は国境を越えて満州、朝鮮に侵入した。

日本の新聞は当初、「新型爆弾」に軽く言及しただけで、日本の領土が侵略されたことについては触れなかった。新聞には箝口令《かんこうれい》が敷かれ、重要なニュースは人から人へと口伝てに伝えられることが多かった。八月九日、左翼から極右に方向転換していた作家林房雄が鎌倉文庫を訪ねた、「えらいことになった。戦争はもうおしまいだな」。高見順は、広島に落とされた新型爆弾のことかと思った。しかし林は、「まだ知らんのか。ソ連が宣戦布告だ」と言う。林が帰った後、当時文藝春秋社員で小説家の永井龍男が来て、長崎が原子爆弾にやられ、その惨害は広島以上だと言う。これについては「二人の者が、同盟と朝日と両方から聞いて来て、そういったというから、うそではないらしい」と高見は書いている(4)。

翌八月十日、ついに新聞はソ連の宣戦布告を報じた。しかし、長崎を吹き飛ばした爆弾に関しては何の記事もなかった。その日の新聞各紙は、若い皇太子に関する業務一般を取り仕切る東宮職を宮内省に設けるという記事を大きく扱った。新しい東宮大夫の任命も注目を浴びた。

高見は書いている。

> ソ連の宣戦は全く寝耳に水だった。情報通は予感していたかもしれないが、私たちは何も知らない。むしろソ連が仲裁に出てくれることを秘かに心頼みにしていた。誰もそうだった。新聞記事もソ連に対して阿諛《あゆ》的とも見られる態度だった。そこへ、いきなりソ連の宣戦。(中略)――ラジオの報道は、ソ連問題や対ソ戦況に関することを何もいわない。東宮職のことをしきりにいうだけである。日本の対ソ宣戦布告も発

表されない。気味のわるい一日だった。(5)

夕方、高見が鎌倉文庫に行くと、ついさっき中年の客が文庫に来て、御前会議で政府は休戦の申し入れをすることに決定したそうだ、と言ったという。

あんなに戦争終結を望んでいたのに、いざとなると、なんだかポカンとした気持だった。どんなに嬉しいだろうとかねて思っていたのに、別に湧き立つ感情はなかった。その中年の客の言葉というのを、信用しないからだろうか。——でも、おっつけ、戦争は終結するのだ。惨めな敗戦で終結——というので、心が沈んでいるのだろうか。(6)

ラジオでは、阿南惟幾《あなみこれちか》陸軍大臣が徹底抗戦を宣言したと報じたという。「そういう場合は、みんな駆り出されて、死ぬのである。国も人民も、滅びるのである」(7)と、高見は書いている。

そのあと、文庫から家に帰る電車の車中の様子が日記に出てくる。

車中でも歩廊でも、人々はみな平静である。真に平静なのか。それとも、どうともなれといった自棄なのか。戦争の成行について多少とも絶望的なのは確かだ。

ソ連の宣戦について誰ひとり話をしている者はない。興奮している者はない。慨嘆している者はない。憤激している者はない。

だが、人に聞かれる心配のない家のなかでは、大いに話し会《ママ》っているのだろう。私たちが第一そうだ。外では話をしない。下手なことをうっかり喋って、検挙されたりしたら大変だ。その顧慮から黙っている。全く恐怖政治だ。(中略)そういう沈黙だとすると、これでは戦いには勝てない。こういう状態に人々を追いやったのは誰か。
(8)

八月十一日の読売、毎日両紙ともトップには皇太子の写真を掲げ、皇太子の美徳を称えている。また情報局総裁が、政府が国体護持の決意を表明したことを伝えている。

国体は一般に“national polity”「国家体制」と翻訳されるが、この用語は一九三〇年代、四〇年代に日本の運命を議論する際によく登場した。いろいろな意味で使われるが、特に日本が何としてでも天皇制を保持しなければならない、という議論の余地のない信念を伝える時に使われた。この時期に国体護持という言葉を使うということは、それを条件に休戦を申し入れたのではないか、と高見は勘ぐっている。さらに、軍部の国体護持の主張がこの国を悲惨な状況に陥れたと非難し、次のように書く。

大変な訓練のされ方、そういうことがしみじみと感じられる。同時に、民衆の表情には、どうなろうとかまわない、どうなろうとしようがないといった諦めの色が濃い。絶望の暗さもないのだ。無表情だ。どうにかなるだろうといった、いわば無色無味無臭の表情だ。

これではもうおしまいだ。その感が深い。とにかくもう疲れ切っている。肉体的にも精神的にも、もう参っている。肉体だけでなく精神もまたその日暮しになっている。

(9)

日本の国体護持の申し入れに対して、アメリカ側が次のように返答したという噂が流れた。「気持はわかる、しかしお前さんは敗戦国じゃないか、無条件降伏というのが当然だ、しかも国体護持というが、○○（引用者注・天皇）は事実戦争の最高指揮者ではないか、だのにそれに手を触れては困るというのはあつかましい」(10)

東京の住民の不安に追い討ちをかけるように、十三日に原子爆弾が東京を襲うという噂が流れた。その十三日は大した出来事もなく過ぎたが、十四日、アメリカの飛行機一機が出現したことで警戒警報が出た。かつては、一機の飛行機は何も心配がなかった。それは、単なる偵察機だった。しかし広島上空に飛来した一機を経験して以来、それは編隊よりも危険であるように見えた。

高見は、原子爆弾を曖昧に「新爆弾」と書いていた新聞が、いつの間にか「原子爆弾」と書き出したことに注目する。噂では、当局から指示されたことだけを書く言論統制から新聞は自由になったという。高見は、次のように酷評している。

思えば、敗戦に対しては新聞にだって責任がある。箝口的統制をのみ咎めることはできない。言論人、文化人にも責任がある。

敗戦は原子爆弾の出現のみによっておこされたことではない。ずっと前から敗けていたのだ。原子爆弾でただとどめをさされたのである。(11)

十四日夜、高見は新聞に出る情報以上のものを知りたくて、友人の新聞記者に会いに行く。そこでも情報がわからないまま友人と二人で駅に向かう途中、記者の仲間と出会った。その記者の得た情報によれば、ポツダム宣言受諾の発表が十一時にあるという。戦争は終わったのだ。しかし、みな溜息をつくばかりだった。高見は思い出す、戦争が終わったら「万歳！　万歳！」と叫んで銀座通りを駆け廻りたい、そう言った人がいた。高見もまた銀座へ出て、知らない人でもなんでも手を握り合い、抱き合いたい、そう言ったものだった。しかし銀座は、真っ暗で廃墟だった(12)。

同じ十四日夜、高見や一般市民は知らなかったが、日本の最高決定機関で一波乱あった。午前中に召集された御前会議で天皇は、戦争をこれ以上長引かせることによってさらに多くの日本人が虐殺されることには耐えられないとして、ポツダム宣言受諾の決意を示した。阿南陸相が戦争続行支持であることを承知の上で、天皇は直に阿南に同意を求めた(13)。阿南は躊躇したが、最終的に天皇の意を斥けることは出来なかった。その夜、天皇はポツダム宣言が日本に課した条件を受け入れる旨の詔勅《しょうちょく》を録音した。天皇の録音は、八月十五日正午に放送されることになった。阿南は、自決の覚悟を固めた。

まさに天皇が詔勅を録音しているさなか、陸軍士官の一団が近衛師団の士官にクーデターへの参加を説いていた。反乱軍は宮城を占拠し、もう少しのところで詔勅の玉音盤を奪い、天皇の放送の代わりにラジオで国民に徹底抗戦を呼びかけるところだった。入念に隠された玉音盤は無事で、八月十五日朝、ラジオは正午に天皇陛下自らが放送することを告げ、「国民はひとり残らず謹んで玉音を拝しますように」と伝えた(14)。

その朝、友人から天皇が放送することを聞いた山田風太郎は、次のように書いている。

> その刹那、「降伏?」という考えが僕の胸をひらめき過ぎた。しかしすぐに烈しく打ち消した。日本はこの通り静かだ。空さえあんなに美しくかがやいているではないか。

だから丸山国民学校の教場で、広田教授の皮膚科の講義をきいている間に、

「休戦？

降伏？

宣戦布告？」

と、三つの単語を並べた紙片がそっと回って来たときには躊躇なく「宣戦布告」の上に円印をつけた。（中略）

これは大変なことだ。開闢《かいびゃく》以来のことだ。そう思うと同時に、これはいよいよソ連に対する宣戦の大詔であると確信した。いまや米英との激闘惨烈を極める上に、新しく強大ソ連をも敵に迎えるのである。まさに表現を絶する国難であり、これより国民の耐ゆべき苦痛は今までに百倍するであろう。このときに当って陛下自ら国民に一層の努力を命じられるのは決して意外の珍事ではない。

「最後の一兵まで戦え」

陛下のこのお言葉あれば、まさに全日本人は歓喜の叫びを発しつつ、その通り最後の一兵まで戦うであろう。

山田は、「教授も学生もことごとくソビエトに対する宣戦の大詔だと信じて疑わなかったのである」と付け加えている(15)。

天皇の詔勅を伝えるラジオの受信状態は悪く、言葉自体が難解でわかりにくかった。山田は書いている、「何という悲痛な声であろう。自分は生まれてからこれほど血と涙にむせぶような人間の声音というものを聞いたことがない」。しかし、放送を理解した人々でも、最初は日本が戦争に負けたという事実がほとんどわからなかった人もいた。

この放送を、わたしはグアム島で聴いた。東京から重大な放送があるという報せが入り、通訳を命じられたのだった。放送が理解できないかもしれないことを恐れて、わたしは知的な捕虜三人を同行させた。これが、幸いした。わたしは天皇が言っていることがほとんど理解できなかったが、放送が終わった時、同行した捕虜が泣いている姿を見て、それが何を意味するかわかったのだった。

朗読や漫談で人気のラジオ解説者、徳川夢声（一八九四―一九七一）が「玉音」を聴いた時のことを書いた日記の一節は、極めて感動的である。

コーン……正午である。

――コレヨリ畏《かしこ》クモ天皇陛下ノ御放送デアリマス、謹シンデ拝シマスルヨウ

――起立ッ！

号令が放送されたので、私たちは其場で、畳の上に直立不動となる。

続いて「君が代」の奏楽が流れ出す。この国歌、曲が作られてこの方、こんな悲し

い時に奏されたことはあるまい。私は、全身にその節調が、大いなる悲しみの波となって、浸みわたるを感じた。曲は終る。愈々《いよいよ》、固唾をのむ。

玉音が聴え始めた。

その第御一声を耳にした時の、肉体的感動。全身の細胞ことごとく震えた。

(中略)

何という清らかな御声であるか。

有難さが毛筋の果てまで滲み透る。

再び「君が代」である。

足元の畳に、大きな音をたてて、私の涙が落ちて行った。

私など或る意味に於て、最も不逞なる臣民の一人である。その私にして斯くの如し。全日本の各家庭、各学校、各会社、各工場、各官庁、各兵営、等しく静まりかえって、これを拝したことであろう。斯くの如き君主が、斯くの如き国民がまたと世界にあろうか、と私は思った。

この佳き国は永遠に亡びない！　直観的に私はそう感じた。

万々一亡びると仮定せよ。しかも私は全人類の歴史にありし、如何なる国よりも、この国に生れた光栄を喜ぶであろう。

日本亡ぶるの時、それは人類の美しき歴史亡ぶるの時だ！　あとには唯物の味気なき歴史が、残るばかりである。

（中略）

日本敗るるの時、この天子を戴いていたことは、なんたる幸福であったろうか。私は歴代の天皇の中で、この方ほど好もしきお人がらはないと信ずる。

（中略）

今上は、所謂英雄ではなかった。武断的な方では勿論ない。が〝仁君〟にわたらせられる。いともやさしく、うるわしきお人ガラのお方である。

その〝仁君〟の御宇《ぎよう》、唯物的国の使用した原子爆弾で、日本は戦争に敗れた。

（中略）

これで好かったのである。日本民族は近世において、勝つことしか知らなかった。近代兵器による戦争で、日本人は初めてハッキリ敗けたということを覚らされた。勝つこともある。敗けることもある。両方を知らない民族はまだ青い青い。やっと一人前になったと考えよう。(16)


天皇の放送について記した梨本宮伊都子妃（一八八二―一九七六）の日記の一節は、

これに劣らぬ感謝の念を天皇に示している。しかし伊都子妃は、誇りと怒りを込めて次のように書いた。

　正午には、謹んでラヂオの前に坐してゐると、君ヶ代がきこえ、つゞいて只今より天皇陛下の御玉音でありますといふこゑ。陛下にはいつもの御声にて詔勅をのたまはせられ、四年間米英支とたたかってきたが、だんだん吾方に不利となり、其上、最近ますます米は悪らつなる事をなし、広島市・長崎市に新型爆弾を用ひ、人身を多数にころし、家屋を被《こわ》し、朕《ちん》は此上吾臣民を多くたほす事はしのびす《ママ》、悠久三千年の国体をうしなふに至《いた》るは祖先に対し申しわけなし。よっていかなる困苦にもしのびがたきをしのびて、ここに和をこひポツダム宣言に従ふ事とせり。吾赤子《せきし》に朕が意を思ひ、しのびよといふ意みの御言葉。伺ふてゐる間に胸つまり、陛下の大御心《おおみこころ》の内を拝察して、くるしきおもひ。御自身様は万難《ばんなん》を御しのび遊ばしても赤子をたすけむとの有難き大御心、只々恐れ多ききわみ、涙はこみ上るのみ。光りかがやける三千年の日本にたえられぬ汚点をつけてしまった。しかし、ベルリンの如《ごと》くあらされては、なお大事。本土に一ト足もふみこまぬ内は、まづ日本は永久にうしなふ事はない。

　しかし、とてもとても筆にはつくしがたきくやしさ。やる方なく、アアこれで万事休す。昔の小さな日本になってしまふ。これから化学を発達させ、より以上の立派な

> 日本になさねばならぬ。国民は陛下のこの有難き大御心に対し奉《たてまつ》り、全力のあらんかぎりを尽し、国の発展をはからねば申《もうし》わけがない。
>
> ゆっくりと考へれば、此四年間、命をささげてたたかった吾軍の将士、あまたの戦死者・戦傷者が実に気の毒とも何とも云《い》ひ様なく、又空襲のため家はやかれ、親子わかれわかれになり、悲しき思ひをした人々の口惜《くちお》しき、何度もいふが一度でよいから米本土にこのくるしみをあぢわ《ママ》ひさせてからにしてやり度《た》かった。今後は神の御力のあらんかぎり米英の人々を苦しめなければ、うらみははれぬ。どうしてもこのうらみははらさねばならぬアアアーー。(17)

復讐を願う伊都子妃の気持がこのように率直に表現されたことは、他の日記ではめったに見られないことである。しかし、多くの人々は日本が朝鮮、台湾、満州を奪われて昔の「小さな日本」になってしまったという伊都子妃の嘆きを共有していた。

平林たい子（一九〇五―七二）の日記に記された心の動きは、伊都子妃とは正反対のものだった。平林が貧困の生活を送り、プロレタリア作家であったことを思えば、これは少しも意外なことではない。似たような境遇にあった人々と同じく、戦争の終結は平林に解放をもたらした。日記をつけていた時期、平林は東京から疎開して故郷の家にいた。八月十五日の平林の日記から、次の一節を引く。

朝早くよりまた警報なり、機動部隊の来襲を告げる。彼は単に消耗の強要に来りたるか、遂に上陸が避けがたいものなら早く上陸せよ。恐らく、これは、日本人殆んどの焦躁のあまりの希望ならん。

きのう軒下にひきつけておいたリヤカーの草をひろげていると情報の間にラジオ正午に天皇の放送あるをいう。未曾有のことなり。母と降伏か抗戦かと語る。母も自分も考えてみたれどわからず。抗戦をつづけるにしてももはや天皇を出さねばきかれぬ場合なりと思われるし、降伏ならば勿論のことなり。が結局、抗戦ならんと戦地の息子を思いながら母は諦めた如くにいう。どうせ勝目はないのだから、早く降参した方がお互のためだとは、過日来の母の持論である。

正午となる。（中略）近所の誰彼も異常に緊張の面持にて集ってくる。

ラジオは荘重なるアナウンスについで君ケ代、かの間遠き曲はきょうわけても間遠し。やがて、録音らしき天皇の声きこえ来る。幾重もの山脈を越えてくる電波は乱れて、雑音多く、殆んど文言はききとれず。（中略）しかしその中に「ポツダム宣言を受諾」なる言葉あり、「降伏」「敗北」等の言葉はさけて居れども、まさに無条件降伏なるを知る。

あり得ぬことに非ずと心に用意はあれど、あっと驚く。戸外の油絵の如き炎熱の中を、供出の草を山の如く背負って行く人あり。ああついに終った。終った。戦争も、何も彼も、終ったのだ。終ったのだ。

天に向いて、何か百遍も叫んで躍り上ってみたき心地なり。解き放たれたのだと思いたいけれど。緊縛の強かりしためかすぐに解放の感覚は起らぬなり。

「ポツダム宣言」の何ものなるかを知らぬ隣人たちは無条件降伏だという自分の説明をきいて、はじめて泣き出す。表には表隣のばあさんが布片片手に涙拭き拭き駈けつけて来て、いつでも死ぬ覚悟はできていると泣きじゃくる。(中略)

夜、我が家にては電燈の覆いをとる。他家はまだ暗くつつましい中に、我が家のみ明く南瓜の葉を透かし、大きなる実を艶艶と照らし出すなり。(18)

山田風太郎が恐れたのは、天皇の降伏という言葉によって、連合軍(アメリカ、英国、中国)がやがて何万、何十万と上陸してくることだった。山田は、これらの軍隊が「道徳的に、精神的に、経済的に、感情的に日本人として恐るべき苦悶に陥し入れることは火を見るよりも明らかである」と書いている。ここで山田は、他の日記の筆者たちが提起しなかった疑問を取り上げる。それは天皇の運命がこの先どうなるか、ということだった。

天皇はどうなるか、御退位は必定《ひつじょう》と見られるが、或いはそれ以上のことも起るかも知れない。新聞によると最後の御前会議で天皇は「朕は国が焦土と化することを思えば、例え朕の身は如何あろうとも顧みるところではない」と仰せられ、全閣僚が声をあげて慟哭したという。この御一言で、たとえ陛下に万一のことがあれば、連合国側がいかなる態度に出ようと、われわれは小なりとも「昭和神宮」を作る義務がある、と誰かいった。(19)

はっきりとは言っていないが、山田は閣僚たちと同様に、アメリカ人が天皇を処刑するのではないかと思ったに違いない。そこで山田が考えたのは、外国の占領部隊が到着した時に日本人はどう振舞うべきか、ということだった。

すでに大事去った上は、静々粛々、清掃して敵を迎え、驕る敵をして恥ずかしからしめるほど端然また凜然たる態度を持すべきである。いまの激情にかられた花火は、かえって一般国民の惨苦を増大し長びかせるだけである。われわれは敵の駐屯を一日も短くするように努めなければならない。今一日の隠忍の緒を切れば、将来数年再興の日が遅れることになるのだ。(20)

山田が激しい口調で非難するのは、信用を傷つけられた古い日本の灰の中から新しい日本が誕生する、と嬉々として口走るような人々だった。

古い日本は滅んだ。富国強兵の日本は消滅した。吾々はすべてを洗い流し、一刻も早く過去を忘れて、新しい美と正義の日本を築かねばならぬ――こういう考え方は、絶対に禁物である。(中略)

僕はいいたい。日本はふたたび富国強兵の国家にならなければならない。そのためにはこの大戦を骨の髄まで切開し、嫌悪と苦痛を以て、その惨澹たる敗因を追及し、嚙みしめなければならぬ。

全然新しい日本など、考えてもならず、また考えても実現不可能な話であるし、そんな日本を作ったとしても、一朝事あればたちまち脆く崩壊してしまうだろう。

にがい過去の追及の中に路が開ける。まず最大の敗因は科学であり、さらに科学教育の不手際であったことを知る。(21)

山田が期待したのは、若い人々に科学的教育を施すことによって、日本がふたたび偉大な国家になることだった。そうすることで若者たちは、感情的ですぐに動揺する今の日本人とは違った人間になると考えたのだった。

われわれは、健康な肉体と冷徹な頭脳を持った子供たちを作ろう。一口でいうと、鋼鉄のような日本人である。

鋼鉄のように美しく澄んだ感覚、鋼鉄のように強靭な肉体、鋼鉄のように鮮烈で確固たる頭脳。(22)

しかし、これはただの夢に過ぎなかった。終戦後間もなく、山田は人々が軍人を軽蔑の眼で見るようになったことを知って愕然とする。駅で一人の兵隊が、今までのように列の前に行って特別に切符を買おうとしたら、窓口の少女に言われたという、「兵隊さんはあとですよ」。この話を聞いた人々は怒って言った、なぜその女狐をぶんなぐってやらなかったんだ、と。

すでに、アメリカ人に協力するつもりになっている人間もいた。山田の友人で大きな製薬会社の社長の息子は、十五日夜、山田に言った、「今後はアメリカ人と手を握りてゆくが賢明なり。わが会社にては早速化粧品でも作りてアメリカ婦人に売りて儲けん」。別の友人が、そんなことはできないと言うと、「そういう奴は将来乞食になるよりほかはなし」と笑うのだった(23)。

天皇が公式にポツダム宣言の受諾を発表し、宮城の反乱軍が自決し、あるいは制圧された後もなお、軍の一部は日本が降伏したことを認めようとしなかった。八月十六日、大佛次郎が聞いたところでは、海軍機がビラを撒き、そのビラには海軍航空隊司令の名で、天皇の大詔は重臣たちが強要したものであり、海軍航空隊は降伏せずにあくまで戦うと書いてあった。別の飛行機が撒いたビラには、特攻機がまだ健在で、原子爆弾は思っているほど効果がないと書かれていた(24)。

いつものように、噂は巷に溢れた。東京の住民は地元の朝鮮人が戦争終結に乗じて乱暴、食料奪取の危機あり、と怯えているらしい、と大佛は日記に書いている。大佛の友人が医者から聞いた話では、アメリカ軍が明日あたり鎌倉に上陸するようだという。何人もの将官が自決した、とも伝えられた。しかし多くの場合、噂はデマに過ぎなかった。県から婦女子は逃げた方がいいと触《ふれ》たのが誇大に伝わり、たちまち鉄道の駅は避難民で一杯になった。平林たい子によれば、多くの女性はすでに山に逃げ隠れ、アメリカ人に乱暴されるのを避けるため青酸カリを所持して、いざとなったら自殺するつもりでいる、という噂も広まった(25)。横浜で持場を捨てた警官の逃亡が続出しているという話を耳にした大佛は、次のように書いている、「役人からこの姿なのだから国民がうろたえ騒ぐのは当然である。日本人のどこに美しく優れたところがあったのか。絶望的である」(26)。三日後、さらに大佛が聞いた話では、鎌倉の材木座で米軍が小さい子供を軍用犬の餌にするという噂を聞いて恐怖している母親が多い、ということだった(27)。

早くも終戦翌日の八月十六日、日記作者たちは戦時中に自分が演じた役割について思い巡らしている。高見順は、次のように書く。

私は日本の敗北を願ったものではない。日本の敗北を喜ぶものではない。日本に、なんといっても勝って欲しかった。そのため私なりに微力はつくした。いま私の胸は痛恨でいっぱいだ。日本および日本人への愛情でいっぱいだ。(28)

しかしこう書いたすぐ後で、高見は不愉快な出来事を思い出す。昭和十九年十一月、ハルピンでのことだった。高見は、ロシア人のバンドが演奏し、ロシア人の男女が舞台で踊るキャバレーへ行った。客は日本人ばかりで、ウォトカに酔い痴れ、放歌高吟していた。演奏するロシア人や踊り子たちに、日本の将校があまりにもみっともない振舞いをするので、高見は同胞として深く恥じた。そして戦争が終わった今、高見は書く。

……（引用者注・当時の）日記には書いてないが、こんな日本人がこのまま勝ったらどういうことになるだろうとその時思ったことを覚えている。その時、――その時だけではない。しばしばそう思わせられることがあった。

私は日本と日本人を愛する。だからこそ、かかる日本人を許せないのだ。かかる日

本人を許し甘やかしますます増長させるところのいわゆる日本主義的な議論を許せなかった。(29)

天皇が詔勅を読んで、まだ一週間にもならない八月二十一日、高見は自分が日本の作家として如何に深くジレンマに陥っているかを書いている。

戦争終結と知って、私はホッとした。これでもう恋愛小説はいけん、三角関係はいかん、姦通を書くことはまかりならぬ等々の圧制はなくなる、自由に書ける日がやがて来るだろう、全く「やり直し」だ、そう思ってホッとした。だがその「喜び」は、敗戦という大変な代償によって与えられたのである。今になって愕然とするのである。私は、ホッとした自分を恥じねばならぬ。誇張すれば売国的感情であった。戦争中のあまりにひどい、メチャメチャな言論圧迫に、そして戦争中の一部の日本人の（軍官の一部の）横暴非道に、日本および日本人のだらしなさに、私は、こんなことで勝ったら大変だ、このままで勝ったら日本も世界も闇だとしばしば思ったものだが、今敗戦という現実にぶつかっては、さような私の感情を恥じねばならぬ。かかる醜悪なボロだらけの、いい気なものだった日本の故に日本は敗れねばならなかったのだと、しゃあしゃあとしてはおれないのである。とにかく日本と共に私も敗北の現実のなかに叩き込まれたのだ。敗戦の悲運は私自身のものなのである。かかる今日の事態を来たさないように私もまた日本のために大いになすべきことがあったのではないか。言論圧迫をいたずらに嘆くのでなく、それに抗して腐敗堕落を防ぐべきではなかったか。そうして少しでも今日の悲運の到来を防ぐのに努むべきではなかったか。

勝てようとは考えられない。その点では、日本を甘く買い被ることはできない。しかし今日のような惨澹たる敗戦にまで至らなくてもなんとか解決の途《みち》はあったはずだ。その点について私らもまた努むべきことがあったはずだ。それをしなかった。そのことを深く恥じねばならぬ。

私は今、痛烈な愛国的感情に嚙まれている。(30)

第七章　その後の日々

山田風太郎の日記の八月十六日の項に記されている「八月十五日のこと」は、異様に長い。天皇の放送を聴いた後、若き山田風太郎の心の中を通過した多くの錯雑した思いが、そこにはそのまま映し出されている。その一文を、山田は次のように結んでいる。

ここに於て僕は、大きな深い悲しみに打たれずにはいられない。今のところその目的は、ただ敵に対する報復の念のみであるからである。が――日本再興は、もういちど行なうべき「悪戦」の後であるにしてもこの一念以外に、いまは何も考えられない。甘い、感傷的な、理想的な思考はみずから抑えよう。そしてこの一念のみを深く沈潜させよう。敵が日本に対し苛烈な政策をとることをむしろ歓迎する。敵が寛大に日本を遇し、平和的に腐敗させかかって来る政策を何よりも怖れる。（1）

山田はアメリカ人を憎むことに決め、敗戦に報復しようとする日本人の決意を鈍らせるような敵の寛大さをひたすら恐れた。九月初旬、京都に立ち寄った山田は書いている。

京都は残った。残ったのがむしろ癪《しゃく》である。アメリカが自分たちの遊覧地としてこの古都を残したのが癪である。しかし多くの人のいうように、自分たちの「遊び場所」としてではなく、結局はそうなるわけだが、文化の記念として彼らはこの京都や奈良に手をつけなかったのであろう。つまりそれだけ余裕があったわけで、一層それが癪にさわる。ソ連なら容赦なく爆撃したであろう。そしてまた、もしアメリカにこのような古都があるならば、日本は勿論これを潰滅するのに何の遠慮をも感じまい。少くとも日本の軍人は。(2)

たとえばこれは山田に時々起こることなのだが、アメリカ人の駐留が幾つかの点で有益であると認めざるを得ない時でも、反アメリカ的姿勢を捨てていない。警戒を緩めてはならない、と山田は心に決めていたようだった。山田は戦時中の日々を戦場でなく勉学に費やした人間として、自分には特別な責任があると信じていた。

青年は無限に死んだ。生き残っている青年達もその大部分は戦争に頭脳が空虚になり、また荒廃している。ほとんど絶えず学んで来た少数の緻密な頭脳こそ新しき日本の唯一の原動力とならねばならぬ。吾々はその重大な責任を銘肝し、またそれを果すことを天に誓おう。(3)

八月十七日、宮城の前で二人の将校が割腹したことを山田は書き留めている。外国勢力に屈服することを嫌って死を選んだ日本人が何人いただろうか、と山田は思う(4)。それは、そう沢山いたわけではなかった。

英米がおそらく日本の降伏の申し出を受け入れるようだと聞いて、海野十三は外国の支配下で生きることは出来ないと決心した。八月十二日、まさに自殺の「その日が来た」と海野は思った。子供たちは子供たちなりに考えたようで、「残っているものを食べましだ」と言った。妻にそのことを話し、妻は「敵兵が上陸するのなら、死んだ方がて死ぬんだ」と言い、長男は「敵兵を一人やっつけてから死にたい」と言った。次男は最近、学校で「七生報国」という言葉を教わり、しきりとその言葉を口にした。海野は「七生報国」という文字を書き、玄関の上に掲げた。海野は、日記に次のように記している。

自分一人死ぬのはやさしい。最愛の家族を道づれにし、それを先に片づけてから死ぬというのは容易ならぬ事だ。片づける間に気が変になりそうだ、しかしそれは事にあたれば何でもなく行なわれることであり、杞憂であるかもしれぬ。(5)

八月十三日、さらに妻と相談した後、やはり一家で死ぬと決めた。しかし十五日に天皇の放送を聴いた後、すっかり疲れてしまい、海野は死ぬのを延期して翌日に最後の団欒をしてから死のうと思う。十六日、十七日と、海野は「大義」を読んで過ごした。それは、軍神杉本五郎中佐の遺稿で、禅の教えと天皇崇拝が一つになった本だった。「日本人の道」は天皇と一体になることであり、我を捨て心身を放棄して天皇に尽すことだという信念が、海野の心に次第に浸透していく。

十六日の夜、妻は眠れなかった。夜半に、妻が起きた。海野は、妻が自殺しようとしていると思い、妻を説得する。

妻に「死を停《とど》まれよ」とさとす。さとすはつらし。死にまさる苦と辱《はずかしめ》を受けよというにあるなればなり。妻泣く。そして元気を失う。正視にたえざるも、仕方なし。ようやく納得す。われ既に「大義」につく覚悟を持ち居りしなり。(6)

海野の日記は、昭和二十年十二月三十一日で終わっている。

ああ昭和二十年！　凶悪な年なりき。言語道断、死中に活を拾い、生中に死に追われ、幾度か転々。或は生ける屍《しかばね》となり、或は又断腸の想いに男泣きに泣く。而も敗戦の実相は未だ展開し尽されしにあらず、更に来るべき年へ延びんとす。生きることの難しさよ！

さりながら、我が途は定まれり。生命ある限りは、科学技術の普及と科学小説の振興に最後の努力を払わん。(7)

どれだけ天皇の大義に身を捧げたにせよ、有名な民間人で自殺した人間はごくわずかだった。これと対照的に、ポツダム会談でドイツ処理案が発表された最初の四日間にベルリンで千二百人、ライプチッヒで六百人、ハンブルクで四百五十人、ケルンで三百人のドイツ人が自殺したことを報じた記事を、高見は日記に引用している。ドイツに恥ずかしい、と高見は書いている(8)。

戦後最もよく知られた自殺は、失敗に終わった。米軍から逮捕状が出たと聞いた後、九月十一日、東条英機大将はピストル自殺を図ったが死に至らなかった。山田は、軽蔑を込めて書いている。

「東条大将はピストルを以て……」ここまできいたとき、全日本人は、「とうとうやったか！」と叫んだであろう。来るべきものが来た、という感動と悲哀とともに、安堵の吐息を吐いたであろう。

しかし、そのあとがいけない。

なぜ東条大将は、阿南陸相のごとくいさぎよくあの夜に死ななかったのか。なぜ東条大将は、阿南陸相のごとく日本刀を用いなかったのか。

逮捕状の出ることは明々白々なのに、今までみれんげに生きていて、外国人のようにピストルを使って、そして死に損っている。日本人は苦い笑いを浮かべずにはいられない。(9)

東条の自殺未遂に対する高見順の反応は、山田と似たようなものだった。

期するところあって今まで自決しなかったのならば、何故忍び難きを忍んで連行されなかったのだろう。何故今になって慌てて取り乱して自殺したりするのだろう。そのくらいなら、御詔勅のあった日に自決すべきだ。生きていたくらいなら裁判に立って所信を述べるべきだ。

醜態この上なし。しかも取り乱して死にそこなっている。恥の上塗り。(10)

戦争終結をめぐる怒りにも拘らず、山田は理性的な態度を捨てなかった。八月十七日、過激派が二人の元首相、鈴木貫太郎と平沼騏一郎の家に焼打ちをかけたと聞いた時、山田は次のように酷評している。「馬鹿なり。無念耐えずんば、黙して自分が腹切るべし。いま血を血で洗うの愚を日本に現わすべからず」(11)

「愛国者」たちは、降伏を告げる掲示を壁から剝がした。別の愛国者は、東京の鉄道の駅に降伏反対のビラを貼り、そこにはビラを剝がしたものは銃殺すると書いてあった。あくまで降伏反対の横須賀鎮守府、藤沢航空隊等では、「親が降参しても子は降参しない」と書いたビラを撒いた(12)。

天皇の放送から二週間というもの、無数の噂が飛び交い、自分たちの運命を必死で知りたがっている日本人を先行き不明の不安な状態に陥れた。フィリピンの日本軍が、総攻撃を開始したという噂が流れた。しかし多くの噂は、がっかりさせられるようなものばかりだった。山田は、静岡県清水にアメリカ軍が上陸し、名古屋には中国兵が上陸して食糧徴発を始めたという噂を聞いている。また、すでに東京には四万人のアメリカ兵がいるという噂が流れた(13)。翌日、山田は横浜に三十万のアメリカ軍が上陸したという噂を耳にしている(14)。時間がたつにつれて多くの噂は消えたが、中には完全に根拠がないことが判明するまで徘徊し続ける噂もあった。

抑留外国人が自分たちの給与品を戦災者に贈ったという短い記事に、高見は深く心を動かされた。恥かしい、と高見は思った。自分の恥であれ日本の恥であれ、高見は日記の中で繰り返し、恥について語っている。こうした外国人の寛大な態度に比べて日本の軍部や役人は、噂によれば備蓄食料などを強奪して自分たちだけで分配していたのだった。高見は続ける。

気の毒な戦災者に分けたという話をひとつも聞かないのである。日本人として恥しい。（中略）軍の物品を自宅へ山と持ち込んだ将校の話など、どこへ行っても聞くが、上陸軍はこれらを「窃盗罪」としてしらべるかもしれないという話もある。そんなことになったら恥しい。日本の恥だ。(15)

過去何年にもわたってその栄光を称えられた挙句、軍部に対する幻滅は恐ろしい速さで始まった。新聞は相変わらず日本の敗北の理由を明らかにしようとしていたが、（日本が何故負けたかということに関係なく）戦争に対する憎悪の気持が表われ始めた。高見は八月二十一日、軍に対する民衆の反感が早くも出ていることを報じる毎日新聞の記事に触れている。軍部は罹災者の苦しみに無関心である、と人々は信じ始めていた[16]。

九月一日、山田風太郎は日記に書いている。

> 新聞がそろそろ軍閥を叩きはじめた。「公然たる闇の巨魁」といい、「権力を以て専制を行い、軍刀を以て言論を窒息せしめた」といい「陛下を盾として神がかり信念を強要した」という。そして。——
> 「われわれ言論人はこの威圧に盲従していたことを恥じる。過去の十年は、日本言論史上未曾有の恥辱時代であった」
> などと、ぬけぬけと言う。[17]

山田は自らの経験を省みて、理性に反し軍部のイデオロギーを受け入れた心の葛藤について、また不合理なものに対する不信感にもかかわらずそれは戦争に勝つために必要なのではないか、と考えていたことについて語る。

> 不合理な神がかり的信念に対して、僕などは幾たび懐疑し、周囲の滔々たる狂信者どもを、或いは馬鹿々々しく思い、或いは不思議に思ったか知れない。そして結局みなより比較的狂信の度は薄くして今日に至った。

とはいえ、実はなお僕はみなのこの信念を怖れていた。それは狂信の濁流中にあって微かながら真実を見ている者の心細さ。不安ではない。戦争などいう狂気じみた事態に於ては、「日本は神国なり。かるがゆえに絶対不敗なり」とか「科学を制するは精神力なり」とかいう非論理的な信仰に憑かれている方が、結局勝利の原動力になるのではあるまいか、とも考えていたためである。自分の合理的な考え方が、動物的といっていい今の人間世界では或いはまちがっているのではないか、という恐ろしい疑いのためである。

しかし、非論理はついに非論理であり、不合理は最後まで不合理であった。

さて、この新聞論調は、やがてみな日本人の戦争観、世界観を一変してしまうであろう。今まで神がかり的信念を抱いていたものほど、心情的に素質があるわけだから、この新しい波にまた溺れて夢中になるであろう。――敵を悪魔と思い、血みどろにこれを殺すことに狂奔していた同じ人間が、一年もたたぬうちに、自分を世界の罪人と思い、平和とか文化とかを盲信しはじめるであろう！(18)

多くの日本人が驚くほど短時間のうちに、まったく正反対の態度をとるようになるに違いない、という山田の予言は正しかった。戦争が終わってまだ二週間足らずのうちに、憤激の声が起こった。罹災者たちがほとんど裸で冬を迎えようとしている時、かつての英雄たちが軍の物資を盛んに盗んでいたという事実が発覚したのだった。たしかに、そのままにしておけば連合軍に没収されてしまうのだから、分配ないし隠匿も一理ある、と山田は考える(19)。しかし一方で、山田は次のように書く、「戦争中の日本は、偏していたかも知れないが、少くともまじめであった。敗戦後の日本はこの最後の徳さえ失ってしまった」(20)。

戦艦ミズーリでの降伏文書調印に刺激され、山田は「日本は今日より独立国としての存在を失ったのである」と書く。山田が聞いたところでは、ミズーリ艦上のマストに翻る星条旗は、約百年前に開国を求めて日本に来たペリー提督の「黒船」の上に翻っていた旗と同一のものだった。また、昭和十七年のシンガポールでの勝利者である山下奉文大将の降伏調印に列席するために、かつての敗軍の将パーシヴァル将軍がフィリピンに急行したという。「人間の芝居がかったことの好きなのは、たしかに本能の一つである」と、山田は皮肉っている(21)。

連合軍司令部の最初の部隊が上陸する前から、すでに日本には新しい空気が漲《みなぎ》っていた。新聞の検閲をやめるという政府からの指示はなかったが、作家たちは直感的に敗戦のお蔭で憎むべき検閲の制約から自由になったとわかった。高見順は八月十七日、力を得たような気分で書いている。

私はいま自分の今までの仕事が、ことごとくうそとはいわないまでも、日増しに強くなって行った制約の中で自分をだましたり、なだめたり、心にもない方向に自分を無理やり進ませて、歯を食い縛って我慢して、そうして書かなかった作品はまずない、……(22)

八月二十日、新たに指名されたばかりの東久邇宮稔彦《ひがしくにのみやなるひこ》（一八八七―一九九〇）首相は、ラジオで「国体維持に政府方策を有す」と繰り返し国民に告げた(23)。次に続く言葉が、あるいは「敵にしてわが国体を根本より破壊せんとの意図を有するときは再び開戦す。最後の一人まで蹶起《けっき》せよ」という命令ではないかと、誰もが息を殺して待った。しかし、「絶望悲嘆甚だしきものあり」と山田は書く。戦争が再開される兆しは、まったく見られなかった(24)。

同じ日、高見は毎日新聞の沢開進記者と話していて、新聞は嘘ばかり書いてきたことを謝罪すべきではないか、と言った。「うそしか書けなかったということはわかる。それは国民も知っている。しかし、だからといって、しゃあしゃあとしているのはどうかね。――これは新聞だけのことではない。言論人、文化人全体の問題で、僕等作家も等しく謝罪せねばならぬことだが」

沢開記者は率直に応えて、「しかし今の新聞に謝罪の気持があるでしょうか。これからは自由な新聞が出せると大喜びの有様なんですからねえ。愛想がつきますよ」と言う(25)。一人でもこうして真面目に考えている記者に会えてよかった、と高見は書いている。

翌日の読売報知新聞で、科学と芸術の振興を唱えているトップ記事を読んだ高見は、「虐待されて来た文学も今度は自由が得られるだろう」と書いている(26)。その記事に明るさがあることは認めても、新聞の節操のなさに、高見の心は晴れない。同日の日記の後半で、高見は読売報知の記事に対する自分の反応をさらに詳細に記している。

朝、急いで書いたので胸の中のもだもだをとくと突き留めることができなかった。「心は晴れない」と簡単に書いたが、事実はもっと激しく、不快なのであった。腹が立っていた。

よくもいけしゃあしゃあとこんなことがいえたものだ、そういう憤怒である。論旨を間違っていると思うのではない。全く正しい。その通りだ。だが如何にも正しいことを、悲しみもなく反省もなく、無表情に無節操にいってのけているということに無性に腹が立つのである。常に、その時期には正しいことを、へらへらといってのける。その機械性、無人格性がたまらない。ほんの一月前は、戦争のための芸術だ科学だ、戦争一本槍だと怒号していた同じ新聞が、口を拭ってケロリとして、芸術こそ科学こそ大切だなどとぬかす、その恥知らずの「指導」面がムカムカする。莫迦《ばか》にするなといいたいのである。戦争に敗けたから大切な芸術だったら、そんな芸術などやりたくない。戦争に敗けたから今度は芸術を「庇護」するというのか。さような「庇護」はまっぴら御免だ。よけいな干渉をして貰いたくない。さんざ干渉圧迫をして来たくせに、なんということだ。非道な干渉圧迫、誤った統制指導の故に、今日の敗戦ということになったのだ。その自己反省は棚に挙げて、またもや厚顔無恥な指導面だ。いい加減にしろ！(27)

八月二十二日、高見は文報の常務理事会に出席した。唯一の議題は、文報の存続についてだった。事務局は解散に賛成だった。国粋主義者の戸川貞雄は、当然存続を主張するものと思われた。しかし、極めて正当にも次のように言った。文報は大東亜戦争完遂のために生まれたものであるから、その目的が霧消した今、自分は解散に賛成する、と。一人が解散に反対したようで、その名前を高見は××氏と書いている。どうやら名前を公然と書くには、まだ躊躇があったようである。

その××氏は、鞄からビラのような紙を出し、それを軍人に渡していると言った。ある航空隊では、あくまで立て籠もって戦い、駄目な場合はみな腹を切って死ぬという。「わたしもそれに加わらせてくれと頼んでいるんです」と××氏は、眼を「ギラギラと異様に」光らせながら言う。そしてポツダム宣言受諾はユダヤ人の陰謀であり、新内閣は住友財閥のものだと罵る。高見は××氏の言うことに納得できなかったが、沈黙を守った。日本主義の文士から一人くらいは、事に激して自刃するのが出てもいいだろう、立派に死なせようじゃないか、と冷ややかに思う(28)。常務理事の尾崎士郎が、遅れてやって来た。尾崎は日本主義の時流に乗って、情報局の推薦で常務理事になった、と高見は次のように書いている。

彼もまた激して狂的になっているか、或は断腸の想いで愁然となっているかと思ったところ、至極明朗なものだった。どう身を処するつもりかと××氏が尋ねたら、菊池寛の所感(過日、ラジオが所感を放送した。文学をしっかりやろうという意味のものだった。)を批判して、来るべき文学を云々するよりも今日の現実をしっかり見る、現実にきびしく直面するということが文学者のつとめだといった。何かこざかしくツベコベいう感じだった。今日の現実に対していささかも自責を感じていない。そして、軍人が悪かったの何が悪かったのと他を責める。——何事かと、身体の震えるほどの怒りを覚えた。

今日の現実と彼はいうが、今日のこの現実を齎《もたら》したことに彼は自ら責任なしとしているのだろうか。巧みに時流に投じ、暴力的な言論抑圧に協力、というより、実行的主役をつとめた彼ではなかったか。文化における愚民政策の積極的な実践者ではなかったか。軍人が悪かったの何んのと今になってほざくけれど、当時はその軍人を楯にして、虎の威をかる狐の所行に出たのは彼ではなかったか。

私個人の場合を例にすれば、文学がとうとうとして非文学に堕落して行くのを見るに忍びず、文学には文学の本来の役割がある、弾丸と同じような役割を果させようとしても無理であると文学非力説を敢えて草した。ずいぶん譲歩的な気持で書いたものだ。それに対して、彼はなんといったか。

「文学の純粋さを文壇的伝統の中に守ろうとする態度が残存しているとしたら、それが単に独善的であるというだけでなく、ジャーナリズムの歪んだ性格と抱合することによって自由主義のもつ敵性に気脈を通ずるものであるということを知らねばならぬ」

売国奴呼ばわりを彼はしたのである。私は彼から売国奴呼ばわりをされたのである。かかる「売国奴」が今は、国の悲運に泣いているのである。我もまた責任ありと泣いているのである。そうして私を売国奴呼ばわりした日本主義者尾崎士郎は今日、恬然《てんぜん》として「現実」を直視しろと、直面しろと、彼のかつて罵った「敵性自由主義者」のようなことをいう。

彼はまたこういった。(中略)「もし文学者の決意が国家の運命と背馳《はいち》することによって、ジャーナリズムの中におのれの純粋さをまもりとおすことにあるとしたらまことに悲しむべきことであろう」

国が敗れたとき、彼は恬然として「国家の運命と背馳すること」に決意している。ああなんという「悲しむべきことであろう」。かかる人々が日本を今日の現実に陥れたのだ。かかることを許した私たちもまた罪なしといえない！(29)

八月二十九日、高見は書いている。

言論出版集会結社等がだんだん自由になってくるようだ。心が明るくなる。思えば、中世だった。暗黒政治だった。恐怖政治だった。――しかし真の自由はやはり与えられないだろう。日本がもっともっと「大人」にならなくては……。(30)

高見は考えを途中で中断しているが、まだアメリカ人の先遣部隊が到着したばかりで、日本の内政に直に影響を与えていなかったにも拘らず、日本人は基本的自由がすでに自分たちの手の届く範囲にあることを感じていた。やがて皮肉好きな日本人は、アメリカが日本に自由を配給したと指摘することになるが、彼らはこうした自然発生的な展開を無視しがちである。わたしは、日本の「民主化」の進展はアメリカ人の助けなしでも起こったのではないか、と言いたい誘惑に駆られる。

八月三十日、新聞は二日前の東久邇宮稔彦首相と記者団との会見の模様を詳細に伝えた。なぜ日本が戦争に負けたかという質問に対して、東久邇宮は三つの主因を挙げ、それは戦力の急速な潰滅、原子爆弾、ソ連の参戦だった。さらに、政府ならびに軍と官の中に知らず識らずのうちに敗北主義が兆していたこと、および国民道義の低下も敗戦の原因として指摘した。明治天皇の五箇条の御誓文の精神を体して邁進することこそ再建日本の進路であると東久邇宮は力強く述べ、日本が被った損害の数字を次の議会で包み隠すことなく発表すると約束した。また、日本人が箝口令の猿ぐつわをはめられていた事実を指摘し、これからは言論結社の自由が認められることになると明言した。さらに政党を御用政党にしてしまって意見を言わせなかったこと、言論機関である新聞社を抑圧して言論を自由にさせなかったことを遺憾とし、今後は国民が積極的に意見を表明出来るようになることが望ましい、と述べている。

長く苛酷な戦争がかろうじて終結した今、政府の最高責任者（かつては大将だった）が、つい最近まで禁じられていた所感を公然と口にしたのだった。高見は、東久邇宮の率直さに目のくらむ思いがした、「我々の今までいわんと欲していい得ざりしところをズバズバといってのけておられて胸のすく思いであった。気持がまことに明るい。嗚呼かかる政治が、今日の敗戦の前に何故与えられなかったのだろう。敗戦という悲しい代償をもってせねばかかる明るさが与えられなかったとは」(31)。

新しい政策の成果は、即座に現われた。サイパンからのアメリカ軍の放送がもはや妨害されなくなった、と大佛次郎は書いている。新聞はアメリカ人の開放性を取り入れ、外電が増えつつあった(32)。

新体制の好ましくない側面も、同時に姿を現わし始めた。高見は、東京新聞に出た広告を日記に貼り付けている。「特殊慰安施設協会」が出した職員募集広告だった。高見の推測によれば、この協会の目的は占領軍の「慰安」のために女性を提供することだった。やがて東京の路上で、アメリカ兵に向かって「ヘイ」とか「コム・オン」とかいう日本男女が出て来ることだろう、と高見は思う(33)。八月三十日の日記で高見は、横浜に「慰安施設」としてバー、カフェ、キャバレー、慰安所が開設されたことを伝えている(34)。大佛は同日の日記に、横須賀の料亭、待合、芸者屋に廃業禁止の命令が出たことを記している。明らかに、アメリカ艦隊の需要を考慮してのことだった。

高見は、アメリカ兵の駐留は仕方がないと思った。しかし、続々と到着するアメリカ兵の便宜を図って立てられた英語の看板は高見を苛立たせ、皮肉な意見を吐かせることになる。地下鉄の線路際の壁に白い紙がベタベタと貼り付けてあるのに気づいた高見は、たぶん「驕敵撃滅」とか「必勝不敗」といったスローガンを隠したものだろうと思う。

九月八日、高見は新橋駅の出口に、Way out と書いてあるのに気づく。

駅名のローマ字を一斉に消したのはいつだったか。再びローマ字が現れるわけである。東京都当局では、官庁、銀行会社、大商店等がその名称や業種別を英文の看板で表示するようにと「要望」を出したという。(35)

同じ日、高見は初めてアメリカ兵を見た。「陽気ないたずら小僧、そんな印象であった」と記している(36)。これは一瞬の印象に過ぎないが、高見はアメリカ人の日本占領と日本人の中国占領の決定的な違いを述べている。すでにアメリカ兵の暴行の話、時計を取られた話、無法侵入の話等々はあった(37)。しかし九月十四日、高見は書いている。

満員の車内にアメリカ兵が乗っていた。日本人と話をしている。ずっと前から日本に来ていたみたいな自然さだ。その様子はなんというかいかにも市民的だ。デモクラチックだ――そんな感じがした。支那に入ったばかりの日本の兵隊を頭に描いた。

「おい、ニイ公」

支那人と見ればそういう。苦力も大学生も区別がない。百姓上りの兵隊が、支那の紳士をつかまえて、

「おい、あっちへ行け」

犬や豚でも扱うようだ。(38)

また九月二十一日、「昨日の追加」として高見は書いている。

東京の街にはアメリカ兵が氾濫している。どこへ行っても見かける。そして、アメリカ兵が日本人を殴っているというような、もしくは日本人に対して優越的な威嚇的な態度を取っているというような場面は、どこへ行っても見かけなかった。

支那では、どこへ行っても必ず、日本人が支那人に威張っている場面を見かけたものだ。日本人が支那人を殴っている場面は、どこかに必ずあったものだ。

アメリカ兵は日本人を人間として尊重している。彼等がすなわち人間として尊重されているからであろう。日本人が他民族を苛《いじ》めたのは、日本人自身が日本人によって苛められていたからである。人間としての権利、自由を全く認められていなかったからである。人間の尊重ということが、日本においてはなかったからである。(39)

高見は、これまで禁じられていた天皇の問題に話を移す。戦争末期、高見は妻に向かって天皇のために死ぬ覚悟があると語っていた。しかし九月二十八日、天皇がマッカーサー元帥を訪問したと知って、高見は書いている。

その新聞記事を見て驚いた。敗戦国である以上何もおどろくに当らないことかもしれないが。

天皇陛下が外国人のところへ御躬《おんみずか》らお出かけになるというようなことはかつてなかった。日本人にとってたしかに大きなショックだ。これで何十年経つと、そういうことも別に不思議でないことになるかもしれないが、今は、そうだ、実に不思議な感じなのだ。天皇陛下は我々にとって近寄ることのできない神聖なものと教えられていたのである。(中略)

日本が呼びかけた「東洋人の東洋」の理想はいつかまた必ず燃え上るに違いないと信ずる。東洋対西洋の争闘を考えるのではない。白色人種対黄色人種の争いを望むのではない。西洋の支配下に呻吟している東洋の解放を祈るのである。同じ人類の名の下に東洋人も西洋人も支配被支配の関係でなく生きて行かれるようにしたいのである。

(40)

二十九日、天皇とマッカーサーが並んで立っている有名な写真が新聞に掲載された。古今未曾有のことだった。将来は何でもない普通のことになるかも知れないが、今までの日本人の「常識」からすると大変なことなのだ、と高見は考える。翌日、日本の内務省がこの新聞を発禁にした。マッカーサー司令部は、発禁の解除命令を出し、新聞ならびに言論の自由に対する新措置を指令した。高見は有頂天になった、「これでもう何んでも自由に書けるのである！　これでもう何んでも自由に出版できるのである！　生れて初めての自由！」(41)。

自国の政府によって当然国民に与えられるべきであった自由が与えられずに、自国を占領した他国の軍隊によって初めて自由が与えられるとは、――顧みて羞恥の感なきを得ない。日本を愛する者として、日本のために恥しい。

戦いに負け占領軍が入って来たので、自由が束縛されたというのならわかるが、逆に自由を保障されたのである。なんという恥しいことだろう。自国の政府が自国民の自由を――ほとんどあらゆる自由を剝奪していて、そうして占領軍の通達があるまで、その剝奪を解こうとしなかったとは、なんという恥しいことであろう。(42)

ついこの間まで敵だった相手から与えられた自由という貴重な贈物は、歓喜と何よりも恥を高見にもたらした。占領が経過するにつれてどちらの感情も薄れていったが、すでに高見は作家としての仕事を再開していた。

第八章　文学の復活

日本の降伏と戦争終結は一部の作家、とりわけ左翼思想を信奉していたために苦しんだ作家たちに解放をもたらした。しかし、作家の多くは政治的信条に関係なく祖国の敗北に意気消沈し、この先どうなるかという不安に駆られていた。検閲の廃止は、もちろん誰からも歓迎された。しかし作家たちが幻滅したことには、ほかならぬ自由の理想を公言していたはずのアメリカ人が出版物や私信を検閲するという事実が間もなく明らかになった(1)。この極めて腹立たしい検閲制度は、それにも拘らず戦後期が日本文学の輝かしい時代の一つであることを妨げなかった。

八月十七日の小説家島木健作(一九〇三―四五)の死は、戦後初の文学的な事件として作家たちに衝撃を与えた。戦時中に多くの民間人が死んだが、著名な作家は一人も死ななかった。島木の死は、その最初の例と言っていいかもしれない。もっとも、島木の病気は戦争と直接には関係がなかった(2)。高見順は、おそらく誰よりも島木の死が心に響いた。島木も高見も一九二〇年代、三〇年代のマルクシズム運動に関わり、逮捕後に転向し、左翼信仰を捨てることを警察に宣誓した。転向という行為は、とりわけ島木には辛いものがあった。極めて真面目な島木は、高見のように酒や浅草の歓楽に慰めを見出すことが出来なかった。高見は書いている、「そういう島木君の人間に対し『詰らん奴だよ』という批評が鎌倉文士の間でもあった。『人間も仕事も詰らん。小説というもんじゃないし、小説家というもんじゃない』そういう向きもあった。私などのいそうなことだが、人間的にも生活的にも正反対の私は、しかし、そうはいわなかった」(3)。似たような辛い経験の絆で島木と結ばれていた高見は、真面目一筋の島木を嘲笑する人々の仲間に入る気になれなかった。

昭和十二年(一九三七)に発表された島木の最初の長篇小説「再建」は、左翼信仰のために監獄に入れられた主人公に共感を持って描いたため、当局は発禁処分とした。小説の第二部で男が転向する話を書くつもりだった島木は、続篇を書く機会を失った。小説が発禁になったこと、是非とも必要な収入が断たれたことは、島木にとって大変なショックだった。島木が自殺したとしても、少しも意外ではなかった。しかし代わりに島木は、長篇小説「生活の探求」(一九三七)を書いた。この小説は左翼思想を糾弾したわけではないし、日本主義の作家のように日本の覇権を唱えたわけでもなかった。それにも拘らず当局が積極的に出版を容認したのは、この作品が国家の非常時に可能な生産的な生活というものを読者に提示していたからだった。

島木は昭和十四年（一九三九）、日本の植民地化の成果を視察するために満州へ渡った。概して島木は入植者に同情的で、彼らの大半は日本での極貧の生活から逃れるようにして大陸へ渡ってきたのだった。日本が中国の一部を占領したことの是非について、島木は疑問を持たなかった。しかし、根本からはずれた当局の植民政策を批判した。当局は一般に如何なる批判も嫌ったが、島木の批判は受け入れた。それが入植者の生活条件の改善を目指したものであり、満州占領を非難するものではなかったからだった。

晩年の作品は、島木が本当に左翼思想を捨てたという印象を強めた。しかし、島木が死の床についている病室を高見が見舞った時、島木の奥さんは、島木が戦争終結と聞いて「これからやり直しだ」と仕事への情熱を語った、と高見に伝える。高見は、「島木君は、そのやり直しを果すことができないで死んで行くのだ。私はそれを考えると、胸が裂けるように苦しい」と日記に書いた(4)。島木の「やり直し」とは二度目の転向、つまり以前の政治的信条へ戻ることであったかもしれない。

葬式の後、島木を偲んで集った友人たちは、日本の現状について議論した。何人かは終戦の詔勅にまだ反抗している軍部抗戦派に、はっきりと反対意見を述べた。こうした軍部批判は、今やもう危険でもなければ珍しくもなかった。高見は、これらの意見を日記に要約している。

抗戦の結果勝てるのならいい。どうせ勝てない、負けるときまっている以上、ここで妄動をしたらそれこそ最後の一線たる国体護持すら失ってしまうことになるのではないか。否、植民地にされてしまう。そういうことが抗戦派にはわからないのであろうか。今日の悲境に日本を陥れたのは、そもそも、今日に至ってなお抗戦などを叫んでいる驕慢な軍閥だ。軍閥が日本をメチャメチャにしてしまったのだ。しかるにその軍閥はなお人民を苦しめ、日本をトコトンまで滅してしまおうというのか。どうせ自分は戦争犯罪者として処刑されるのだから、国民全部を道連れにしようというが如き自暴自棄的行為ではないか。(5)

議論の間、高見は沈黙を守っていたが、日記に次のように書いている、「軍部に対する批判が明らさまに口外されたというだけでも、大変な変化だ。こういう刻々の変化を書き残しておくのも、日記のつとめであろう。変化してしまったあとでは、いつどのように変って行ったかがわからなくなる」(6)。

高見の日記は、終戦直後の東京と鎌倉で起きた数多くの変化を丹念に記録している。たいして注意を引くようなことが起こらなかった時でも、日記作者としての務めを片時も忘れていない。将来の人間がこの時代について知りたいと思うかもしれないことを、高見はすべて書き留めた。

永井荷風の日記は、将来の読者のことよりも現に自分が味わっている窮乏生活の方を遥かに心配している。戦争終結後も、なお二週間ほど荷風は岡山にいた。しかし、興味を惹くことは何もなかったし、配給は極めて不十分だった。東京に戻った荷風は、その足で親戚の杵屋五叟の家に行くが、五叟は一ヶ月前に熱海に転居して留守だった。五叟の後を追って、荷風は熱海へ行く。

熱海での荷風の生活は、楽しいものではなかった。日記に、熱海のことを「商估《しようこ》俗客の黄金を散ずる処なれど、軍閥の臭味なきは不幸中の幸と謂ふべき歟《か》」と書いている(7)。ひもじさに堪えがたく、荷風は終日寝床で書物を読むこともあった。季節が寒くなる前に作品を一、二篇書いておかなければと思うが、空腹のため書く気力にも欠ける(8)。

九月九日、荷風は東京の友人から手紙をもらい、文面には東京の街にアメリカ兵たちが三々伍々散歩するのが見かけられるようになったとある。手紙には、続けて「停戦に由り軍国官僚の退散は実に積年の暗雲を一掃して秋晴の空を仰ぐが如く近来の一大快事に御座候」と書いてあった。

荷風も、同じ気持だった。荷風は常に軍部を憎み、そのためアメリカ人の駐留に寛大でいられた。翌日、隣家の人が語るには、東京まで用事があって最終列車で熱海に帰ろうとしたら、途中からアメリカ兵の一隊四、五十人ばかりが乗車しようとしてきたため、日本人乗客は席から追い払われたという。荷風は横柄なアメリカ人に苛立つ代わりに、こう書いている、「是亦曾《これまたかつ》て満洲に於て常に日本人の其国人に対して為せし所。因果応報と云ふべき歟」。

しかし、荷風は少しも陽気ではなかった。大豆やトウモロコシをまぜて煮ても食事としては十分でなかったし、農家へ買出しに行っても麦や芋などの主食物を得ることは容易でなかった。荷風が耳にしたところでは、日本国民全員が飢餓に陥る日が刻々と迫っているという。特に荷風がうんざりしたのは、つい昨日まで軍国主義を囃し立てていた連中が今や自由と人権を説いている、と聞いた時だった。「戦敗後の世情、一つとして傷心の種ならぬは無し」と、荷風は書いている。

ところが、東京からの手紙によれば、友人たちは文芸の前途について楽観的であるようだった。演劇の将来に期待を寄せる者もいれば、「お互にこれからは明朗な、そして、意味のある仕事をしませう」と書いてくる者もいた。荷風は、こうした意見を「御座なりの挨拶。広告文の口吻に過ぎず。一点真率の気味なく、憂国の真情を吐露するものなし」と斥けている(9)。ごくたまに、荷風の日記がユーモアのひらめきで陽気になることがある。たとえば、天皇がマッカーサー元帥を訪ねた時のこと。

昨朝陛下微服微行して赤坂霊南坂下なる米軍の本営に馬氏元帥を訪はせ給へりと云。(10)

なかなか執筆活動を再開しない荷風は、それでも十月二日、新刊の「来訪者」の序文を書いている。この本は戦時中に菓子、砂糖、野菜などを贈ってくれた友人たちの厚意に報いるため、そのつど友人たちに贈った詩篇と小品の草稿を集めて一冊にまとめたものだった。序文は、戦時中の経験と戦争が終わった時の喜びを簡潔に語っている。十月八日、全十二巻になる予定の荷風全集の原稿の整理を始めている。十五日、新しく創刊される雑誌「新生」の出版元の社長青山虎之助が荷風を訪ねた。青山は荷風に原稿を依頼し、原稿料は一枚百円と二百円の間だという。荷風は「言ふ所の稿料鰺鯖《あじさば》と同じく物価暴騰の例に漏れず。貧文士の胆を奪ふ。笑ふべきなり」と書いている(11)。「新生」は、有力な新雑誌だった。十一月一日の創刊号は大半が新時代の到来を語る政治経済論文だが、文学的エッセイも掲載されている(12)。この雑誌（途中の一時休刊をはさんで昭和二十三年十月まで二十三号を出した）の外観は、読者を惹きつけるはずがなかった。粗悪な紙に印刷された各ページは、四分割された小さな文字のコラムで、数少ない挿絵もお粗末だった。しかし、終戦直後に「新生」が人気を得たのは、読者に知的な刺激を与えると同時に、作家たち（特に、すでに有名な作家）に小説や新しい日本の印象などのエッセイを発表する場を提供したからだった。

創刊号に、青野季吉のエッセイ「戦争雑感」が載っている。「爪先まで武装した」指導者たちが完全に国を支配していた三年半――その間の入り乱れた思念や感情を青野は回想している。戦争の歳月は青野にとって生活の中の大きな空洞であり、西行や芭蕉、良寛の歌を読むことでかろうじて耐えてきた。

青野は二ヶ月前の経験を思い出す。青野は、夜汽車に乗っていた。車中に、明らかに戦争孤児と思われる少年がいて、その身体は悪性の皮膚病に覆われていた。ほかの乗客たちは少年にひどく冷酷かつ邪慳で、今にも列車から少年を放り出さんばかりにしている。その時だった。闇の中から、男の声が聞こえた、「オレはジャバから来た兵隊だあア。かわいさうなもんは、みんなで助けたらいいんでないかア。日本人はもつと美しいもんだと思つてゐたら、これが日本人かア」。

戦争の指導者たちの顔から仮面がむしり取られるたびに、青野の耳には、この兵隊の言葉がこだました。青野もまた、日本人は「もつと美しいもんだ」と思っていた。日本人が才能に富むことは明らかだった。さもなければ、どうして飛鳥・天平にまでさかのぼる偉大な文化の時代があったことを説明出来るだろうか。しかし日本人のもう一つの顔は、青野に夜汽車の兵隊の「これが日本人かア」というセリフを思い出させた。青野は書いている。

アメリカは勝利者としての立場から平和主義の名に於て戦争犯人をぬき出してゐる。日本人はまぎれもない敗北者の立場から、日本人の荒頽《こうたい》化の犯人を根こそぎ抽き出すべきではなからうか。それが真に敗北の痛い現実に徹し、新しい平和と文化の日本へ発足する所以ではなからうか。

さうなると、たしかに国民「総懺悔」の要がある。(13)

青野の「総懺悔」の呼びかけはその後何度も繰り返されたし、精神的敗北の責任者たちを根こそぎ抽出すべきだという青野の意見を読むと、十月一日の毎日新聞に発表された「日本再建の為に」と題する石川達三(一九〇五―八五)のエッセイの似たような意見が頭に浮かぶ。石川は日本人を戦争に巻き込んだ責任者たちが罰されるのを見たいと思うだけでなく、日本国民は完全に態度を変えなければならないと説いている、「日本は過去の国である。私はさう考へる。さう考へなくてはならぬと思ふのだ。日本の歴史も捨てよ、伝統も棄てよ、一切の誇るべきものを捨ててしまへ。(中略)歴史も尊い、伝統も尊い。しかしその尊さを自負したがために吾々は皇国の運命を誤ったのだ」。石川は、日本が民主主義国家になることを期待する。しかし、欧米各国では民衆が政府との闘いによって初めて民主主義を獲得したのに対して、日本の民衆には自覚がまだ不十分である、と読者に訴える。民主主義の形だけは整うかもしれない、しかし石川が望んだのは、占領軍が「内容充実せる民主主義が完成するまで」日本に留まることだった(14)。

日本の作家たちが、一様にアメリカを手本にすることを説いたわけではなかった。昭和二十年十二月までには、多くの日本人が互いに競い合って民主主義を始めとする征服者アメリカの美徳を称えるようになっていたが、永井荷風が初めて「新生」に書いた「亜米利加の思出」(第一巻第二号掲載)は、決してアメリカ追従の一文ではなかった。荷風は、アメリカについての自分の知識が時代遅れであること(荷風のアメリカ滞在は四十年前だった)、従ってあまり役に立たないだろうことを認めた上で次のように書いた。

米国がいかほど自由民主の国だからと云つて其国に行つて見れば義憤に堪えない事は随分あります。社会の動勢は輿論に依つて決定される事になつて居ますが、其輿論には婦人の意見も加はつて居るのですから大抵平凡浅薄で我々には堪えられなかつた事も少くはありませんでした。ストラウスの楽劇サロメが演奏間際になつて米国風の輿論のために禁止となつた事などは其一例でせう(15)。小泉八雲(ラフカヂオ、ハーン）が黒人の女を愛した様な事から世に容れられなくなつた事なども所謂米国風輿論の犠牲と見るべきものでせう。露西亜《ロシヤ》のゴルキイが本国を亡命して紐育《ニューヨーク》に行つた事があるが矢張輿論のために長く其地に止る事が出来ずにしまつた様な事がありました。(16)

日本人の熱狂的なアメリカ称賛への苛立ちから生まれたと思われるこうした荷風の見解は、同時に荷風のフランスびいきを反映している。荷風がアメリカで記憶していることとして挙げているのは、ニューヨークの無料図書館だった。荷風は、そこの素晴らしい蔵書の中からフランス語の書物を借りて読んでいた。

昭和二十一年、「新生」第二巻第一号に、荷風は高く評価された小説「勲章」(17)を発表した。また昭和二十一年三月号から四回にわたって昭和二十年の日記から抜粋を発表し、これに昭和十六年の日記が続いた。おそらく荷風は、当初は日記を発表するつもりはなかった。しかし、日記を発表する方が新しい短篇を書くより容易だったし、それなりの収入にもなった。荷風は日記の原稿の随所に小さな変更を加えているが、基本的には第一稿と同じである。

戦時中の日記を発表した作家は、荷風だけではなかった。内田百閒は戦後、原稿依頼はほとんどすべて断っているが、発表に向けて日記を推敲している(18)。荷風の戦後の日記は、決して告白ではない。その大半を占めているのは日常生活への苛立ちであり、自分の財産をめぐっての心痛である。昭和二十一年一月一日の日記では、株の配当金がすでに無くなっている上に、個人の資産にも二割以上の税金がかかるという世間の噂に触れて、次のように書いている。

今日まで余の生活は株の配当金にて安全なりしが、今年よりは売文にて餬口の道を求めざるべからず。去秋以後収入なきにあらねど、そは戦争中徒然《つれづれ》のあまり筆とりし草稿、幸にして焼けざりしを售《う》りしが為なり。七十歳近くなりし今日より以後、余は曾て雑誌文明(19)を編輯せし頃の如く筆執ることを得るや否や。六十前後に死せざりしは此上もなき不幸なりき。老朽餓死の行末思へばおそろし。朝飯を節するがため褥中に書を読み、正午に近くなるを待ち階下の台所に行き葱と人参とを煮、麦飯の粥をつくりて食ふ。(20)

繰り返し荷風は、たとえば隣家から聞こえてくるラジオの騒音のような迷惑に腹を立てている。こうした不平不満と縁がないのは、世間の噂を伝えている時だけである。四月六日、荷風は「噂のきゝがき」として概略次のようなことを書いている。大阪で警吏が闇商売の朝鮮人を捕えようとしたが、朝鮮人は武器を持って反抗し、これに日本人の闇仲間も加わった。この騒ぎを知ったアメリカの憲兵の一隊が、機関銃を放って乱闘する闇屋と警吏を追い払った。この事件は、荷風によれば、検閲によって新聞に報道されなかった。荷風は次のように酷評している、「米人口《くち》には民政の自由を説くといへども、おのれに利なきことは之を隠蔽せんとす。笑ふべきなり」(21)。

相変わらず荷風は、かつての行きつけの場所だった玉の井私娼窟に関心を寄せている。昭和二十一年一月には三十軒ばかりだった店が同年五月末には百軒以上にもなり、値段は外国人の客が百三十〜百四十円と高いのに対して、日本人の客は百円内外が相場だと伝えている(22)。

昭和二十二年十二月三十一日、荷風は書く、「本年は実に凶年なりき。六月に蔵書の大半を盗まれ年末に印税金の不払に遇ふ。而して枯果てたる老軀の猶死せずに生残りたる是亦《これまた》最大の不幸なるべし」(23)。

高見順は、占領については複雑な気持だった。占領がもたらした自由には感謝していたが、一方でアメリカ人の公言する原則と現実との矛盾には怒りを覚えていた。しかし占領をめぐる心の葛藤にどれほどのめりこんでも、平和の恩恵に疑問を抱いたことはなかった。九月十五日、高見は鎌倉の鶴岡八幡宮の例祭に行く、「参詣した。神楽をやっている。女子供が石段にいっぱい腰掛けて、長閑《のどか》に神楽を見ている。まことに平和だ。まことに日本人は平和を愛する質朴な民なのだ」(24)。

しかし、こうした気持は長くは続かなかった。翌日、高見は新聞で太平洋米軍司令部が発表した「比島における日本兵の残虐行為」という報告書の記事を読む。一読して、まことに慄然たる内容だが、高見は言う、「残虐ということをいったら焼夷弾による都市住民の大量焼殺も残虐極まりないものである。原子爆弾の残虐はいうを俟《ま》たない。しかし、戦勝国の残虐は問題にされないで、戦敗国の残虐のみ指弾される」(25)。

九月十九日、高見は朝日新聞がマッカーサー総司令部の命令で二日間発行を停止されたことを伝えている。そして皮肉めかして書く、「戦争中は自由主義的だ民主主義的だとにらまれていた朝日がこんどは『愛国的』で罰せられる。面白いと思う」(26)。しかし同じ日、いいニュースもあった、「野菜、魚が自由販売になる。外国の放送が自由に聴けることになった。婦人の参政権が認められるかもしれない。気持の明るくなるニュースだ」。

雑誌は、ふたたび高見に原稿を依頼し始めた。優に一年以上、原稿を頼まれたことがなかった高見だが、今や出版社は毎日のように高見の家に編集者を送って寄越した。九月二十一日、高見は書いている。

新女苑神山君来訪。これで三度目の来訪。

「小説三十枚どうしても書いてほしい」

雑誌原稿はなるべく書くまいと思ったのだが、前からの因縁を急には絶ち難い。(27)

新雑誌が、溢れるように出た。その多くが三号以上は続かなかったのは、高騰するインフレが出版社の資金の価値を下落させ、出版を中止せざるを得なかったからだった。相次ぐ雑誌の失敗にも拘らず、抱負に燃える出版社は挫けることがなかった。これまでと一味違った新しい雑誌を読者が待ち侘びていることを、誰もが信じていた。出版社は活字に飢えている一般大衆を当てにしていた。当時の大半の人々が手に入れられる娯楽といえば、活字の他にほとんど無かった。

雑誌の性格に関係なく、有名作家の書く短篇やエッセイは、新しい読者を惹きつけるために欠かせないものだった。高見は大変な注目を浴び、大いに利益を得た。しかし、そのことをありがたいと思うと同時に、出版社のしつこい要求に高見は苛立っていた。出版社が戦後の趣味に迎合した証拠として、戦時中の雑誌の変更された誌名を列挙しながら、憤懣やるかたない思いをぶつけている。

「兵器と技術」が「平和産業」、「ニッポン・ドイッチェランド」が「ニッポン・アメリカ」、「海軍報道」が「ストウリー」……思わず噴き出したが、笑いはすぐひっこんだ。なんという無恥厚顔、無節操、破廉恥！　あまりひどすぎて笑い出したのだ。笑い出したが、情けなくて笑い続けられなかった。
これはしかし雑誌だけのことではない。敗けねばならなかった日本の内的腐敗のひとつの象徴だ。日本の持っている恥ずべきバカバカしさのひとつの典型だ。民衆の感情を無視してかかることが許される間は、日本は駄目だ。民主主義も何もあったものではない。(28)

出版社の変わり身の速さに対する高見の苛立ちは極端だが、しかし、これはこの時期、何であれ自分が嫌うものに対する高見の神経過敏な反応の一つに過ぎなかった。九月二十九日、皮肉な一言から始まって母親が次から次へと食ってかかってくるのに対し、高見は怒りのあまり感情を抑えることが出来なくなる。高見は、平手で母親を打った。「生れてはじめてのことである」と高見は書いている。

翌朝、母親とのいさかいが再燃し、それは取っ組み合いに近い喧嘩になった。
母とのいさかいは、絶えず繰り返しており、あとで激しく悔いるのに、ずっと絶えたことがないのだが、こんな乱暴は初めてである。台所で暴れたので、米が散乱した。大切な米が——。前夜も座敷に飯粒が散乱した。（中略）

呪われた母子、――実にその感が深い。

妻が泣き叫び、中村さんに大声で救いを求めた。中村さんが飛んで来て、狂乱の母をおさえた。

私も全く狂乱状態だった。母を殺して自分も死のうかと思った。毎度のことだが。「仕事」を思うことが私を狂乱から救ってくれた。もし私に「仕事」がなかったら、とうに私は自殺していたろう。

思えば、私にとってこの絶えざる家庭の不和こそもっとも重大な問題であった。常に私をもっとも苦しめている問題は、正にこれであった。しかるに私は私の「仕事」でこのもっとも重大な問題を取り上げようとしない。(29)

十月四日、高見はモリエールの「人間嫌い」を読んでいる。たぶん高見には、ほかならぬこの戯曲を読む理由があった。それは高見の眼を、社会から自分自身に向けさせるように仕向けたかもしれない。高見は書いている。

「僕は今まで自分のことは書いたことがないのだが、今は自分のことしか興味がない。自分の精神の発展史を書こうと思う」

と渋川君（引用者注・高見の友人）はいった。

私は同感の頷きを示した。

翌日、高見は書く。

二時まで書斎にいた。長篇の構想だ。情熱がおもむろに湧き立ってくるのを覚える。悪夢のようなこの十年のことを書きたいのだ。この十年、人間がいかに生きたか、生きようといかに藻掻いたか、そしてこの十年が人間をいかに苦しめたか、傷つけたか、いびつにしたか、殺したか等々——それらを書きたい。自分に即して書きたい。己れの像を彫りたい。さらに典型像を彫りたい。

真に書きたいとおもう仕事に打ち込めるときが来た！(30)

この時期、新しく手に入れた自由に乗じて様々な政治的組織がつくられた。しかし高見は、そうした組織に所属したり政治的理想を助長するような作品を書く気にならなかった。

結構なことだ。私はしかし「政治」はもう御免だ。政治行動はもう御免だ。集団はもう御免だ。党派はもう御免だ。

やがて「政治」文学・集団文学・党派文学が賑やかに現われてくるだろう。日本文学の貧困を救うためにそうした文学の現出もいいことだと考えるが、文学としてすぐれたものでなくては困る。非文学が政治・集団・党派の力でもって文学のような顔で横行されては困る。そして横行するに違いないのだ。文学圧迫の新しい「強権」がかくして生れる。(31)

すでに高見は、自分自身について書きたいということに気づいていた。それは、彼が絶えず口にする恥の根源にさかのぼることだった。高見は子供時代、東京の貧しい裏町に母親と暮らしていた。母親は、高見の父である元福井県知事から送られてくるわずかな養育費を補うために針仕事をしていた。父は、私生児である息子に会おうとさえしなかった(32)。母親は、高見を厳しく育てた。明らかにそれは、私生児である高見を一人前の紳士にさせたいという一心からだった。しかしこの母と息子について囁かれる陰口は、隣人たちの嘲笑を買った。高見が東京一の名門中学の入学試験を受けようとした時、級友の一人は高見に向かって、（意地悪く、事実に反して）私生児はその学校には入れない、と告げた。高見は小説の中で、この同級生の一言が原因で母親を憎んだと書いている、「この辱しめ、この悲しみ、この苦しみは、こんな母親のせゐだ。お母さんが悪いんだ」(33)。しかし母親の針仕事は、高見が無事に大学の学位を得るまで続いた。

昭和二十一年二月十二日の日記に、高見は『或る魂の告白』を書きはじめる。憑かれたように書く」と記している。「新潮」同年三月号に、高見は新しい小説「わが胸の底のここには」(34)の第一章を発表した。高見の少年時代と青春時代が描かれるはずだったこの小説は、完成しなかった。たぶん高見は、中心テーマである少年時代の恥の経験について語るのが辛くなったのではないだろうか。しかし、今後書く小説の方向性は定まった。この時期以降の高見の小説は、浅草界隈を舞台にしたフィクションではなくて、外観はそう見えなくても自分自身の暴露だった。

戦前戦後に書かれた高見の小説には、多くの愛読者がいた。批評家たちは、こぞって「高見順の時代」について語った。高見の日記は、こうした小説に増して感銘が深い。そこに書かれた毎日の出来事はもはや読者の関心の対象とはなり得ないし、また高見が日記に貼り付けた長ったらしい新聞記事を読むには忍耐が必要である。しかし日記は全体として一つの時代を描き出しているだけでなく、そこには忘れ難い細部や一幅の絵のような一節がある。昭和二十年十月五日、鎌倉から東京までの列車の中での出来事を語ったくだりは、これまで日本人に手厳しい評価を下していた後だけに極めて印象的である。

二時十三分の電車で上京。高見は尊敬できる日本人、若い士官を発見した。

割りに空いていた。横浜から黒人兵が数人乗って大声で話をはじめた。哄笑。やがて傍若無人にふざけはじめた。――いやな気がしてわざと眼をやらなかったが、あまりの哄笑につい眼をやると、真黒な顔だけにひどく目立つ白い歯を剝き出してゲラゲラ笑っている黒人兵の隣りに、若い日本の将校が坐っているのが眼に入った。眼を打った。よく見ると、金ボタンの将校外套、将校長靴、――服装は将校なのだが、帽子の星章が取ってある。復員の将校だ。大学生上りの少尉か中尉といった顔だった。智的な顔だ。

黒人兵の人もなげな振舞を見て、どんな気持だろう。その復員将校の感情を察すると、その顔が正視できない感じだった。

しかし気になって、また秘かに視線を送った。するとその復員将校の顔にはおだやかな笑いが浮んでいる。冷笑ではない。いわんや追従笑いではない。作り笑いではない。自然な笑いだ。黒人兵の無邪気なふざけ方に自然に笑いを誘われているのだ。

私はほっとした。否、何かありがたい気持だった。

こういう日本人のいることが、――こういうおだやかな日本人が義務召集で将校になっていたのだということが、ほんとうに何かありがたかった。こういう日本人だっているのだ。こういう将校だっていたのだ。やや誇張するなら、絶望から救われた、そんな感じだった。日本人全体がこのおかげで、おだやかな、気のいい、決して本質的に好戦的というわけではない、立派な民族として考えられる、救われる、——そんな感じだった。こういう将校が戦場では勇敢だったに違いない、怯者ではなく立派な勇者だったに違いない、——日本人にはそういう立派さだってあるのだ。そんなことをいろいろ考えた。

その復員将校の隣りには若い美しい女性がいた。品川でその女性は復員将校と一緒に降りた。若妻なのであろう。多幸を祈った。(35)

高見は日記の中で、日本人に対する絶望を繰り返し書いてきた。中国では言うに堪えない振舞をする将校たちを見たし、いったん戦争が終わるや天皇崇拝からアメリカ人追従へと豹変した日本人には軽蔑を抱いた。しかし若い将校の笑い、その静かな笑いは、黒人兵がはしゃいでいる姿——それはいたって日本人的でない振舞だったが——を心からおもしろがっているようだった。高見は、日本人に希望を持つことが出来た。

同じ日、「ライフ」に載っているムッソリーニが情婦と一緒に逆さ吊りにされている死体写真を、友人が見せてくれた。それは、見るに忍びない残虐さだった。高見は書いている。

私はムッソリーニに同情を持っている者ではない。イタリー・パルチザンのムッソリーニへの憤激にむしろ共鳴を感ずる。しかしこの残虐は――。

日本国民の東条首相への憤激は、イタリー国民のムッソリーニへのそれに決して劣るものではないと思われる。しかし日本国民は東条首相を私邸から曳摺り出してこうした私刑を加えようとはしない。

高見は友人に、「日本人はおとなしいね」と言う。「小羊のごとく――」と友人は答える。続けて、高見は日記に書く。

そうだ、日本人はある点、去勢されているのだ。恐怖政治ですっかり小羊の如くおとなしい、怒りを言葉や行動に積極的に現わし得ない、無気力、無力の人間にさせられているところもあるのだ。東条首相を逆さにつるさないからといって、日本人はイタリー人のような残虐を好まない穏和な民とすることはできない。

日本人だって残虐だ。だって、というより日本人こそといった方が正しいくらい、支那の戦線で日本の兵隊は残虐行為をほしいままにした。

権力を持つと日本人は残虐になるのだ。権力を持たせられないと、小羊の如く従順、卑屈。ああなんという卑怯さだ。しかしそれも日本においては、人民の手からあらゆる権力が剝奪されていたからだ。だから権力を持たせられると、それを振いた

酷薄になる。残虐になる。逸脱するのだ。それは人民の手にったための一種のヒステリー現象だ。可哀そうな日本人。(36)

十月六日、高見は連合軍司令部の指令ですべての政治犯が釈放され、特高警察が廃止されたことを新聞で知った。

胸がスーッとした。暗雲がはれた想い。しかし、これをどうして連合軍司令部の指令を俟たずして自らの手でやれなかったか、——恥しい。これが自らの手でなされたものだったら、喜びはもっと深く、喜びの底にもだもだしているこんな恥辱感はなかったろうに。(37)

二週間後、高見は共産主義者の旧友内野壮児の家を訪れる。十月十日に出獄した内野の祝賀会が開かれるので、高校時代からのこの友人を訪ねることにしたのだった。しかし、内野の家に向かって歩きながら、高見はこんなことを考える。二ヶ月前に戦争が終わっていなかったら、こんな明るい気持で出獄歓迎会には出られなかったろう。こうした会は、特高の監視なしには到底出来なかった。もし届けをしないでやれば、たちまち検挙された。こうした会で姿を見られただけで、そこにいる誰かに、かりにそれが友人であっても告発されたのだった。個人的な友情というようなことは認められなかった。二ヶ月前と今では、大変な違いだった。アメリカ兵と一緒にいる日本の女を見ても、征服者にこびへつらう日本の男を見ても、高見は毎日のように何かに苛立っていた。しかし、特高は廃止された。高見は、もう恐れる必要はなかった。

第九章　戦争の拒絶

敗戦後の数ヶ月間、兵役や弾薬工場の仕事から解放された人々は、自分も含めて家族を養うために仕事を探さなければならなかった。将来の見通しは暗く、餓死する者さえいた。失業者の数が減り、インフレが収まるまでには何年もかかった。そのため終戦直後の思い出は、だいたいにおいて気が滅入《めい》るほど暗い。しかしそれにも拘らずこの時期、日本文化はほとんどすべての分野で力強く息を吹き返した。

軍部に沈黙を強いられた作家、ないしは愛国的な作品を発表したくなかった作家たちは自分の声を取り戻し、無数の新雑誌の編集者が原稿依頼に殺到した。作家たちは新しい時代の到来を歓迎し、危惧することなく自己表現ができる自由を喜んだ。敗北に対する絶望や、日本がやがて復讐するという希望を口にする者はほとんどいなかった。それどころか、恐怖のあまり死んだ方がましだと思われていた敗戦を、日本人の多くは無事に切り抜けたのだった。彼らの頭は、将来に向けられた。海外の領土が失われたことに恨みを表明するどころか、新憲法によって日本が陸海軍を持つことを放棄した最初の国家になったことを誇りにした。たしかに占領期間中は、不平不満や怒りさえ覚えるようなことが多かった。しかし数年も経たないうちに、帝国日本の軍事的勝利を懐かしい気持で思い起こす作家はいなくなった。

作家の多くは、堰《せき》を切ったように書き始めた。ごく一部の、たとえば内田百閒のような作家だけが作品を発表しない道を選んだ。昭和二十一年の百閒の日記には、ほとんど各ページにわたって原稿謝絶のくだりが出てくる。百閒は、理由を明かさなかった。おそらく百閒の気持としては、多くの雑誌が求める「前向きな」原稿を書くにはまだ早すぎると思ったのだろう。

数ヶ月前には原稿の注文がなくて、蓼科の宿の帳場で働いてもいいと思っていた高見順は、昭和二十年十月二十三日夜、三つの雑誌に原稿依頼への断りの手紙を書いている。高見は、日記で次のように説明している。

自由になれてホッとしている一方、眼に触れるものが腹立たしくてならないのです。そして自分自身も腹立たしいのです。自分の今までも恥しくてなりません。なんにも書きたくないといった気持に陥るのです。(1)

高見が腹立たしい気持になった理由の一つに、日本の女が喜んでアメリカ兵と付き合っているということがあった。これは勿論、作家だけでなく日本の男の多くにとって腹立たしいことであり、また屈辱でもあった。こうした女たちの中には娼婦もいて、金になりそうな客を摑まえては商売に精を出した。娼婦以外の女たちは、ただ食事に連れていってもらったり、ジープに乗せてもらいたいだけだった。敗戦で日本の男に興味をなくし、勝ったアメリカ兵の方が女に親切だからということもあったようである。高見の反応は、典型的な恥の感覚である。昭和二十年十月、夜の駅で目撃した光景を、高見は日記に書き留めている。駅は薄暗く、電燈はなかった。

向側の歩廊に人だかりがしている。笑い声が挙っている。アメリカ兵が酔っているのか、大声で何かいい、何かおかしい身振りをしている。そのまわりに日本人が群っている。そのなかに、若い女の駅員が二人混っている。アメリカ兵は自分の横を指差して、女の駅員に、ここへ来いといっている。そして何か身振りをして見せる。周囲の日本人はゲラゲラ笑い、二人の女の駅員は、あら、いやだといった按配に、二人で抱きついて、嬌態を示す。彼女等は、そうしてからかわれるのがうれしくて堪《たま》らない風であった。

別の女の駅員が近づいて来た。からかわれたいという気持を全身に出した、その様子であった。

なんともいえない恥しい風景だった。この浅間しい女どもが選挙権を持つのかとおもうと慄然とした。面白がって見ている男どもも、——南洋の無智な土着民以下の低さだ。

日本は全く、底を割って見れば、その文化的低さは南洋の植民地と同じだったのだ。自惚《うぬぼ》れていたのだ。私自身自惚れていたのだ。(2)

ついこの間まで敵だったアメリカ兵の機嫌を取り、また彼らを相手に商売をしようとする日本の男たちの光景もまた、高見を憤慨させた。十月二十九日、高見は次のような光景を目撃する。青い労働服を着た日本人が、アメリカ兵のかたわらに寄っていき、「ハロー、シガレット」と言った。高見は、男の言おうとしたことが理解しがたいと言い、「ハローは Hallo《ママ》 である。シガレットはしかし Cigarette ではない。その発音は実に不思議なものだった。シガは滋賀県の滋賀だ。レットは劣等の発音だ。ハロー、滋賀劣等！　というのである」と書く。

これは勿論、男が言おうとしたことではなかった。ユーモラスに書かれてはいるが、高見の侮蔑の意図は明らかである。こうした日本人は、誇りというものを失《な》くしてしまったようだった。そばの新橋駅の入口には、また別の憂鬱な光景があった——地べたに何人か寝ていて、戦災のための浮浪者にちがいなかった(3)。

山田風太郎は、敵のジープが通るたびに子供達が万歳を連呼し、「米兵はチョコレートや煙草をばらまき、子供のみならず大人までが這い回って拾っているのを、大口あいて笑って見ているという」と書いている。聞いたところでは、アメリカ人はデパートへ行くと反物などを持ち帰り、代わりに煙草を一つ置いていくのだという。また、「ジープに乗って走っていて、女がいると騒ぐ、手を振る。ふつうの女は真《ま》っ蒼《さお》になって逃げるが、花柳界の女たちはもう手をつないで本牧《ほんもく》あたりを歩いているという」(4)。

山田は、アメリカ人の行為にも称えるべきものがあるということを認めようとしなかった。しかし、強盗に入った米兵三人を日本の某軍人が斬って米軍司令部に出頭した際、その軍人が正当防衛と認められ、直ちに釈放された事実を書き留めている(5)。当初抱いていた憎しみから、山田は少しずつ考えが変わってきたようだった。相変わらずアメリカ人を「敵」呼ばわりしているが、昭和二十年九月末には次のように書いている。

敵憲兵すこぶる厳正に取締り、敵兵の駐屯状況も勝利の軍としてはまず上乗の由。ただしこれには今の進駐軍が敵の最精鋭なること。また日本がまだ完全に武装解除されておらず、敵なお日本人を恐れおること(日本刀は兵なると民衆なるとを問わず敵の最も恐怖するところのもののごとし、斬込隊の効果ならんか）に依るという。敵は日本軍の支那比島に於ける暴虐行為をあぐれど、思うても見よ、支那比島の民衆は最も日本にとりて反抗的なる民衆なりしにあらずや。インドネシアまたビルマに於てはかくのごときことなかるべし。また当時は激烈なる戦争中にして、静々粛々、黙して敵を迎えたる日本本土と異れり。(6)

占領部隊の立派な振舞に戸惑った山田は、それがアメリカ兵一般とはまったく違って軍の精鋭であり、特別なのだと思うことにした。山田の直観は、（この場合のように）ほとんど事実無根であることが多い。しかし、山田が疑ってかかったのは敵の振舞だけではなかった。日本人がそのために戦ってきた信念そのものにも、疑問を投げかけている。「日本精神というと、日本人はすぐ軽蔑的な笑いで敬遠する。なぜそうなのだろう」と友人が尋ねたのに対して、山田はこう答えている。

日本精神がそんなに毛嫌いされたわけは、過去の日本精神鼓吹者が、天下り的な、不合理な、独善的な態度を持っていたことに依るんだ。例えば、神勅《しんちょく》(7)は絶対である。従って神州は不滅である、というような。

しかし、神勅とは一体何だろう。僕は、神勅を下した人は天皇の御先祖が下した詔書のようなものだ、その人はむろん人間である、まあ、独逸必勝を叫んだヒトラーの宣言のようなものだと思う。それがどうして絶対なのか。ましてそれがあるからどうして神州が不滅なのか。日本は滅びるときは滅びるのだ。

一体、神州とは何であるか。自分の祖国に誇りを持つのはいい。また持つべきであり、その感情を鼓舞するための詩語としては適当かも知れないが、むやみやたらに神州不滅を叫んで総ての運命をこの一語に結びつけて、それで平然としていたのはどうだろう。それでいてユダヤの選民思想の悪口をいうのは可笑しいじゃないか。

ここで、山田の友人が皮肉っぽく「じゃ君は、ここで民主主義のバスに乗り換えるのかね」と訊くと、山田は答える。

なぜ、そんな嘲笑的な顔をするのだ。そんなことはいわない。実をいうと、僕は民主主義というものはどんなものか知らない。共産主義とはいかなるものか、それも僕達日本人は教えられていないのだ。悪い悪いと頭ごなしに教えこまれているだけで、なぜ悪いのか、その理屈は一切わからないのだ。ほんとうに悪いかも知れない。しかし、なぜ悪いのか、それを一応疑ってみることは許されないだろうか。疑うのが人間として、当然ではあるまいか。

僕はあのアリストテレスやガレーヌスの医学を根本から疑うことからかかった近代の医学者の態度にならいたい。君は怒るかも知れないが、僕は日本精神そのものの実在さえ疑っている。(中略)
僕は天皇陛下は敬愛する。しかしその敬意を商売にしているやつはきらいだ。また正直にいって、僕は天皇がなくなっても精神的には死なない。日本人の大部分が死なないだろうと思う。ほかに生きてゆく愉しみはいっぱいあるからだ。(8)

十月一日、山田は書いている。

戦争中われらは、日本は正義の神国にして米は凶悪の野蛮国なりと教えられたり。それを信じたるわけにはあらず、ただどうせ戦争は正気の沙汰にあらざるもの、従ってかかる毒々しき、単純なる論理の方が国民を狂気的血闘にかりたてるには好都合ならんと思いて自ら従いたるに過ぎざるのみ。
また吾らは、戦後の日本人が果して大東亜共栄圏を指導し得るや否や疑いいたり。(戦争に負けるとは思わざりき。これ確信ありて敗北を思わざりしにあらずして、これを思うは耐えがたくして、かつそれ以後の運命を予想し得べくもなきゆえに、われと目を覆いて必勝を信じいたるなり)さて勝つとして、日本人が、アングロサクソン、ソヴィエット、独、伊の各共栄圏の各指導民族と比して、果して遜色なきやと疑いいたり。これ単なる科学力文化力のみをいうにあらず、その人間としての生地の力量に対する不安なり。詮《ママ》じつめれば、日本人の情けなき島国根性なり。しかれども、吾人はこれに対してもまた、本戦争にともかくもガムシャラに勝たば、而してともかくも大東亜共栄圏を建設して、他の指導民族と角逐すれば、これに琢磨されて島国根性一掃され、闊達なる大民族の気宇おのずから養われんと思いたるのみ。

数十年後の人、本戦争に於て、われらがいかに狂気じみたる自尊と敵愾の教育を易々として受け入れ、また途方もなき野心を出だしたるを奇怪に思わんも、われらとしてはそれ相当の理由ありしなり。(9)

十月二日、山田は小説家の石川達三が毎日新聞に書いた「闇黒時代は去れり」という記事を読む。その中で石川は、今の日本人の根性を叩き直すためにマッカーサー将軍には出来るだけ長く(山田によれば「一日も長く」)日本に君臨してもらいたいと書いた(10)。山田はこれを「何たる無責任、浅薄の論ぞや」と批判し、次のように石川を攻撃する。

彼は日本現代の流行作家の一人として、戦争中幾多の戦時小説、文章、詩を書き、以て日本民衆の心理の幾分かを導きし人間にあらずや。開戦当時日本の軍人こそ古今東西に冠たるロマンチストなりと讃仰の歓声あげし一人にあらずや。彼また鞭打たれて然るべき日本人中の一人なり。軍人にすべての責任を転嫁せしめんとする今の卑怯なる風潮に作家たるもの真っ先きに染まりて許さるべきや。戦死者を想え。(11)

石川がマッカーサー元帥に表した敬意は、日本共産党が示した敬意と似ている。マッカーサーが自分たちの主義主張に共感していると信じた共産党は、戦争犯罪人として処罰に値する作家たちのリストをマッカーサーに提出した。石川は、日本を戦争に巻き込んだ責任者たちを処分するにあたって極めて厳格であることをマッカーサー元帥に勧めている。

これは、簡単なことではなかった。あまりにも多くの作家が進んで戦争に協力していたため、誰が投獄あるいは少なくとも追放に値するか選び出すのは難しいことだった。永井荷風や谷崎潤一郎のような老大家だけは、軍部との関与を一切免れていた。兵役に取られるには年を取りすぎていたし、またこれまで書いた本の印税のおかげで、生計のために国策に沿った作品を書かなくてもよかった。作家の多くは戦争に協力せざるを得なかったし、少なくとも文報の活動に参加する程度のことはしなければならなかった。高見順は過去十年間を悪夢として回想するが、しかし高見もまたかつては石川達三と同様に戦争賛美の文章を書いていたのだった。

軍部への協力に対する告発は、とかく反論されがちだった。戦争支持に情熱を傾けたことが重大な判断の誤りだったことを自ら進んで認めた作家は、ごくわずかしかいなかった。詩人の高村光太郎は、おそらくその最も際立った一人である。高村は戦争の正義を熱烈に信じていたし、日本の勝利を疑ったことは一度もなかった。降伏の三日後でさえ、天皇が脅かされるようなことがあれば日本人は一人残らず天皇を守るために生命を投げ出すだろう、と詩に書いた。

神聖犯すべからず。
われら日本人は御一人をめぐつて
幾重にも人間の垣根をつくつてゐる。
この神聖に指触れんとする者万一あらば
われら日本人ひとり残らず枕を並べて
死に尽し仆《たお》れ果てるまでこれを守り奉る。(12)

天皇のために喜んで死ぬという意志が、高村の愛国主義の根本にあったようだ。しかし昭和二十二年になると、高村の態度は変わり始めた。

占領軍に飢餓を救はれ、
わづかに亡滅を免れてゐる。
その時天皇はみづから進んで、
われ現人神《あらひとがみ》にあらずと説かれた。
日を重ねるに従つて、
私の眼からは梁が取れ、
いつのまにか六十年の重荷は消えた。[13]

戦争を賛美した自分の詩が多くの男たちの死を招いたのかもしれない、という戦慄が高村を襲った。この思いが、詩「我が詩をよみて人死に就けり」を書かせた。

死の恐怖から私自身を救ふために
「必死の時」を必死になつて私は書いた。
その詩を戦地の同胞がよんだ。
人はそれをよんで死に立ち向つた。
その詩を毎日よみかへすと家郷へ書き送つた

潜航艇の艇長はやがて艇と共に死んだ。(14)

二十世紀の最も傑出した歌人として称えられる斎藤茂吉もまた、戦争に熱を上げた一人だった。戦後、茂吉は自分の間違った判断を自ら戒めるため、すでに疎開していた山形の田舎町にしばらく隠遁した。しかし歌人の多くは、戦時における自分の感情の発露を沈黙のうちに無視し、そうした歌を戦後の自分の歌集に収録しないことによって戦時の記憶を消し去ろうとした。

この時期、敗戦が日本をどのように変えるか、多くの作家が予言した。山田風太郎の予言は、中でも的を射ていた。

この分では、いよいよ極端なる崇米主義日本に氾濫せん。而して死者に鞭打つがごとき軍人痛撃横行せん。これは或る程度まで必要ならんも、当分上っ調子なる、ヒステリックなる、暴露のための暴露の小説評論時代来らん。而してそのあとにまた反省か。――実に世は愚劣なるかな。(15)

当初は山田よりアメリカ人の改革に遥かに熱中していた他の作家たちが、ほどなく改革に批判的になったのは、主として昭和二十年九月に始まった占領軍の検閲のせいだった。この検閲の表向きの意図は、戦争の原因である軍国主義を排除することにあった。忠義、孝行など日本の伝統的な美徳を称える文学表現は、新しいものであれ古いものであれ疑いの目で見られ、封建的と決めつけられた。たとえば芝居の中で、「良妻賢母」といった伝統的な言い回しで女性が称えられた場合、それをアメリカの検閲当局は女性が独立して生きる権利を封建的に否定するものと見なした。とりわけ軍事的な栄光を示唆するものは、何であれタブーだった。

すでにこの頃には日本人の多くは軍部に完全に幻滅していて、教科書や文学から軍国主義を全面的に削除するのに反対する者はほとんどいなかった。しかしアメリカの検閲当局は、検閲につきものの愚かな習性によって、事前に定められた検閲の目的の範囲を逸脱した。軍国主義でない本まで、不可解かつ滑稽な理由で発禁処分に遭うことが多かった。谷崎潤一郎のどういうことのない短篇は、会ったこともない操縦士に抱いた一人の女の子供じみたあこがれを書いたために発表することが出来なかった。女は操縦士に想いを寄せるあまり、彼の飛行機が編隊のほかの飛行機より優雅に空を舞っているように見え、そのエンジンの音は轟音ではなくて妙《たえ》なる楽の音のように聞こえる――この短篇が密かに軍国主義を表現しているとして、検閲当局は昭和二十一年、この作品の雑誌掲載を全面削除させた。この作品が活字になったのは昭和二十五年になってからで、すでにその時期には検閲は別の指針に沿って行われるようになっていた(16)。

中でも理不尽な検閲の対象となったのは、昭和二十一年の映画「日本の悲劇」だった。このドキュメンタリー映画は、もともと軍国主義を排除し日本の民主化を推進させる一助として、検閲当局の責任者の後押しがあって製作されたものだった。映画の中にニュース映像の類が使われたのは天皇や軍国主義者、政治家や知識人がいかに戦争を賛美していたかを示すためであり、また多くの日本人が飢えに苦しんでいた時に資本家が暴利をむさぼっていた事実を暴露するためだった。映画は比較的わずかな削除で検閲を通り、小さな劇場で上映された（大劇場は、あまりに暗い映画なので上映を断わった）。しかし、二度目の検閲でこの映画は好ましくないと判断され、天皇が米国と戦争を始めたことを匂わせるような内容は日本人を怒らせ、暴動さえ誘発しかねないという理由で上映禁止となった。すでにアメリカ人は、天皇との協力が占領の成功に不可欠であると考えるようになっていた(17)。

戦前戦中を通じて日本の検閲当局は、文学作品の中で問題になる言葉を伏せ字にし、××や○○で置き換えていた。しかし鋭敏な読者は、文脈からたとえばこの××は「共産党」に違いないと推測した。伏せ字を適用されたのは新しい作品だけでなく、その範囲は古典にまで及んだ。十七世紀の西鶴の小説は、猥褻と考えられた部分が××や○○に置き換えられて出版された。さらに深刻な検閲の例は、谷崎の現代語訳「源氏物語」だった。印刷が許可されたのは、問題となった章――天皇の后と源氏との間に生まれた皇子が、いかにして皇位に就いたかを語ったくだり——を削除した後だった(18)。アメリカ占領軍の検閲当局が××や○○を使わなかったのは、かえって削除された部分に読者の注意が向いてしまうからだった。占領軍は検閲の形跡を一切残さないために、問題の箇所を完全に書き直させた。

愚行とは言えないまでも引用に値する数多くの偏狭な検閲例があったが、占領軍の検閲当局はそうした検閲が日本人を民主主義へと向かわせる一助になると信じていた。アメリカ人の検閲は、戦前戦中の日本人の検閲ほどは厳しくなかった。しかし、その目的がいかに称賛すべきものであっても、検閲はアメリカ人がしきりに唱えていた理想である出版の自由と明らかに矛盾していた。腹立たしい検閲ではあったが、出版の禁令に触れたことで作者や発行者が（日本当局の検閲の時にそうであったように）投獄されるという危険はなかった。検閲は不平不満の種には違いなかったが、かといって作者たちが注目すべき傑作群を発表出来なくなったというわけではなかった。

まばゆいばかりの作家たちが、当時は活躍していたのだった。すでに名声を得ていた谷崎、川端のような作家は次々と代表作を発表した。これまで一、二の作品で注目を浴びていた太宰治や三島由紀夫は、占領時代に初めて広く認められた。太宰の小説、特に昭和二十二年に発表された「ヴィヨンの妻」と「斜陽」は、戦後日本を活写した最も才能ある作家としての名声を太宰に与えた。三島の「仮面の告白」（一九四九）は、前例のないまったく新しい小説の出現だった。ほかにも安部公房のような異彩を放つ人物たちが、この時期に作品を発表し始めた。長い間沈黙を守っていた志賀直哉が執筆を再開し、永井荷風は数冊の短篇集を出した。これほど多くの有力作家たちが書いていた時代が、かつて日本文学の歴史にあっただろうか。

中には傑作もある戦時を回想する作品が、ほとんど戦争が終わると同時に発表され始めた。新しい著作の注目すべき特徴は、長い抑圧の時期を経た後の左翼文学の復活だった。戦時中の日本軍の生活をリアルに描いた野間宏の「真空地帯」(一九五二)は、多くの批評家から日本の現代小説の傑作として評価された。この作品は、世界の傑作小説百冊のリストに入れられた。

次々と溢れるように出版される新しい作品に読者は興奮したが、同時に敗戦によって日本文化の価値に疑いが持たれるようになった今、読者は何であれ自分たちの過去に誇りを持てるものを見つけ出そうと必死だった。人々は一晩中長い列を作って、哲学者西田幾多郎の作品集の一巻を手に入れようとした。平均的な読者にはあまりに難解な西田の作品に彼らが求めたものは、日本の思想にも価値があると自信を持たせてくれる何かだった。

その一方で、日本の作家たちはいつでも伝統を捨てる用意があった。昭和二十一年、京都大学の桑原武夫が俳句は第二の芸術に過ぎないと決めつけて以来、多くの俳人は俳句を作ることをやめた。桑原は、俳人の名前を伏せて人々に俳句を評価させることで自分の言わんとすることを証明しようとした。結果は、あまりにも混沌としていた。そこで桑原が思ったのは、どの俳句が優れているかを評価するにあたって本当の基準はなく、そこにあるのは有名な俳人に対する尊敬だけだということだった。

画家たちは、敗戦によって伝統的な日本画の縛りから脱し、どこか外国の最新流行の美術を試してみたいと思った。戦前以来のヨーロッパの美術展には大観衆が殺到し、これに対して日本画の技術を学ぶことに興味を示した若者はごくわずかだった。数々の西洋美術の新しい波が、それぞれ日本で大きな波紋を広げていった。

演劇は戦時には盛んだったが、いったん戦争が終わると日本の伝統的な芝居の三大形式である能、文楽、歌舞伎の存続が危ぶまれた。一つには、西洋の商業演劇に対して純粋に日本的な芸術が優越しているという戦時中の主張に人々はうんざりしていた。歌舞伎がまだ人気があったことは事実だが、その存続を脅かしたのは、封建的思想を復活させるのに役立つ恐れのある芝居の上演を禁止するという占領軍の決定だった。この布告は、歌舞伎の演目から最高傑作の多くを追放した(19)。文楽も同様に、封建的な芝居の上演禁止の影響を受けた。極めて質の高い文楽の公演が行われていたにも拘らず、大阪の文楽劇場は閑古鳥が鳴いていることが多かった。

能役者たちは、自分たちの芸術が滅びる運命にあると予言した。緩慢な動きや難解な言い回しは、新しい文化に夢中になっている若い日本人には憎悪の対象でしかないと思った。息抜きの笑いとして能と舞台を共有していた狂言は、能よりうまくやっていけたはずだった。しかし狂言師として生計を立てていたのは、おそらく全国でもせいぜい十人程度だった。日本人は自分たちの演劇芸術の遺産を、まさに放棄しようとしているように見えた。事実はそうはならなかったが、しかし、世界と共通のモダニズムが極めて重要視されるようになった文化の中で、伝統的な演劇がその地位を回復することが出来るまでには時間がかかった。

遥かに大きな関心が示されたのは、新劇だった。木下順二の現代劇「夕鶴」が博した人気は、日本の伝統の存続を危ぶんでいた人々にとって心強い励みとなった。民話を題材にしたこの芝居が観客に受けたのは、それが現代的であると同時に伝統的であり、日本的でありながら世界に通用する魅力を備えていたからだった。日本の新劇が生まれたのは二十世紀初期にさかのぼるが、戦後の時代になって初めて新劇は日本人の文化生活に欠かせないものとなった。

あらゆる種類の映画が、一般大衆には相変わらず人気の的となっていた。歴史的な題材が努めて避けられたのは、占領軍が日本の過去の理想化に難色を示したからだった。しかし、スクリーンの上でのキス・シーンやポルノに近い描写は黙認された。

映画よりもさらに大衆的なレベルでは古川ロッパ（一九〇三―六一）の喜劇が、戦後の暗い日々にあった日本人に明るさをもたらした。ロッパの日記は、日常生活と演劇活動の極めて詳細な記録となっているが、一般に作家たちの日記に見られる印象とはまったく違った占領軍の姿が描かれている。作家の多くは仕事をする上で占領軍と直接関係を持つ必要がなかった。しかしロッパは、何としてもアメリカ人とうまくやっていかなければならなかった。芝居の上演に際して、ロッパには彼らの許可が必要だった。アメリカ人たちは、喜んでロッパと会った。日本語のセリフは理解出来なかったが、ロッパの芝居に出てくる歌や踊りを楽しんだ。友達になったアメリカ人のお蔭でロッパの一座は、遥かに大きな劇団組織である松竹が占領軍から受けたような圧力にさらされずに済んだ。

ロッパのアメリカ人の友達は、日本人の多くが手に入れられなかった缶詰、煙草などの貴重品を気前よくロッパに与えた。深刻な食料不足の時でもロッパはいつもよく食べていて、かなり熱心に自分の食事について日記に書いている。占領軍の人間とさらにうまくやっていくことを望んだロッパは、英語の辞書を暗記しようと試みた。しかし、辞書のAから先に進んだことはなかった。ロッパの流行歌の一つは"Do you speak English"という題で、またロッパは占領軍の兵隊から"Alexander's Ragtime Band"や"Rum and Coca Cola"のようなジャズの名曲を教わった。

ロッパの公演は、東京であれ地方の町であれ一般に客の入りがよかった。辛いことも、いろいろあった。東京の多くの劇場は空襲で破壊されていたため、上演に向かない舞台でやらなければならないことがよくあった。地方へ行けば、小屋の設備がお粗末なところが多かった。またロッパの公演は、厳しい競争にもさらされていた。一座の面々に、ロッパは「われらの強敵は、既製劇団の劇などに非ず、アメリカ映画なり、これに抗し得るものに非ざれば、立ち行くこと能はず」と申し渡している(20)。昭和十六年以来の上映だったアメリカ映画の人気は、多くが低予算で急造されていた日本映画にとっても脅威だった。黒澤の「羅生門」(一九五〇)が、世界の映画を制覇するとは誰も予想していなかった。

ロッパは躊躇することなく、占領軍を批判している。たとえば電車の中で、米兵から煙草のチェスターフィールド十箱の包みを三百五十円で買わないかと言われた時のことが日記に出てくる。相場では一箱三十円だからかなり高いのだが、闇屋と取引しているような戸惑いを感じながら、とにかくロッパは買った。兵隊はさらに「ビーフ・ベヂタブル・スチウ」の缶詰を取り出し五十円で勧めるので、これも買った。なんとも言えない自己嫌悪を覚えた、とロッパは書いている(21)。

十一月十一日、ロッパは新聞で演劇統制が撤廃されたニュースを読む。お蔭で、もはや警察に対する届けは一切不要になった(22)。しかしホッとしたのも束の間、その代わりに課されたのはもっと厄介な要求で、今度は連合軍司令部から事前に承認を得なければばならないのだった。公演予定の企画を先に出して、ＯＫを取ってから脚本に取り掛からなければならず、しかも、それを一々英訳してタイプで打って差し出すのだった。

同日（日曜日）、進駐軍の会でカウボーイの曲技か何かの催物があることを、ロッパは日記に書き留めている。噂によれば、これまで天皇陛下が乗っておられた馬が、催物に出るという。乗馬姿の畏れ多い天皇の写真を思い出し、戦争に負けるというのはこういうことなのか、とロッパは痛切に思った(23)。

昭和二十一年一月元旦、新年を祝うロッパの気分は低調だった。紋付羽織を着る気にもなれず、雑煮は餅だけで鴨も鳥も入っていない。屠蘇《とそ》もなしで済ませた。家を出ると、どこの玄関にも国旗が出ていないし、門松の飾りも見えない。電車は、いつもよりも空いていた。ロッパは、有楽町で降りた。進駐軍兵士とのアベック数組が歩いている。その日の新聞には、背広姿の天皇と私室でくつろぐ皇后の写真が載っていた。皇室を取り巻いていた一種独特な雰囲気が消えて、ロッパは悲しくなる(24)。その日のラジオ放送で、天皇が自ら神格を否定したことにはロッパは触れていない。この天皇の放送は、たぶんロッパをさらに悲しくさせたに違いない。

約二ヶ月後、天皇陛下の工場視察を伝えるラジオ放送を聴いて、ロッパは書いている。

何とも天皇陛下の玉声をちょいちょいきかされては辛い、而もその演出のひどさ、

如何に天皇陛下にしても役が悪すぎて、お気の毒。ただ「あ、さう」「あ、さう」ばかり。(25)

昭和二十一年一月十九日、夕刊は「歌舞伎消ゆ」と報じた。司令部からの指令で、歌舞伎が全面的に禁じられたのだった。ロッパは、次のように意見を記している。

アメリカ人の芸術の分らなさが、先づ嘆かはしい、然し、これでも、まだ日本のしたことよりは軽いのだらうが、兎に角めちゃである。松竹も悪い、結局、企画の無さから、頭の悪さから、かういふ結果を自ら招いたとも言へるのである。然し、羽左衛門はいい時死んだ、菊五郎以下の歌舞伎俳優たちの心境を思ふ。敗戦国のみじめさは、地理歴史の廃止の次に、かういふものが控へてゐた。床に入ってから、「スタイル」の「ロッパ英語講座」第二回分、十枚、調子に乗って十枚書いてしまった。(26)

ロッパは、頻繁に地方興行に出かけている。一泊ずつの旅回りはへとへとに疲れるが、特に反応の鈍い観客の前でやった時は、どっと疲れが出た。しかし京都へ戻る時は胸が躍って、そこには幸いにも戦前のたたずまいがそのままの形で残っているのだった。東京へ帰る途中、ロッパは熱海でご馳走を食べ、街の店に再び土産物が溢れているのを見て嬉しかった。日本は、戦前の繁栄を取り戻しつつあるようだった。しかし、東京に着いたロッパの第一印象は、「アメリカ兵やニグロの姿、それに一々くっついてゐる日本女のあさましき口紅」だった(27)。

ロッパの仕事は、人々を笑わせることにあるはずだった。しかし、日記の書きっぷりは時代の不安定な状況を反映して、めったに明るくなることがない。それでも人々の日常生活には向上の兆しがあったし、文化の世界にはエネルギーが満ち溢れていた。紙の不足や戦時の印刷所の破壊にもめげず、出版界は立ち直った。書籍の出版は昭和二十一年一月に比べ、五月には発行件数が十倍になっている。新しく出た本の半分以上は、戦前の作品の重版だった(28)。戦前の一九三〇年代は、決して日本の民主主義の黄金時代ではなかった。しかし戦時中に出た本に比べて、この時期に出た本は軍国主義が常に日本を覆っていたわけではなかったことを読者に再確認させた。占領時代は、戦争によって無惨にも中断されていた伝統が回復したかのように（少なくとも一部の人々には）見えた。

今や戦争と関係するものはすべて憎むべき対象、あるいは恥ずべきものだった。ロッパは、戦時中に流行した歌を歌うのは気が進まなかった。それがなぜかを、日記に書いている、「自分でも嫌なら、客も感じるやうな気がした。戦争中のものは、何もかも見たくなし、ききたくなし」(29)。

第十章　占領下で

占領時代初期を最も詳細かつ臨場感あふれる筆致で描いた日記は、疑いもなく高見順の日記である。そこには毎日何かが記載され、中には十ページ以上の長さに及ぶ日もある。また新聞から記事を切り抜き、それを日記に貼り付けたのは、自分が伝える出来事についてさらに詳細な事実を伝えるためだった。それは、終わりのない仕事のように見えたに違いない。時折、日記をつけることがそれだけの苦労に値する仕事なのか、そして自分に本当の満足を与えているのか、高見は自問している。

もうすぐ一年だ。原稿用紙にして何枚あるだろう。よくまあ書いたものだ。大変な「仕事」だ。

仕事？——仕事にしては、喜びがない。これはどうしたことだ。セザンヌの手紙、

——「晴天の日や曇り日を見はからっては、いろいろな習作を手がけている。——君が元通り仕事に没頭できる日が一日も早く来るように祈っている。仕事こそは他の如何なるものにも絶して、人がそこに真の満足を見出す唯一の隠れ場なのだ」（一八八一年五月二十日、エミイル・ゾラ宛）。そういう「満足」がない。「喜び」がない。所詮この日記は「仕事」ではない。習作ですらない。下らない通俗小説を書いても、（それは「仕事」ではないのに）ひとつ書きあげると、喜びが感じられる。自己欺瞞、自己錯覚であろうが、創造（？）の喜びがある。満足がある。（中略）

日記には、かかる満足すら見出し得ない。喜びがない。いや、終戦前は、あったのかもしれない。忘れた。しかし、かなりの量の日記を書き続け得た今、それに対して、下らない通俗小説一篇を書き終えた時の喜びすら、感じ得られないのである。さらに、終戦前は日記のうちに自己満足を見出し得たのかもしれないが、今は一向に駄目だ。ただ習慣の如く書いている。悲しい習慣。つらい義務の如くに書いている。せっかくここまで書き続けたのだから、中絶しては勿体ない。そんな根性から書いているのかもしれぬ。（中略）

終戦前は、せっせと日記を書いていても、その日記がいつ焼けるかわからなかった。本土決戦ということになって避難のときは日記を持ち出す覚悟であったが、中途で倒れて、日記は土に塗《まみ》れ、そのまま腐ってしまうかもしれない。そう思いながら、空しさを承知の上、せっせと書いていた。空しさの故の情熱だったのか。(中略)今は、そんな心配はなくなった。家から火事でも出さぬ限り、日記は安全だ。残る。後日のために残しておける。「仕事」たり得るのだ。そう思いながら、前のような情熱が感じられない。(1)

三週間後、高見は書いている、「この日記、これは全く自分のためのものですが、自分のための仕事となしうるかどうか。他人のために書いているものでないことだけは確実ですが、だといって自分のための仕事となしうるかどうか」(2)。昭和二十年(一九四五)末近くなって、高見は日記の価値について思い巡らしながら、次のように自分を戒めている。

この日記も、もっとマメに、前のようにマメに書いておくべきだろう。今は下らないと思うことも書いておけば、あとになってきっと、書いておいてよかったと思う時があるだろう。そう思ったが、仕事がはじまるとなかなか書けない。最近日記が簡単になり疎略になったのは、仕事のためだが、仕事に追われても書くべきだろう。暇のないなかを書くところに値打があるのだろう。(3)

高見は主に小説家として知られているが、日記のほかに詩とノンフィクションも書いた。日記は高見に名声も金ももたらさなかったが、いくら時間を食うからといって日記を書くのをやめようと本気で思ったことはなかった。時々、日記を発表するかどうか考えている。最初は発表を考えていなかったが、のちに戦時中の日記に手を入れ改訂したものを「敗戦日記」の題で昭和三十四年に発表している。昭和十六年から二十六年の八巻に及ぶ日記の全貌が初めて公表されたのは、高見の死の年である昭和四十年になってからだった。これに続いて、遺作として続篇がやはり八巻で出版された。

高見の日記が興味深いのは、見たり聞いたりしたことを記述するだけでなく、決まって感想を付け加えているからである。高見が誰か個人に、あるいは日本人一般に下した厳しい判断は、日記をそのままの形で発表することを躊躇させたかもしれない。高見の感想は一般に辛辣で、何か取るに足らないことについて語る時もそうだった。昭和二十年十一月、専売局が新しい煙草の図案と名称を募集していた。当選した名称の一等は「ピース」だった。高見は書いている。

戦争中英語全廃で、私たちに馴染の深かった「バット」や「チェリー」が姿を消しましたが、今度はまた英語国に負けたので英語の名が復活。日本名だってよさそうなものに、極端から極端へ。日本の浅薄さがこんなところにも窺えるというものです。

「コロナ」はまあいいとして、「ピース」（平和）なんて、ちょっと浅間しいじゃありませんか。滑稽小説ものですね。好戦国が戦争に負けるとたちまち、平和、平和、平和！

（4）

時には、ある経験の暗示するものが高見を気落ちさせることもあった。十月二十四日、映画館の前を通り過ぎて、高見は不意に入ってみようかという気になる。昔は、週に少なくとも一回は映画を見ていた。しかし、最後に映画を見てから随分時が経っているので、映画というものがどんなものだったかも忘れてしまったほどだった。映画館でやっていたのは、「そよかぜ」という題の映画だった。どういう映画なのか友人に聞くと、「ひどいものらしい。日本映画はもうダメだとQが憤慨していた」という。どれくらい「ひどい」ものか好奇心をそそられた高見は、とにかく映画館に入った。戦後の日本映画第一作「そよかぜ」は、主題歌「リンゴの唄」が大ヒットして有名だった（5）。立見席しかなかった。しかし高見は、まったく感銘を受けなかった。

いや全くひどいものだった。レビュー劇場の三人の楽手が照明係の娘に音楽的才能のあるのを見て、これをスターに育てあげるという筋。筋も愚劣なら、映画技術も愚劣の極《きわみ》。いつの間に日本映画はこう退化したのだろう。

私は南方で向うの土着民の軽薄な音楽映画を見て、南方植民地の文化の低さをまざまざと見せつけられた気がしたことを思い出した。軽蔑感よりも切ない悲哀が胸を締めつけたものだ。同じ黄色人種というところから来た切なさだった。ところでこの日本の軽薄な浅薄極まりない、恥しいいわゆる音楽映画――アメリカのそれの醜悪な模倣品を、進駐のアメリカ兵が見たら、どんな感じを持つだろうか。

（中略）

まだお前は虚栄心を持っているのか。――私は自らにいった。――乞食のような日本人が街頭をうろついてアメリカ兵にものをせびっている現実をお前は毎日眼にしながら、まだ……。そして、日本の文化というものは、実のところ、その日本映画の低さと同じ程度なのに、――それが全くのところ事実なのに、その事実からお前はまだ眼をそむけようとするのか。

恥ずべきはその低劣な日本映画でなく、それを恥しいとするお前の虚栄心だ！　私は自らにいった。

しかし私の心から悲しみは去らなかった。私の心は傷つけられたのである。そう簡単に傷はなおらないのであった。

ここまで記した高見は、その悲しみを次のように始まる詩に書いた。

毎日、私の心は傷を負う。
傷だらけだ。血だらけだ。
私は傷つけられるのから逃げようと思わない。逃げようとしない。
存分に傷を負おう。(6)

この詩は、人に読ませるために書かれたものではなかった。高見には自分の神経過敏を公表するつもりは毛頭なかったし、悩める知識人を演じるつもりもなかった。戦前の彼の作品から伝わってくるものは政治的関心だけでなく、バーや売春宿が並ぶ浅草のきらびやかな世界に対する愛着である。高見の作風には、心の傷について書くという気配を感じさせるものは何もない。しかし戦後の新しい日本の日々の中で、もはや警察を恐れることはなくなったとはいえ、高見は新たな傷を負った。

戦時中、高見は自分が日本人であることを強く意識していた。列車の切符を買うのを辛抱強く待つ日本人の列を見た時、高見はそうした謙虚な人々と共に生き、共に死のうと思った(7)。高見は、祖国のためにいつでも死ぬ用意は出来ていると書いたことがある。しかし戦後、高見はこうした祖国の同胞との連帯を失いがちになり、日本および日本人について過激な批判を書き綴った。高見は映画「そよかぜ」の俗悪さに腹を立てたばかりでなく、日本人も東南アジアの植民地の人々と同じようなものだと思った。高見が戦後の日記で語っているどんな出来事も、とどのつまりは自分が日本人の中に発見した魅力のない、侮蔑にさえ値する事実を暴露することで終わっている。

映画について語った直ぐ後で、高見は高名な精神病理学者である式場隆三郎の弟の話に触れている。式場の弟は、応召してサイパンに行った。サイパンは玉砕ということだったから、式場は当然弟も戦死したと思っていた。ある日、アメリカの将校が一通の手紙を持って式場を訪ねて来る。将校によれば、弟から手紙を託されたというのだった。一年前に弟が戦死したと思っている式場は、将校に何かの間違いではないかと言う。しかし、アメリカ人は一週間前に弟に会ったと言い、手紙を差し出した。

式場は手紙を読み、弟がアメリカ軍の捕虜となっていることを知った。手紙には、捕虜である自分が日本に帰ったら、どういう目にあうか教えて欲しいと書いてあった。もし帰国しても以前のように死刑になるのであれば、このままサイパンに残って何とか生計を立てて行くというのだった(8)。

高見は、式場の弟がその後どうなったかについては触れていない。代わりに高見が書いているのは、戦後に捕虜になった日本人が、すでに戦時中に捕虜になっていた日本人に対して示す軽蔑と憎悪についてだった。日本人が他の日本人を憎むというこうした例は、戦時中に自決もせずに捕虜になった兵隊は死に値するという考えから出ていた。そのことが、高見を悲しませる。同時に高見は、捕虜になることは恥ずべきことではないというアメリカ的な考え方が、知らない間に自分の中に染み込んでいることに気づく。かつて高見は、捕虜は当然死刑に値するという考え方を植えつけられていた。しかし、これは今や高見には不自然に思われた。捕虜に対するこうした因習的な日本人の態度は、日本の社会の性格が非人間的である証拠だと高見は思うようになっていた。

同じ日、これに続いて大船で列車を乗り換えた時の話を書いている。アメリカ兵と一緒にプラットホームを歩いていた日本の若い女が、電車に乗ってきた。アメリカ兵は、ホームに残った。女は車窓から顔を出し、アメリカ兵とおしゃべりをしている。やがて電車が動き出し、女は男に「バイバイ」と言う。車内の乗客の眼は一斉に女に注がれ、その眼には軽蔑と憎悪があった。高見は続ける。

私もその一人だった。どんな顔をした女か見てやりたいと思った。

女は、しかし、車窓から身体をのり出させたまゝだった。いつまでもその姿勢をつゞけた。その姿勢は、自分に注がれている乗客の眼とその眼の含んでいる感情を充分に感じ取っていることを示していた。そしてその彼女の感じた乗客たちの眼に対して反撥や敵意を持ったものでないことも示されていた。

私は次第に哀れを感じた。いわゆる特殊慰安施設の女らしく思われた。

やがては素人の娘で、衆人環視のなかでむしろ誇らかにアメリカ兵と痴態をつくすのなどが出てくるだろう。そういう風景が珍しくなくなる時は案外早く来るだろう。むしろ早く来た方がいい。そうしてむしろそういう風景が氾濫した方がいい。日本人の一種の「訓練」のために！
その後に、自然な、恥しくない、美しい社交が生れてくるだろう。(9)

高見の結論は、極めて異例である。(ついこの間までの高見も含めて) 当時の日本の多くの男たちにとって、日本の女がアメリカ兵と慎みのない振舞をする光景は、占領の最も歓迎すべからざる特徴だった。しかし、高見は日本社会の偏見に従うことなく、こうしたカップルに人種差別のない関係の可能性を見た。あるいは高見は同時に心の中で、アメリカ人と日本人との関係を中国での経験と比較していたかもしれない。中国にいた日本兵たちは、娼婦以外の中国人とめったに付き合わなかった。

高見はよく日記の中で、他の日本人と同じ偏見を共有していながら、次の瞬間にはそうした態度が間違っていると気づく自分について書いている。列車の中で女を見てから約一ヶ月後、高見は銀座で行われていた浮世絵の展覧会に行く。同じ建物の別の階に、キャバレーがあった。キャバレーの入口近くには、「連合国軍隊に限る」という掲示が出ていた。それを見て高見は、上海の公園の入口に「支那人と犬入るべからず」と書かれてあった光景を思い出す。銀座で見た掲示は、まさに「日本人入るべからず」と言っているのと同じだった。高見は最初はショックを受けるが、すぐ次のように考え直す。

しかし占領下の日本であってみれば、致し方ないことである。ただ、この禁札が日本人の手によって出されたものであるということ、日本人入るべからずのキャバレーが日本人自らの手によって作られたものであるということは、特記に値する。さらにその企画経営者が終戦前は、「尊皇攘夷」を唱えていた右翼結社であるということも特記に値する。

世界に一体こういう例があるのだろうか。占領軍のために被占領地の人間が自らいち早く婦女子を集めて淫売屋を作るというような例が――。支那ではなかった。南方でもなかった。懐柔策が巧みとされている支那人も、自ら支那の女性を駆り立て、淫売婦にし、占領軍の日本兵のために人肉市場を設けるというようなことはしなかった。かゝる恥しい真似は支那国民はしなかった。日本人だけがなし得ることではないか。

日本軍は前線に淫売婦を必らず連れて行った。朝鮮の女は身体が強いといって、朝鮮の淫売婦が多かった。ほとんどはだまして連れ出したようである。日本の女もだまして南方へ連れて行った。酒保の事務員だとだまして、船に乗せ、現地へ行くと「慰安所」の女になれと脅迫する。おどろいて自殺したものもあったと聞く。自殺できな

い者は泣く泣く淫売婦になったのである。戦争の名の下にかゝる残虐が行なわれていた。(10)

こうした批判にも拘らず、高見は自分の祖国に対する愛情を失わない。昭和二十一年三月六日、高見は映画「キューリー夫人」を見に行く。何年かぶりで見るアメリカ映画だった。まず、アメリカのニュース映画が放映された。

……特攻機の突込みが出てくる。一斉に拍手。私も眼に涙をうかべながら拍手した。私は軍閥を憎む。しかし、日本を憎むことはできない。愛国心をすてることはできない。――特攻隊の死んだ勇士たちを、心からいたむのである。

それが私の拍手となった。観客の拍手もまた、かかる心の表現であろう。

「日本はまだ敵愾心をすてない」、もしアメリカ人がその場にいて、この拍手を聞いたら、そうおもうかもしれない。

しかしその拍手は敵愾心の表現ではないのだ。――しかし、アメリカ宣伝のニュース映画は或は、日本人のうちに、敵愾心を逆に搔き立てているところがあるかもしれない。すでに消えかかっている敵愾心を、黙って放っておけば自然に消え去る敵愾心を（或は、全然はじめからなかったところの敵愾心を）――かかる宣伝映画は（すなわち、アメリカのみを正しとし、アメリカの「敵」をただもう正義の敵、不正残虐の徒と宣伝するところの映画は）逆に煽り立てているのかもしれない。(11)

同年六月十八日、「キューリー夫人」を見た山田風太郎は、次のように印象を記している。

『キューリー夫人』評判ほどにあらざりき。映画としては必ずしも上出来ならず、されどキューリー夫妻がラジウム発見の刹那、愛すべきキューリー博士が馬車に轢殺《ひきころ》されて夫人歎くところ観衆の瞳に涙浮ばせずんばやまず。『ラインの監視』より下、『王国の鍵』より上か。近来滔々と入り来る米映画の波、どれ一つとして仏蘭西ものに優るものあるを見ず。されど日本映画より一等優れるは遺憾ながら事実なり。

山田は高見と同じく、一緒に放映されたニュース映画に腹を立てている。そこではアメリカ軍の威力が、これ見よがしに誇示されていた。ドイツの戦犯が処刑されるシーンがあり、銃殺される者もあれば、絞首刑にされた者もいた。アメリカ人の撃った銃弾が目隠しされた標的に当り、犠牲者たちの上半身が前に崩れるのを、観衆は慄然としながら沈黙のうちに見ている。山田は書く、「噫《ああ》白人の徹底性の憎悪すべき哉《かな》。かかるものを映画に撮りて公開する根性なくんば原子爆弾も創造し得ざるか」(12)。
高見が残念に思ったのは、見え透いたアメリカの宣伝映画が日本人との関係を傷つけるのではないかということだった。山田はニュース映画の中に、アメリカ人を憎む新たな理由を見つけて喜んでいるように見える。山田によれば大戦の最大原因の一つは、開戦後にニューヨークに満ちた「ちびのジャップ奴《め》、生意気な！」という声だった。日本が戦争に負けた今、アメリカ人は日本人を劣等視するさらなる理由を手に入れたわけだった。天皇が無条件降伏という連合軍の要求を受諾すると宣言した時、山田は深く失望した。しかし若い日本人の力によって次の戦争でアメリカを負かし、アメリカ人の優越感を打ち砕くことは可能だ、と山田は思う。

日本人を少くとも対等視せしむるような事態を招かん。――その手段は日本の勝利より他なし。――しかる時はまた米国復讐を企図すべし。これの永久に不可能なるは、米国が日本を永遠に四等国たらしめることの不可能なる以上に不可能なり。――果しなき戦争の因果……されど已むなし。劣等視せらるるよりは、奴隷たらんよりは、永久に血潮の中の戦闘を吾人は撰ぶ。(13)

医学生の山田は、兵役に取られなかった。だから戦闘に参加したことはなかったが、学校と宿舎を爆撃され、東京が破壊される姿を目撃した。おそらく実際に戦闘を経験した人間よりも、国を永久の「血潮」に突入させることを唱えるのは容易であったかもしれない。山田はまた、日本が「聖戦」を始めたのは白人の植民地支配に苦しむアジアの国々を解放するためだったと書いている(14)。この究極の目的は、後になってから唱えられたものだった。しかし日本の戦争目的としてアジアの解放が掲げられた時、多くの日本人は、自分たちと同じ肌の色の人間を解放するために日本が戦っているという考え方を喜んで受け入れた。

しかしながら、日本が解放のための戦争をやっているという主張には破れ目からボロが見えて、中国との長い戦争をこうした戦闘の一環として説明するのは容易ではない。山田には、返答が用意されていた。蔣介石がいくら叫んでも満州をソビエトの脅威から自由にすることは出来ないし、現にソビエトの部隊は満州に駐屯しているではないか。山田によれば、日本だけが満州を完全かつ永久にアジア人の手に奪還できるのだった。山田が認める日本が犯した唯一の過ちは、戦争を始めるのが早すぎたことだった。すなわち科学の知識がまだ十分に熟しておらず、国民教育による道義の力が十分についていないのに、戦争を始めてしまったことだった。山田は日記の中で、アジア民衆に呼びかける。

日本の力量不足のため、好意は却って痛ましい悲劇を諸君に招いた。詫びる。しかし、明日を待ち給え。あまりにも亜細亜をバカにする白人に今度こそ真の人間的反省をなさしめる日を待ちたまえ。(15)

アメリカとその同盟国による日本占領は、大勢の白人を征服者の役割で日本へ送り込んだ。これは人種間の関係として、悪い前兆だった。しかし予期に反して、占領は全般的に見てうまくいったし、憎悪を増すよりは友好関係を築く結果となった。皮肉なことだが敗戦は同時に、山田が勝利によってのみ可能だと思っていた評価を日本にもたらした。これまで大日本帝国の圏外でほとんど教えられていなかった日本語は、すべての先進国の大学で日本の歴史や文学と一緒に勉強されるようになった。日本経済は世界が見習うべき驚異として称賛され、西洋のビジネスマンは手本として十七世紀に書かれた宮本武蔵の「五輪書《ごりんのしょ》」を読んだ。日本の製品が海外で求められるようになったのは、（戦前の売れる理由だった）安いからではなくて品質がいいからだった。おそらく禅に魅せられた西洋人の方が、キリスト教に惹かれた日本人よりも多い。もし勝利を収めていたら、果して日本はこれほどの栄光を手にしただろうか。

復讐は、占領中の山田の日記に繰り返し出てくるテーマである。昭和二十一年八月三日、Ｂ29の大編隊が東京上空に飛来し、平和時の威力を見せつけた。山田によれば、飛行機を見上げる日本人の顔は誰も笑っていなかった。山田は、近所の巡査の妻が幼児に言い聞かせている言葉を引用する、「日本にも飛行機があったんだヨ、だけど戦さに負けたから無くなったのサ、一台も無くなったのサ。坊も大きくなったら、もう一ぺん戦さに勝って飛行機に乗るんだヨ」。

山田は書いている、「米人日本人を目してラック・オフ・ユーモア（可笑しみを解せざる国民）となす。無差別爆撃せる都市の上空を飛びて威嚇するがユーモアか何が可笑しきや、日本人は復讐の日まで再び笑まざるべし」(16)。

同年八月十五日の山田の日記は、「復讐記念日」と題されている(17)。九月二十五日、山田は「如何に新聞がアメリカ様々を礼讃しようとも、日本青年の九割はなお一点の火を点ずれば、敢然として復讐の剣を把《と》る決意を潜在せしめている」と断言している(18)。おそらく山田は、若者の九割が敗戦に一矢報いる決意を秘めていると本当に信じていた。しかし一方で、平均的日本人が平和に満足している事実を無視することは出来なかった。十月二十二日、山田は書いている。

「戦争が済んだのだからもう少し安楽な生活が出来る筈だ」これが今の日本人の心深く流れている虫のいい憐れな滑稽な錯誤だ。戦争は済んだのではない。敗けたのだ。吾々に無関係な天空の嵐が吹き止んだのと違う。戦争をそう考えているのでは、この馬鹿げた不満はやがて天命、運命に対する諦めの観念に落ちてゆくだけであろう。そういう諦念は幸福かも知れないが一万年たっても東洋民族は奴隷的位置から逃れられぬであろう。吾々は敗けたのだ。誰に？　敵に！　アメリカに、イギリスに、ロシヤに！(19)

十一月三十日、山田は書く。「民主主義だの何だのよろこんでいるのは新聞の浮ッ調子な紙面だけで、日本全国民の胸中鉛のごとく印せられた沈痛なる絶望の念。どこに行って誰の胸の皮膚を剝いでも見出されるのは再起復讐の心のみであることを発見する」(20)

山田はアメリカ人だけでなくソ連人も憎み、折に触れて双方を罵倒している。またインドの圧制者である英国人に、もはや山田は好感を持っていない。一方でオーストラリア兵を褒めているのは、彼らがアメリカ人と違ってガムを嚙まないからだった。山田はフランス映画に感嘆し、フランス文学もヴィクトル・ユーゴーやアルフレッド・ミュッセの芝居からポール・ヴァレリーまで幅広く読んでいた。しかし、銃火でヴェトナムを征服したフランス人を非難している(21)。

山田が無条件で称賛する唯一の国は、日本だった。山田はおびただしい数のフランス文学とロシア文学を読んでいるが、ほぼ同じくらいの量の日本の文学、歴史、哲学書を読んでいた。多くの場合、山田は自分が読んだ本の印象を記していない。たとえば日本の陽明学派の祖である儒学者中江藤樹（一六〇八―四八）の著作になぜ惹かれたか、山田は書いていない。あるいは知行合一説、すなわち思想に行動が伴うことの重要性を説いていたからかもしれない。

山田は、ひっきりなしに本を読んでいる。特に好きだったのは、永井荷風だった。荷風の短篇「踊子」を読んで、山田は次のように書いている。

こういう風な小説を暫く読まなかったのでガツガツして読む。こういう小説が読めるなら戦争に負けたって惜しくはないとさえ思う。（？）――その蒼枯、その艶麗、哀愁を含める小説といわんより詩に近き芸術愈々《いよいよ》至境に入れり。(22)

戦時中は荷風の作品が発禁となったために、荷風の名前がほとんど忘れ去られていたことを山田は知っていた。しかし荷風のことを称えているにも拘らず、山田は荷風の作品が国家にとって危険であり、従って政府が発禁処分にするにふさわしかったと結論づける。浅草の楽士と踊子の情事を描いた小説を読むことは、馬鹿げた戦争小説より何万倍もの喜びを読者に与えた。しかし戦争小説は、たとえつまらなくても読者の反戦感情を煽る心配はなかった。ところがかつての浅草の歓楽街の描写は、あまりにも魅力的で一般読者に戦争憎悪の念を起こさせる危険があった。政府は、こうした感情が生まれるのは許せなかった。

荷風と違って他の作家たちは、戦時中も作品を発表し続けた。戦後になって彼らは、実は自分は戦争に反対していたけれども、政府の指示に従わざるを得なかったのだと主張した。これは、嘘ではなかった。しかし山田は、こうした作家たちの自由との係わり合い方に疑問を抱く。英米人が日本から撤退した場合、日本人は言論の自由を始めとするあらゆる種類の自由をどう扱っていいか戸惑うのではないか、と山田は書いている(23)。

日本は決して「自由」も「平和」も獲得していない。客観的情勢は冷酷に、日本のゆくてに暗い寒ざむとした墓場を示している。このことを、日本人が明確に、徹底的に知った時でなければ、日本は再起出来ないであろう。

自由と平和は、自分で摑むべきものであって、決して与えられて享楽出来るしろものではないのだ。(24)

山田の嘲笑の対象となったのは、新たに手にした自由を喜び、軍閥によって課せられた奴隷状態の束縛から日本人を解放してくれたことでマッカーサー元帥に感謝を捧げている類の人々だった。山田が唯一ありがたいと思う自由は、永井荷風の作品が読めるということだった。

山田は日記の中で自由について時々触れているが、それが求めるべき一つの理想として書かれたことはない。不可解なのは、あれだけ本を読んでいながら山田が自由の重要性というものを感じていなかったことである。しかし自由の権威を貶《おとし》め、復讐を叫ぶ声は相変わらず戦後も衰えなかったが、山田の日記には新たに別のテーマが登場する。山田が発見したのは、作家という職業だった。これが、彼の救いとなった。

すでに中学生の時、山田は雑誌に小説を投稿し、活字になったことがあった。戦時中は日記以外に何も書いていなかったように見えるが、昭和二十一年の日記で小説を書いていることに時折触れている。三月六日、山田は「復讐」と題する小説の梗概を記しているが、意外にもそれはアメリカとは関係ない話だった(25)。七月十二日、山田は次のように自問している、「余も『人間喜劇』創作を試みんか。『人間喜劇』に『ルゴン・マツカール』を加え、時代は明治、大正、昭和にわたる日本史上最大の栄光と恥辱の時代。――」(26)。

七月十五日、山田は二つの探偵小説「達磨峠《だるまとうげ》の事件」と「眼中の悪魔」の腹案が成ったことに触れている。前者はミステリー雑誌「宝石」の懸賞小説に入選し、昭和二十二年一月号に発表された。山田は、こうして探偵小説と忍者小説の作家としてのスタートを切ったのだった。昭和二十一年十二月二十二日、山田は書いている。

探偵小説はもとより余技なり。余は、生涯探偵小説を書かんとはつゆ思わず。歴史小説、科学小説、諷刺小説、現代小説、腹案は山ほどあり。唯《ただ》、今は紙饑饉《ききん》にて新人の登場容易ならざる時代なれば、現役作家といえば、（中略）……等十指に達するや否やの人数なる探偵小説界に医学的知識を利用してその十一人目に加わらんと欲するのみ。(27)

山田は、新聞記者になりたいとも思った。記者の収入は、山田を援助してくれている郷里の叔父の負担を軽くするはずだった。しかし、記者になる目的は単に金銭のためだけではなかった。

日本は今や亡国の淵にのぞめり、これを回天せしむるため、塗炭の苦しみに喘《あえ》ぐ国民の膏血《こうけつ》を吸う汚吏奸商ならびに中国朝鮮の不逞商人を徹底的に打ちに打ち、彼等をして戦慄慴伏《しょうふく》せしめんと欲す。この結果としてたとえ身命に危険ありとも顧みず。ただこの点を遂げんためには政治経済に知識を求めることを要す。——大なる敵は米国也。(28)

こうした希望に反して、山田は悪を正すジャーナリストにはならなかった。しかし、確かに山田は少なくとも探偵小説の有名作家の十一番目になったし、探偵小説以外にも数多くの作品を発表し、その中には中国や日本の歴史に基づいた小説もある。アメリカに復讐することを誓った山田の決意が、いつ断念されたかは明らかではない(29)。

高見の戦後の作品は浅草の世界を捨て、たとえば自由の問題に関する題材などを扱っている(30)。十五年前に警察の前で否認したマルクス主義の信仰を失っていなかったことを、今や高見は打ち明けることが出来た。しかし高見は、政治的な主義主張が文学的な価値に取って代わることを許さなかった。昭和三十八年（一九六三）に発表された高見の最も感銘深い長篇「いやな感じ」はアナーキズムに関する小説で、アナーキズムは自由を目ざす革命運動だった。こと自由に関する限り、高見と山田の立場は遠く隔たっている。

戦後の世界は、こうした高見と山田のような対照的な人物が小説を書くことで、より豊かなものになった。もっとも、二人が将来に記憶されるのは、それぞれに名声をもたらした小説よりもむしろ日記によってであるかもしれない。そこには、戦争という惨禍と変化の時代に日本人であるとはどういうことかが日々記録されている。多くの作家たちが、のちに戦時中の経験をもとにして回想録を書いた。しかし、彼らが後知恵の判断から自由であったか、また小説家の自然な傾向としてそのままでは文学になりにくい題材を推敲し、構成を整えることがなかったか、それはわからない。日記の方が、まだしも事実に近いようである。

あとがき

この本はわたしにとって書きやすい一冊でした。引用した部分も多く、大方の文章も平明です。確かに作家たちは文語体に精通していると誇示するように、時には分かりにくい表現を使いましたが、明治やそれ以前の日本語と比べると決して難解ではありません。しかし、別の問題はありました。

まず、それは引用した日記が戦時中に書かれたものであるため、当時の常識や信念が、戦後、強く否定されるようになったことに起因します。結果として、日記を書いた執筆者が過ぎ去った時代の「誤り」を新しい世代に読んでもらいたくないと、日記の内容を部分的に変えたり、新しい時代に相応しい意見を付け加えたこともありました。引用した日記の著者はすでに亡くなった人たちですが、昔日の好戦的な発言を取り上げると、その作家を愛した遺族が不愉快に感ずるかとも想像して省略すべきかと迷いました。

もちろん、彼等の昔の考え方を暴露するという悪意はありません。ただ、あの特殊な時代をより良く理解するためにも、当時のインテリの日記は極めて得難い資料と判断し、子孫の皆様には「すみません」と心で詫びながら、時代遅れの思想を引用しました。

ここで、原稿の改竄について述べてみます。永井荷風の日記は戦後になって書き直した、殊に軍閥への憎悪や占領軍に対する好意を強調した、という意見が、かなり前から広く言われて来ました。しかし、どの点が書き直されたか証明できる訳ではありません。とは言え東都書房刊の「永井荷風日記」と、岩波書店から発行された「断腸亭日乗」は確かに相当違います。荷風自身か、荷風の名誉を重んじる編集者が、元の日記にかなり手を加えたに違いありません。

例えば、昭和二十年九月二十八日の記載ですが、東都書房の本ではこうなっています。

昨朝陛下微服微行して赤坂霊南坂下なる米軍の本営に馬氏元帥を訪はせ給へりと云。

一方、「断腸亭日乗」では、こう書かれています。

昨朝天皇陛下モーニングコートを着侍従数人を従へ目立たぬ自動車にて、赤坂霊南坂下米軍の本営に至りマカサ元帥に会見せられしといふ事なり。

意味は同じですが、東都書房のテキストにはいかにも荷風らしいエスプリがあります。微服（人目につかない粗末な服装）と微行（身分の高い人が人目を忍んで外出する）といった皮肉が、岩波書店のテキストからは消えています。また、「馬氏元帥」も「マカサ元帥」より遥かに面白いでしょう。前者には政治的皮肉がはっきり現れ、大げさな言葉遣いが滑稽な雰囲気を醸し出すのに対し、後者からはユーモアが消され、事実を淡々と述べるに過ぎない調子になっています。

更に、昭和二十年十月十五日、荷風は原稿料が高くなったことを知り、それを双方に書いています。まず、東都書房版ですが、

言ふ所の稿料鰺鯖と同じく物価暴騰の例に漏れず。貧文士の胆を奪ふ。笑ふべきなり。

これが岩波書店版では次のとおりです。

原稿料一枚百円より弐百円までなりとの事なり、物価の暴騰文筆に及ぶ、笑ふ可きなり。

改作では、荷風が「笑ふ可き」と感じた理由が不明ですが、原作では「貧文士」の書く原稿は「鰺鯖」と同じく高くなったと冷笑しています。

荷風はもともと日記を他人に向けて書いたわけではありませんが、日記を原稿にして

売れると気づいた時点で、難しい漢字を排して表現をより一層、分かり易くしたと考えられます。岩波書店から発行されていた永井荷風全集には原作ではなく、改作が収められていますが、それに対する説明はありません。わたしはより文学的な原作の方を採用することにしました。

そして、もう一つ。わたしが、どういう基準で引用する日記を選んだかという点です。何に関心を抱くかは人それぞれですが、簡単にいえば、わたしにとって面白い日記を選んだに過ぎません。たとえば、谷崎潤一郎の小説を日本の文学でも最高位に評価するわたしですが、残念ながら戦時中の日記はそれほど面白いと思えず、それに触れることはほとんどありませんでした。面白くない一番の理由は、谷崎潤一郎は空襲を経験せず、食べ物に不自由することはあったでしょうが、毎晩、白米にありつける生活でしたので、他の日本人が体験した戦時とは異なる世界に身を置いていたからです。これは、わたしには決定的な難点でした。

当初、わたしは昭和二十年（一九四五）のことだけを書こうと考えていました。日本にとって正に歴史的な、この年には忘れがたい事件が続発し、国民には絶望と希望が交差します。この一年を取り上げるだけで充分、一冊の本になり得る資料がありますが、ここに至る過程で起きた幾多の出来事を知らなければ、変化の大きさを把握することが難しいと判断して、あえて前五年も含めて書きました。日本という国が生れてから今日までの歴史の中で、もっとも劇的な五年間です。

（原文日本語）

ドナルド・キーン

二〇〇九年五月

文庫版あとがき

私が最初に読んだ日記は紫式部が書いた日記でした。もちろん、読んだのは英語の翻訳です。あまり程度の高い翻訳ではなかったこともあり、「源氏物語」を読んだ時のような感銘を受けませんでしたが、その一方で「源氏物語」にない面白さもありました。物語に登場する貴族の女たちは、皆趣味が良く、なにごとにも詩的な表現をしたためましたが、日記の中では紫式部は官女たちの欠点をあげつらい、時には嫉妬が滲んだ非難さえあるので、物語よりも日記が真実に近いのではないかと思いました。

太平洋戦争の時代でも、作家が残した日記は彼等が書いた小説よりも真実に近いと思います。私が戦時中に初めて読んだ日記は、南太平洋の島々に日本兵が遺していったものでした。私はそれらの日記を真珠湾にあった米海軍の事務所に於いて翻訳していたのです。兵士が内地にいる間に書かれたものを読むと「軍気旺盛なり」という形通りのスローガンや、「六時起床、六時十五分洗面」といった事実の羅列になりがちでしたが、実際に戦地に出向き、敵の攻撃を受けて死に面する段階ともなれば、文面は完全に変わりました。日記を書く人は、もはや「名もない兵士」ではなくなり、一人の個人へと姿を変えていたのです。私が初めて「知り合った」日本人は日記をつけた人たちであり、彼等が遺した文章に接する頃には、もうこの世にはおられなかったのです。「日本人の戦争」に引用した日記は一般の兵士ではなく、多くは文学者でした。したがって、必ずしも日本人全体を代表した日記とは言えません。しかし、それぞれの立場で戦争に対する思いを表明するだけでなく、文学者ゆえに一般の人々が感じたとしても表現できない思いを掘り下げて表現しています。太平洋戦争という激烈なる時代に日本の作家が、どのような思いを抱いて日々を送っていたかと考えれば、たとえそこに書かれた意見に賛同できなくても、熟読する意味は十分にあります。

「日本人の戦争」は私がどうしても書かなければならなかった本でした。十九歳の私が初めて読んだ日本人の日記は未だに鮮明な記憶と共に、心の中で生きています。以前「百代の過客」で戦前までの日記を紹介した自分としては、その後に続く激動の時代に書かれた日記をどうしても紹介しなければならない、八十九歳になった今、私はそんな思いに駆られたのでした。

（原文日本語）

ドナルド・キーン

二〇一一年十月

対談　戦争と日本の作家

ドナルド・キーン
平野啓一郎（作家）

意外な本音を見せた作家たち

平野　今日は『日本人の戦争』を題材に、いろいろキーンさんとお話をできればと思っています。ここ数年、キーンさんは精力的に戦争時代のことを振り返られて本を書いていらっしゃいます。ご自身の人生を幼少時から綴られた『私と20世紀のクロニクル』（『ドナルド・キーン自伝』と改題され、中公文庫に収録）、キーンさんを含む当時の米軍将校たちの手紙のやり取りをまとめられた『昨日の戦地から——米軍日本語将校が見た終戦直後のアジア』、それから今回の本と、三部作のような感じがするんですが、何かきっかけというのはあったんでしょうか。

キーン　きっかけというほどではないですが、いつでもあの時代のことを覚えていますから、自然にそうなりました。私は、日本語を覚えるために海軍に入ったといってもいいですが、捕虜に会うときに、友達になれるというのが大きかった。一応は用紙に書いてあるような質問からはじめるんですね、たとえばどこで生まれたか、何歳か、そしてほかに髪の毛の色とか目の色とか。まあ、日本人の場合はだいたい黒い（笑）。それが終わってからもう一つ、軍艦大和を見たことがありますかという質問をする。十人に聞けば十人が見たことないと言いました。次は好きな音楽はどんなものでしょうかとか、だんだんそういう話になって、彼らとした会話は、私の教育のために非常に大きな意味がありました。

しかし、もっと大事なことは、日本人が好きだったということです。それはずっと続いています。私はソ連時代のモスクワに行ったことがありますが、ロシア語はまったくできなくて、どこか行きたい場合は英語で話しても、誰もわからない。そのとき日本人を見かけたんです。まったく親友のような人だと思った(笑)。そこで日本語で話せるという嬉しさ以上に、日本人に対する親しみというのが私にありました。うまく説明できませんが。日本人に対して、特別に関心があることが、これらの本につながっていると思います。

平野　この本は、とても面白く読ませていただきました。面白いだけじゃなくて、すごく僕にとっては印象の強い本でした。以前、『私と20世紀のクロニクル』刊行時に対談させていただいたときに、お話ししたんですが、キーンさんが日本語という言語を学んでいかれたときに、一方で『源氏物語』のように日本の文化の精髄のような言葉を体験されて、もう一方で戦地で日本兵の日記を読んで、生きるか死ぬかという人間の実存に直結する言葉をお読みになっている。その二つが日本語体験の最初にあったという事実が、非常に心に残っているんです。結局、日本の作家にとっても、いつもその両端があって、一方では自分の存在に直接関わるものとして日本語を使い、もう一方では文化の極みとしての日本語があって、その両方を往復しながら日本語というものを考えてるんじゃないかと思うんですね。

そういう意味では、特に今回、作家の日記に着目されたということを、非常に興味深く思ったんですが、戦時中の日本人の作家の日記には以前から関心を持ってらしたんですか。

キーン　専門的に戦時中の作家の日記を読んできたわけではなく、ときどき読むことがあるくらいでした。永井荷風の日記は前から知っていましたが、ほかの日記はあまり知らなかったです。ただ、ずっと前から日記というジャンルそのものに深い関心がありましたし、それで日記の研究もやっていて、平安時代から幕末までの日本人の日記をまとめた『百代の過客』という本も書きました。しかし今度のことで初めて高見順とか山田風太郎とか伊藤整の日記を読んで、たいへん驚きました。

平野　キーンさんも冒頭で意外という感想を書かれてますけど、伊藤整の日記はかなり僕も意外でしたし、逆にちょっと興味を持ちました（笑）。

キーン　私は伊藤さんとかなり親しかったです。特に、日清戦争のことを書いていたときに、伊藤さんが親切に、自分が集めた日清戦争の雑誌などの資料を貸してくださったんです。機会があったときにコロンビア大学へ呼びましたし、西インド諸島にも一緒に行きましたが、とても楽しい人だと思いました。それで、こういうもう一つの面に驚きました。

過去を語らなかった伊藤整

平野　伊藤整や山田風太郎を見てると、外国文学が好きで、特に伊藤整はイギリス文学の専門家だったわけですが、それが戦争になったときに、キーンさんもおっしゃったみたいに、外国人に対して、自分は外国文学の専門家だから敵対心を懐《いだ》かないというふうにならずに、開戦直後に「この戦争を戦い抜くことを、日本の知識階級人は、大和民族として絶対に必要と感じていることを信ずることができる」と書いている通り、かなり強く日本の戦争思想に染まっている。キーンさんの目からご覧になって、その辺はいかがですか？

キーン 伊藤整は、『ユリシーズ』の翻訳に参加したし、ジェイムス・ジョイスを自分の師と言いましたけども、はたして英文学が好きだったかどうかわかりません。変な話ですけれども、私の知った日本人の英文学者で、ほんとに英文学を愛している人はそうたくさんいないです。フランス文学、あるいはドイツ文学、ロシア文学の研究者にはそういう人はいるでしょう。多くは最後には日本文学のことを書きます。しかし、私の友人の、篠田一士さんはたいへん素晴らしい英文学評論家ですが、彼は中国文学が最高だと言っていました。

平野 実際、伊藤整はイギリス留学してたわけではないんですよね。まるで時代が違うので、比較できるかどうかわかりませんが、自分が高校生ぐらいのときにフランス文学を読んでいて、フランスと戦争になったとしたら、こういう感情になるのかなというのが、すごく不思議でした。

キーン もしも戦争がなかったとすれば、伊藤さんは続いて英文学を訳したでしょう。そしてそれで有名になったかもしれない。実際、戦後になって『チャタレイ夫人の恋人』の翻訳でたいへん有名になりました。しかし、ほんとにそれを好きだったとか、翻訳の仕事がなくても読みたかったかどうか、疑問です。

平野 伊藤整と個人的に交流していく中で、戦時中のことを話したりしたことはありましたか。

キーン　一度もないです。全然ない。

平野　それはキーンさんのほうもあえて話さないようにしてたんですか。

キーン　話す理由がなかったということでしょう。伊藤さんはあらゆる外国の風俗などに興味がありました。たとえばアメリカ人は紙を上手に使うとか、そういう発見をしました。私はそれに気がついたことはない。あるいは外国の料理とか、外国の着るものとか、そういうものに関心がありました。しかし、過去のことを話したことはほとんどないんです。

平野　戦時中どういうことをしていたのかということを、興味を持って尋ねてきた日本の文学者はいますか。

キーン　どこで日本語を習ったかというような質問はあったでしょう。それはすべての人がしますから。しかし、面白い経験があったかとか、捕虜の中に特別にもう一度会いたいという人はいないか、というような話はまったくなかったです。

平野　キーンさんが日本の作家と直接に交流を持たれる頃には、かつてアメリカ海軍の将校だったという経歴を、交流の際に特に気にするような人というのは、いなかったんですか。

キーン　いなかったですね。私の戦争経験は四年間でしたが、退屈な時間がいちばん多かったです。考えてみると、アメリカ軍にいて私のやったことの大部分は日本語をよりよく知るためのものでした。多くの翻訳は飛行機の部品の説明とかで、無味乾燥なものでした。あるときは日本の連隊の名簿、将校たちの名前を全部ローマ字に翻訳していましたが、何のためかさっぱりわからない（笑）。ほんとに時間がたつのは遅かったです。一時に時計を見て、そして一時間たってからもう一度時計を見ると、一時十分でした（笑）。
しかし、戦後になって日本の作家たちと話していても、たとえば三島由紀夫さんとか安部公房さんは親しい友達でしたけれども、私の戦時中の経験については聞くことはなかったです。それは遠慮ではなくて、ただ、ほかにもっと面白い話題があると思ったからでしょう。

平野　戦争をしても十年二十年とたつと、何となくお互いの国の人たちがそういうふうにわだかまりなく付き合っていけるというのは、希望を感じる話だと思います。

キーン　それはそうですね。ただ、戦争が終わったときに私は一週間ばかり日本にいたんです。そしてそのとき戦争があったという感じがまったくなかった。たしかにアメリカの軍人を見かけましたが。たとえば日本語の教科書に「日光を見ないうちは結構と言うな」という文句が入っているのを覚えて、私は、どうしても日光を見なきゃと思って（笑）、二人の元の部下と一緒にジープで日光まで行った。それは戦争が終わった年の十二月半ば頃でした。日光は寒かった。雪が降ったあとでした。しかし、途中で村を通るたびに子供たちが出てワーッと喜んでいました。床屋へ行って、髭を剃ってもらうときも、もしそういうわだかまりがあったら僕の首を切ることもできた。何も心配なかったです。戦争はもう過去のことだ、ほんとに早く終わったという感じだったのです。

日本特有の日記文学

平野　一九四一年の太平洋戦争の開始のときに、ここに登場してる作家が何歳ぐらいだったのかなというのを改めて調べてみたんですが、高見順が三十四歳で、ちょうど今の僕と同い年なんですね。それで、実際日記を読んでいても、高見順の日記がいちばん、人間らしいというか、僕としては共感を覚える部分が多かったです。彼には思想的な揺れ動きもありますけれども、三十四歳ぐらいでこういう状況だとこういう考え方をするのかなというふうに、すごくリアリティーがありました。戦争が終わったあとのそれぞれの作家たちの心の変化も非常に面白く読んだんですが、なかでも高見順は、面白かったです。僕は正直、高見順ってあまり関心のない作家だったんですけど、今回キーンさんの本を読んで急に関心が出てきて、日記の他の箇所も読んでみたいと思いました。

キーン　私は高見さんによく会うことがありました。いつも私に本を贈ってくださった。とても立派な紳士で、最後に会ったのは地下鉄でした。彼はほんとにきれいな真っ白な服を着てました。周囲に六、七人の若い女性がいましたけど、僕は干渉しないことにしました（笑）。

平野　彼は比較の仕方がフェアなんですよね。占領軍が来たときに、日本人と占領軍の接し方を、翻って戦時中の日本人と中国人との関係と比べてみたりとか、そういう視点がずっとありますね。

キーン　そういう人は彼だけでした。ほかの人は、占領軍は悪いことした、日本人の時計を盗んだとかいうことを言うんですが、彼は比較して、中国における日本軍は何をしていたかということも書いている。私はそれについてアメリカで講演しました。終わってから中国人が私のところに近寄ってきて、ありがとうございます、そういう話を聞きたかった、と言いました。そういう記憶はまだ中国人にあります。

平野　それで、また人間味を感じるのは、そういう中国での日本人のことを思い返して、日本人は野蛮だということを思いながら、一方で黒人兵が日本の電車の中で騒いでいる横で、静かに微笑んでる日本人青年を見て、救われたような気がするというところです。

キーン　それは私も非常に好きなところですね。「黒人兵が数人乗って大声で話をはじめた。哄笑。やがて傍若無人にふざけはじめた」と。高見順も「いやな気がして」見ないようにしていたのを、「あまりの哄笑につい眼をやると」黒人兵の隣りに、若い日本の将校がいる。そして彼はおだやかに微笑んでいる。それは、自然な笑いなんですね。高見順はそのことに「ほっとした。否、何かありがたい気持だった」と。「日本人全体がこのおかげで、おだやかな、気のいい、決して本質的に好戦的というわけではない、立派な民族として考えられる、救われる」。素晴らしいところですね。黒人兵の騒ぐ姿に、最初は反感を覚えた高見順は、あとで、もっと大事なことに気がつきました。それは偉いと思いました。彼はしょっちゅう考えが変わってます。そして、それは彼の人間味の一つの大事なところです。彼は正直な人でした。

彼が一日の日記をつけるのにはどのぐらい時間がかかったか、を考えるとほんとにたいへんなことだったと思います。毎日毎日書いて、一日に何ページも続けて書くこともありました。ワープロもなかった時代だから。しかし、彼は全部書きたいし、他人のためではなくて、自分の責任において書いている。それが「自分のための仕事となしうるかどうか」自問自答しています。ときどき自分を叱って、「もっとマメに、前のようにマメに書いておくべきだろう」と書いている。

平野　そういう意味では、キーンさんがおっしゃったように、小説家でもあるんでしょうけど、日記文学者というか、日記文学というジャンルの作家だという感じがしますね。

キーン　はい、ほんとに日記文学です。彼はあの頃は何も残る文学作品を書きませんでしたが、日記だけは残るでしょう。

平野　僕は日記がほんとに続かない人間で(笑)、何度も何度も挑戦するんですけど、やっぱり書き出すと、凝っていろいろ日記を書こうとするので、仕事ができなくなってしまうんです。それで何日か書いては、だんだん日記を書かなくなってしまうというのが常なんです。谷崎潤一郎がほとんど見るべき日記を残してなかったというのは、やっぱり彼は小説のほうで自分の執筆意欲が満たされていたからというのがあるんじゃないかと思います。

キーン　それはきっとそうでしょう。戦時中に日記を書かなかったのは、まあ、あるいは戦争が嫌いだったからかもしれない。もう一つは『細雪』を書いていましたから（笑）。

日記文学というのは、おそらく日本文学にしかないジャンルでしょう。ほかの国は日記があっても日記文学はないです。鎌倉時代には、すでに日本人は平安朝の日記を読んでました。それが、古典になって、ずっと読まれてきています。あるいは森鷗外の『独逸日記』は、彼以前の日記を考えて、成島柳北の日記を参考にして書いてます。日本にはそういう日記文学の流れがあります。しかし、西洋の場合はそれがない。誰それの日記を読んで影響を受けたということは言わないです。

平野　日本人が、と言っていいのかどうかわからないですけど、自分のことを書きたがって、人の日記を読みたがるというのは、キーンさんの目からご覧になって、なぜだと思われますか。

キーン　一つは日本の伝統で、自分をあまり語らないです。話さないで、思っていることとは逆の表情を見せるとか、悲しいときに人を安心させるために笑うとか、そういうようなことがありますが、しかし書くのはいい。そして日本人はそれを非常に好きです。自己憐憫は欠点ではない。三島さんはそれがあるために太宰の文学が嫌いだったが、読者の多くは同情します。そのため日記文学、あるいは私小説というものも発展しました。

平野　それは今、日本人がインターネットでブログを書く理由と通じる感じがしますね。会社でこんなことがあって、ほんとはこう言いたかったけど、言えなかったということを書いてる人はたくさんいる。プライヴェートな話もそうだし、テレビのニュースを見て感じたこともそうですけど、「おぼしきこと言はぬは、げにぞ腹ふくるる心地しける」というので（笑）、紙に書いてというところはあるんでしょうね。

キーン　見せることを前提に書くというのは面白いところです。しかし、すぐではない。自分が生きている間は見せたくない。未来の人に読まれることは考えてます。未来ではぜひ人に読んでもらいたい。内田百閒がそうでした。彼は日記をたいへん大事に思っていましたが、友達に見せたことは一度もないです。彼が亡くなってから初めて人が読んでくれると考えていたのでしょう。

平野　写真などがまだそんなに広まってなかった時代だったので、自分の過去を残していく手段は、文字や言葉だという意識は今よりも強かったのかもしれないという気はしました。

キーン　また日本の軍隊の場合でも、毎年の元旦に兵隊たちに日記をくれたんです。それはアメリカの軍隊とまったく正反対です。アメリカでは絶対つけてはいけないとされていた。敵に有利な情報が日記に書かれることを恐れたからです。しかし日本の場合は、奨励した上で、検閲もしていました。定期的に上の将校に見せて、思想的に適当なものを書いているかどうかを確認したのでしょうが。そこは正反対でした。しかし、アメリカ兵の場合は日記をつけるなと言われてもまったく平気です。初めからつけてなかったからです(笑)。

作家と兵隊の日記の違い

平野 この本は、女性に着目すると、またすごく面白いですね。一つは、女性が参政権を持つことに対して非常にネガティブな意見を書いてる人が多い。荷風なんかも、アメリカは素晴らしいけれど、女性にまで参政権があるから、その世論が「大抵平凡浅薄で我々には堪へられなかつた事も少くはありませんでした」と書いている。もう一つは、戦後、売春婦がアメリカ人といちゃいちゃしているとかいうことに対して、感情的な反発がかなり書かれていて、そのあたりはとても興味深かったです。

キーン はい。しかし、高見順には面白いところがありました。アメリカの兵隊と歩いていた女性が列車に乗って、ホームに残ったアメリカ兵とおしゃべりをしている。乗客はみな彼女を見ているのだけど、そこには軽蔑と憎悪がある。初めは彼も反感を持った。しかし、あとで考えて、このような風景がもっとたくさんあったら、それで二つの国の関係が自然によくなると書いている。あれは偉いと思いました。そういうことを考えていたのは彼だけでしたね。

平野　個人的な知り合いがいるかどうかで、ずいぶんと考え方が違ってくるんだと思うんですね。僕もたとえば今アメリカにも韓国にもフランスにも友人がいますけど、やっぱり抽象的に国と国とが戦争するというんじゃなくて、その友達が死んでしまうかもしれないとか、誰か愛した人がいて、その人が苦労することになるということがあれば、それだけでその国とうまくやっていかなければという気持ちに自然となる。国家と国家という大きなところから考えるんじゃなくて、些細な駅のホームの風景から高見順がそうしたことをふと発見していくというのが、とても作家らしくて、いい場面だと思いました。一方で、その女性という意味でいえば、谷崎潤一郎が戦時中ずっと、誰がお嫁に行ってとかいう話を延々と書きつづけていたことが、改めておもしろく感じられました。それは作家としてのひとつの立派な態度なんじゃないかということをつくづく考えました。

文学、自分の好きな作品を書いていられるという状況だった人は、あえて日記を書かなくてもよかったかもしれません。年齢的にも荷風や谷崎はかなりもうエスタブリッシュされた作家だったわけで、そういう意味では山田風太郎だとか、あるいは高見順のような人が、それぞれの年齢でどうしても日記を書かなきゃいけないと感じていたこととは、ずいぶんと違いがあるなと感じました。

キーン　戦争の経験が人間を変えたという感じもします。特に永井荷風の場合は、初めは戦争は余所者《よそ》がやることだと、藤原定家の「紅旗征戎吾が事に非ず」というようなことを言っていた。しかし、疎開した谷崎潤一郎を終戦まぎわに勝山に訪ね、そこで白米を食べて、彼は涙が出るほどだった。しかし、同じ日の谷崎先生の日記は、まったく無味乾燥なんですね。泊まるところと薪を保証しますけども、食べ物は保証しないと率直に言っている。彼は永井荷風に会ったことについて何も楽しいことは書いていない。久しぶりで荷風先生が来ているというくらい。しかし、荷風は帰りの汽車のなかで谷崎夫人のお弁当を食べて「欣喜名状すべからず」と泣いたということです。それは昔の荷風に想像できないようなことでしょう。

平野　ええ。日記は、何をどこまで書いて、何を書かなかったかというのが、ほかの情報と照らし合わせていくと、また面白いところが見えてきますね。戦争中の話ではないですが、森鷗外の『独逸日記』を読んでいても、バイエルン王ルードヴィヒ二世が入水して死んだときに、当時のドイツの新聞は、一面真っ黒でとても大きな記事になってるんですが、鷗外はその日には何にも書いていない。『うたかたの記』のような小説も書いてるぐらいですから、かなり心には残ったはずなんですけど、日記には書いていない。第二次大戦の場合は、誰かにいつか見られるかもしれないという不安もあったりして、書いてることと書いてないこととがかなり複雑にあったと思いますけど、そのへんを想像だとか、ほかの人の日記とかと合わせて読んでいく面白みが、またこの本にはあるなと思いました。

キーン　山田風太郎は戦争が終わったことを非常に残念に思っていましたね。しかし、アメリカ人の兵隊は日本人をいじめないとか、威張っていないというのを見て「ただしこれには今の進駐軍が敵の最精鋭なること」に依ると（笑）。

平野　そうですね。で、そこからまた少しずつ気持ちが和らいでいく過程が面白い。人間が変わっていくという様子が何となく見えていて、ある意味では高見順は理性的なところもありますけど、ずっとアメリカ人を敵呼ばわりしていた山田風太郎でも、占領部隊の振舞いを見たり戦時中発禁だった荷風の短篇小説を読んで「こういう小説が読めるなら戦争に負けたって惜しくはないとさえ思う」と言ったりして、少しずつ気持ちが和らいでいく。キーンさんが戦地で読んだ日本兵の日記と、国内に残っていた作家たちの日記との間に感じられる違和感というのは、ありましたか。

キーン　違和感というよりも、書く人が全然違うということですね。日記をつけた兵隊は教養があっても作家ではなかったです。ですから、その日の出来事や、あるいは誰それ君が死んだとか、そういうことを書きましたが、よっぽど悪い状況のとき、もう自分も死ぬんじゃないかということでなければ、自由に書くことはあまりなかった。まず日本内地にいる間は紋切り型のことばっかり、要するに「軍気旺盛なり」とか、そういうことを言うんですが、しかし南方へ送られて、隣りの船がアメリカの潜水艦にやられたとかいうことを書くときには、恐怖感があります。急に恐ろしくなる。そこからだんだん日記が面白くなりました。しかし、作家たちの場合は、これは死ぬかもしれないという恐れはあまり出てこない。実際、今でも読まれている作家は一人も死なないかったです。

平野　そうですね。戦争末期になって米軍が沖縄に上陸して、ソ連が攻めてくるかもしれないとかいう頃になって、恐怖心みたいなものがわりと現実感を持ってきますね。情報がほんとに少なくて何が本当かわからないという状況に置かれると、人間はだんだんこういう精神状態になっていくんだなというのが、すごくよくわかります。

戦争に対する作家たちの温度差

キーン　作家とはいえないかもしれませんが、清沢洌の日記もたいへん面白いです。サイパン最期の日に、アメリカ人の捕虜になることを恐れた女性たちが子供を抱いて崖の上から身を投げたというアメリカの「タイム」の記事の日本語訳が日本の主要新聞に載りました。そして、自殺した女性が素晴らしい、永遠のモデルになるとか、そういうようなことを書いた。彼は、それはほんとに恐ろしいことだと書きました。私はこの間また久しぶりに沖縄へ行ったのですが、そこでも崖の上から女性たちが身を投げた。ほんとに何ともいえない気持ちです。非戦闘員の女性でも自ら死なねばならなかったというのはたいへん恐ろしいことです。当時もそう感じる人はいたでしょうが、清沢さん以外は書かなかった。

平野　僕は今回日記を読んで、意外とみんな本音を書こうとしてるというか、自分の今の気持ちとか心がどういう状態なのかを、僕が予想したよりも正直に書こうとしてるという印象がありました。

キーン　たとえば伊藤整は、アッツ島の戦況報告を読んで、「北海道出身の兵たちという為か」、すごく気にしていますね。もしも鹿児島の人たちが死んでいたら、それはそれほど深く感じないかもしれない。

平野　そうですね。今の目で見ると、たとえば仏文学者の渡辺一夫の日記というのはいちばん違和感がないというか、非常に理性的で、知的な日記です。そういう先生のところから大江健三郎さんみたいな人が戦後に出てくるというのが非常によくわかる。今見るとすごくわかるんですけど、戦時中からそういう考えをしてた人というのは必ずしも多くなかったと思うので、その意味ではすごく感動して読みました。

キーン　私も感動しました。日記全体を訳してもいいと思いました。ほんとに偉い人でした。特に彼はあらゆる嘘を否定している。あるいは、「竹槍を取ることを強要されたら、行けという所にどこにでも行く」。しかし「進んで捕虜になろう」と。それだけでした。

平野　それは、彼の留学経験などを通じて見聞が広まっていく中で得られた考えだったんでしょうか。

キーン　まあ、そうかもしれません。しかし、留学したということで、どっちのほうに変わるかが問題です。高村光太郎はニューヨーク留学中に人種差別を受けたために、アメリカに対して憎しみを抱くようになりましたし、あるいは野口米次郎は、アメリカ人女性と結婚し、多くの英米人の友人がいたけれども、「屠れ米英われ等の敵だ」という詩をつくった。それは人によります。

平野　戦争を何歳で経験するかというのがすごく大きいと思ったんですが、そういう意味では、たとえば山田風太郎みたいな人は二十歳前後ぐらいで戦争を経験していて、日記を読んでいてもやっぱり若さを感じるところがあります。伊藤整は三十六歳で太平洋戦争を迎えているわりには、かなり当時の思想にストレートに染まっていた印象がある。

キーン　世代ということでは、私はいちばん近く感じるのは山田風太郎です。彼と私は非常に似ている面がありました。同じ年に生まれましたし、同じようにフランス語を学んで、ロシア文学が好きで、ものすごく読んでいた。あらゆる場所で、本を読めそうもないような場所でも本を読んでました。戦争が終わっても、ほかの人は絶望のあまり本を読む時間がなかった。しかし、彼だけは相変わらずいろいろ読んでました。彼はたいへん広く世界文学を知っていたという感じでした。彼は本について感想をあまり書かないですが、一回『椿姫』のことを「名作なり」と書きました。当時私が日記を書いていたとしたら同じような感想を書いただろうと思います。

平野　敵国に対する山田風太郎の書いた内容についてはどう感じられましたか。当時キーンさんが日本に対して懐いた感情と比較して。

キーン　まるで正反対でした。私は、日本人を憎いと思ったり、敵愾心はまったくありませんでした。まず日本語学校の先生たちはみんな日本人か二世でした。そして非常に親しみがありました。捕虜も、私がこういう人間だとわかってくれてから、自由にいろいろ話していました。戦争が終わっても、何人かの捕虜との関係は続きました。いまもまだ一人います。しかし、山田風太郎はそういうような余裕がなかった。敵は全部殺すという感じですね。

平野　ちょっと個人的な話なんですけど、僕の亡くなった祖父はビルマに戦争に行きまして、生き残って帰ってきたんです。戦争のかなり末期の頃、三十くらいになって召集されたんですね。僕が子供の頃に、ビルマで何してたのという話を聞くと、もう制空権も握られていて毎日爆撃だったので、ずっと逃げていたと言ってました。亡くなった人も赤痢だとか病気で死んでいった人がかなり多くて。祖父は歯科医だったんですが、口腔外科の資格も持っていたので、一応医者という扱いで、衛生兵として部隊の後方にいて、盲腸だとか、痔の手術なんかをずっとしていたと言ってました。今度はどれくらいお腹を小さく切って盲腸の手術が出来るか、というようなところに、個人的な満足の術《すべ》を見出していたようで、僕はその話を幼心に面白いと思ってました。

国のため、アジアのためという考えは強く持っていたようですけど、ただ、当時すでに祖父には三人子供がいたんですね。自分が戦死すると家族は路頭に迷ってしまうということはやっぱり非常に気になっていて、とにかく生きて帰らなければいけないということはずっと感じていたと。思想的には右も左もないような田舎の歯医者だったんですけど、生きて帰りたいということはほんとに思っていたと言っていて、やっぱりそれは十代で戦争に参加した人とはかなり違ったと思います。三十代で養う家族もあって、というわけですから。

キーン　それは違うでしょう。

平野　今僕たちみたいな直接第二次大戦を知らない世代は、「戦争経験者」の言葉というのを、つい一まとめにして聞いてしまいがちですが、どういう年齢でどういう立場で戦争を経験したかで証言は全然変わってくる。世代論などでは、戦争経験者の声が非常に多様であるというのが見落とされがちで、戦争を経験したある人の言葉を、戦争経験者の声の代表のようにしてしまう危険があるし、恣意的にそうしようとする人もいる。この『日本人の戦争』を読むと、国内にいた作家の中にもかなり温度差があったということが非常によくわかって、今こそ読まれる本だなということを強く感じました。

日記に見える作家の人間性

平野　キーンさんには『明治天皇』という大著があり、今回のご本の中でも昭和天皇についてのいろいろな作家の思いを書かれてますが、キーンさんの目から見て、日本人と天皇というのはどういうふうに見えていたんでしょうか。

キーン　はい。戦時中は捕虜の中でも、天皇は神だと思うかと尋ねると、みんな、そうだと答えていました。まあ、ほんとはそうでないと思っているような人でも、外国人の私に対してもそう言わざるを得なかったかも知れないが、そこは私は介入しない。僕はそれ以上質問しないと言いました。それは宗教の問題だろうというふうに思ったのです。そしてある意味、宗教といってもいいです。昭和天皇自身が、戦後に自分は神ではないと言いましたが、しかし天皇というのは神様と同じように、誰それという人じゃなくて、一種の観念です。三島さんが言った台詞になりますが、天皇は、昔からどの時代の天皇も、中には悪い人、つまらない人もいたと。しかし天皇制というものは非常に貴重だということを信じた。それは日本人の多くは思っていたでしょう。

平野　キーンさんはすでに『源氏物語』なども読まれていて、日本の古典の中に登場する天皇という存在をよくご存じだったと思います。たとえば『讃岐典侍日記』のように、病の堀河天皇が、あんまり苦しくて、神璽のはいった箱を胸の上に置いてみる場面とか、宗教的な神のような天皇というよりも、非常に人間的な生身の人としての姿が繊細に描かれてる古典があります。そういうキーンさんがご存じだった古典の中の天皇と、戦争中に現人神として崇められた天皇というのは、頭の中でどうつながっていたんでしょうか。

キーン　いや、私は天皇は神だと全然思ってなかったです。それらしい考えはありませんでした。しかし、私はローマ法王はいつも正しいとは思いません。法王の現代の美術などについての意見に、特に興味がないです。大勢の人は彼に対して特別な宗教心を持っているから、私はべつに否定する必要ないと。もし慰めになったら、それよりいいものはないです。日本の天皇制のことを考えるとたいへん複雑な気持ちがあります。はっきりと自分の意見を述べる立場にありません。何といいましょうか、人の宗教という感じです。

平野　なるほど。

キーン　自分のものじゃないと。いくら日本や、日本文学が好きだといいましても、私はそこまで行かない。それは珍しくないです。つまり英国の文学が好きだって、必ずしもイギリス人と同じ宗教でなければならないということはない。

平野　これはほんとにさらりと書かれてあることなんですけど、とても印象的なエピソードで、内田百閒が家が焼けたあとに、「さつぱりした」と記してますね。

キーン　アハハハ、あれは面白いです。

平野　些細な一文なんですけど、奥深いことを語ってるような感じがしました。もちろん空襲で亡くなった人もいますし、深刻な出来事ではあったと思うんですけど、今たとえば僕も自分の家があって、本もたくさんあって、なくなると困るんですけど、しかし、なくなってしまうと案外さっぱりしたという感じはあるだろうなと、わかる気がしました（笑）。

キーン　いや、彼が一つだけ惜しいと思ったのは、夏目漱石直筆の額（笑）。しかし、彼はほんとにいい人物だと思います。彼に二つだけ必要なものがありました。一つは酒、もう一つはタバコでした（笑）。あとはなくてもいい。また、彼が何にもないような小屋の中に住んでいたら、小屋の持主が母屋の部屋を一つ開けますから、どうぞ使ってというのを、いや、ここでいいと。「この小屋が気に入ったから安住したい」と言うんですよね（笑）。小屋に入った翌日からまた日記をつけて（笑）。何にもない、台所もない、便所もないところですから、ほんとに偉い人でした。

平野 彼の人間性をよく表していますね。だから、そういうちょっとした言葉というのは不思議だなと思うんですけど、ひと言ふた言で何となくその人の人間性の全体が見えてくるところがありますね。日記は特に小説と違って、そういうのがぽろぽろといろんなところに見えてくる感じがします。

キーン 見えてきます。ほんとにそうです。

平野 この中にはちらっと名前が出てくるぐらいですけど、三島由紀夫が晩年に、戦前と戦後の自分は切断されてなくて、つながっているんだということをしきりに強調しているんですね。どうしても戦前の自分に戻っていってしまうと。それがわかるようでもうひとつわからなかったんですけど、この本を読んで、なぜ彼がそういうところにこだわり続けていたのかというのが、少しわかるような気がしました。終戦直後の、昨日まで戦争に賛成していた人が急に変わっていくような雰囲気が、この作品の中にはすごくよく出ていて、こういう背景があって言っていたことなのかなと。それを肯定的に捉えるというわけじゃないんですけど。

キーン 三島さんは戦争の体験がなかった。あるいはそれが自分に欠けているものだと思ったんじゃないかと思います。

平野 京都にずっと住んでいた人に戦争時代の話を聞くと、ほんとにそれこそあんまり空襲とか空爆のリアリティーというのはなくて、舞鶴かどこかの工場に落とそうとした爆弾が、間違ってどこかに一個落ちたとかいう話を聞いて、「あら、大変やわ」という話をしていたというんですね。山田風太郎の日記にも、アメリカ人の「遊び場所」として残されるんだというようなことがいわれていたとありましたけど。『金閣寺』では、金閣が燃えるかもしれないということが大きなテーマとしてあって、あれはやっぱり東京にいた人の感覚なんじゃないのかなと考えたことがあります。当時から京都はそういう理由で爆撃されないというような話は少し伝わってたんですね。

キーン　はい。私の友人で同志社大学の教授をしていたアメリカ人のオティス・ケーリという人はどうしてアメリカの空軍が京都を爆撃しなかったかといろいろ調べて、やっとのことでわかりました。それはアメリカの陸軍長官が昭和五、六年頃に奥さんと一緒に半年ほど京都に滞在していたんですね。そして彼が、京都を絶対爆撃してはいけないといったそうです。彼がいなかったら、空軍はぜひやろうと思っていた。

平野　やっぱり象徴的なんで、精神的なダメージも日本人にはあったでしょうしね。

キーン　はい、そうだと思います。いやあ、考えてみるとぞっとします。

平野　山田風太郎は「京都は残った。残ったのがむしろ癪である。（中略）それだけ余裕があったわけで、一層それが癪にさわる」と。アメリカに余裕があるところが気に入らない（笑）。

キーン　彼はアメリカの占領軍がなるべく日本人を虐待したほうがいいと書きました（笑）。

平野　いい人であると困るということなんですね（笑）。あと、ほかの人の日記を読めば読むほど、谷崎潤一郎の暮らしぶりがすごく印象的ですね。いい生活してたんだなあと（笑）。

キーン　そうですね（笑）。谷崎先生は京都に住んでたでしょう。それが熱海に引っ越して、そこで熱海についてたいへんな発見をしました。それは「熱海に人間が食べるものは一つもない」と（笑）。そういうことで、毎日「はと」という特急に一席がありまして、京都の人はその上に食べ物を置いた。それを熱海の人が受け取った。谷崎先生は、熱海にいてもずっと京都の食べ物を食べていたんですね。今それを真似してる作家はあまりいないと思います（笑）。

平野　瀬戸内寂聴さんがいつもおっしゃるんですけど、谷崎潤一郎は家に京都のすっぽん料理の老舗「大市」を呼んで、六人前食べたらしいんですよ。で、やっぱり文豪は違うって。

キーン　日本の全国民が協力してましたしね。もし誰かが瀬戸内海で素晴らしい鯛を釣ったとしたらば、谷崎先生に何の関係もない人が、それを谷崎先生のところに送ったという話です。永井荷風は自分のすべてのお金をいつも提げて歩いているという噂と同じように、谷崎先生はおいしいものを喜ぶという評判がありました。一度谷崎夫人と京都のレストランで食事をしたことがあります。すると奥さんが店の人を呼んで、この豆腐はどこのものですかと。原則として谷崎先生は日本一のものだけ食べてました。しかし、この豆腐は自分の今まで食べた豆腐より一つ上だと褒めた（笑）。

日本人にもいろいろいる

平野　いろいろな作家の日記を読んで、今回この本を書かれて、書きはじめる前と書きおわったあととで、キーンさんの中で当時の作家に対する思いとか考えが変わったという部分はどういうところでしょう。

キーン　いちばん深く感じたのは、当然なことですけれども、日本人にもいろいろいるということです。

平野　それは僕もほんとに感じました。

キーン　渡辺一夫のような人がおれば、正反対の人もいました。そしてそれは私にとって非常にありがたいことでした。私は昔から感じていましたが、日本人は自分が日本民族を代表すると思いがちです。たとえば私の親しい友達だった安部公房さんは、あるときアメリカ人からチーズをもらいました。少し食べて、「あ、これは日本人でも喜ぶだろう」と言いました。それを聞いてびっくりしました。つまり、あれほど国際派である安部さんが、自分が好きだったら日本人はみんな好きであると思っていた。そうでないはずです。日本人はきっとかなりきつい味のものも好きな人がいるだろうと、そう信じたいです。もう「日本人は」とひとくくりには言えなくなります。それが、この本を書きながらというか、調べている間に深く感じたことです。

平野　それはほんとにキーンさんならではの視点だと思います。長年日本文学を研究されて、日本に住んでいても、日本人ならこうだとか、日本人にしか日本文学はわからないとか、そういう「日本人なら」ということはずいぶんと聞かされて、今日まで過ごされたでしょうから。やっぱり今でも、「日本人にしかこの良さはわからない」とか、「日本人なら」とか、外国人が納豆が好きと言ったら、「外国人なのに納豆好きなんですか」とか、つい言ってしまいがちです。

ブッシュ政権のときのアメリカがイラク戦争をやっていて、最近の戦争の中ではいちばん印象に残っている戦争ですが、そのときに僕のアメリカ人の友人で、ちょうどこの前『雨月物語』を翻訳してアメリカで賞をとった、アンソニー・チェンバースさん。

キーン　ああ、知ってます。

平野　彼と彼のお兄さんと喋っていたときに、彼らはブッシュがイラクでやってることはすごく気に入らなかったんですが、一部のアメリカ人に、フランスがその戦争に反対していたので、「フレンチ・フライ」と言うのをやめて、「フリーダム・フライ」と名前を変えようと言ってる人たちがいるということを、頭を抱えて話していたんですね。当然のことながらアメリカにも、民主党支持者と共和党支持者がいて、またその中にもものすごく多様性があるわけですが、当時は日本にも、それこそ「アメリカ人は」と十把一からげに語ってしまう傾向があったので、日常の何でもない話だけに妙に印象的でした。それと同じようなことをこの本を読んでいても感じました。

日記に書かれた多様で私的な言葉

平野　戦後アメリカはまた、第二次大戦ほど大きな戦争じゃないにしろ、ベトナム戦争、イラク戦争などいくつか大きな戦争に係わってきてますけど、それに対してキーンさんの思いというのは何か特別なものがおありでしょうか。

キーン　私は初めから反戦主義者でした。そして、どんな場合でも戦争を避けたほうがいいと思っています。たとえば、一九三八年にミュンヘン協定ができたとき、チェコは可哀相だといわれた。私もチェコは可哀相だと思いましたけども、戦争よりはいいと、そういう考え方でした。極端でしたが、どんな目的があっても戦争がいいと思えないです。しかし、もしどうしても避けられないものだったとすれば、私は、日米戦争の場合はそうだったと思いますけれども、アメリカが勝ったことは嬉しいです。ところが、ベトナム戦争となると私は違う意見です。私は二、三年前にベトナムへ行きましたが、なぜ戦争をしたかわからないです。つまり、ベトコンが勝利を得ても、ベトナムは今のアメリカと変わらないです。どうしてああいう人たちと戦争したか、さっぱりわからない。イラクの戦争は非常に悪い戦争だと初めから思っていましたし、今のアフガニスタンでも、もう諦めたほうがいいと思います。私は戦争そのものが嫌いです。やめられない場合はたまにあるでしょうけれども、しかし戦争というものはあとで後悔するばかりです。

平野　今アメリカにいてキーンさんの考え方というのは多数派だと思いますか。それとも少ないほうだと思いますか。オバマが出てずいぶんと雰囲気が変わったというふうに、日本では伝わってますけど。

キーン　今のオバマ大統領はたいへんな人気があります。私も支持していますし、立派だと思います。しかし、まだ戦争をするのかと、ほかにやり方がないかと思います。イラク戦争に反対する、この戦争が大変な誤りだったと思う人は過半数だと思います。しかし、現在のアフガニスタンで、もし最悪のことがあったらどんなものか。タリバンがアフガニスタンを再び支配したら、それは戦争よりいいか悪いか、そういうことを問題にすべきだと思います。

平野　そういう意味ではこの本はアメリカでも読まれるといいかもしれないですね。つまり、今独裁的な国家があってというときに、そこの国民のそれぞれが実は非常に多様な考えを持ってるんだということを知るために。アメリカだけでなくていろんな国でこれを読むと、かつては日本もそういう状態だったけれども、その中の一人ひとりの作家は違う思いを懐いていたということが、渡辺一夫のような考え方の人から山田風太郎みたいな人まで、十人十色だというのが、よくわかります。たとえばイランの人はどうとか北朝鮮の人はどうだと、国家単位でみんな考えてしまいがちですけど、こういう多様な人がいる、そういう国と関わっていく上で、すごく示唆に富んだ本だと思いました。

キーン　私は今イランの若い人たちを解放するために戦争をやったら、最悪なことだと思います。

平野　ええ、そうですね。太平洋戦争当時は情報もほんとになかったし、今みたいに世界が一つという実感はなかったと思うんですね。だから、今たとえばアフリカで内戦が起こってるとかということを日々情報として知っている中で、ああ、そうですか、と他人事のようには言えない状態にある。それをどうするのかが、最近僕が書いた小説『ドーン』のテーマでもあったんです。情報の透明性を高めていくことで治安を維持するという発想は、どうしても必要になってくる。そういう今の状況とか、未来のことを考えると、この時代にはとにかく情報が少なくて、何を信じていいかわからないということが大きかったんだと改めて感じました。

キーン 第十章に書いたことですが、日本人は戦争に負けたためにいろいろ苦労がありました。失業もあって、飢え死にする人もいたんですが、全体からいうと、戦争に負けたために日本の世界的な評判は非常に上がった。たとえば、戦前に外国で日本語を教える場所は限られてました。英国に一ヵ所、フランスに一ヵ所しかなかった。しかし、そのあと日本の経済発達などに従って、今はあらゆる国で日本語を教えています。それだけじゃなくて日本の文化の教育もやっている。日本の文学の翻訳は戦前と全然規模が違うんです。

そして日本についての考え方も根本的に変わりました。今は日本製といったらいいものだという意味ですが、戦前は日本製は悪いものでした。安くて、すぐだめになるという意味だったのです。しかし、今日本製と書いてあると、安心して買うものです。あらゆる面で日本の立場は変わりました。もし日本が戦争に勝ったとすればどういうことになったか、ちょっと想像できないけれども、けっしてそういうふうにならなかったと思います。それは慰めの言葉ではありませんが。

平野 そうですね。大きな情報の統制がある中で、個人個人が自分だけの小さな言葉の世界を持っていた、その対比が面白いですね。大本営発表が一方である中で、作家一人ひとりが多様で、私的な言葉を持っていた。

キーン 私が戦地で出会った兵たちの日記は、忘れがたいものでした。まだそういう日記があったら、どこまでも探しに行きたいほどです。南太平洋のどこかの島で食べ物がなくなって、マラリアに罹《かか》って、近いうちに死ぬだろうと予期した兵が、家族についてと書く。そして最後の一行は英語で、これを拾うアメリカの軍人は家族に返してくださいと書いていて。そういうことが、私は忘れられないんですね。戦争のとき、私はアッツ島と沖縄にいましたが、あのときのことを忘れません。そして、今度この本を書いたのはそのためです。あのとき読んだ日記、あるいは当時の日本の捕虜との付き合いは決して忘れられません。

戦争そのものの経験、上陸してからの、どこに行ったらいいかわからないという気持ちは、今思い出すとちっとも懐かしくないです。もう二度とそういう経験はほしくないですが、しかしそのために自分の生活が変わったということは間違いないと思います。

（初出・文學界二〇〇九年九月号）

注釈

序章

1 サミュエル・ヒデオ・ヤマシタは、*Letters from an Autumn of Emergencies: Selections from the Wartime Diaries of Ordinary Japanese*（2005）で、広範囲にわたる職業、年齢の人々が書いた戦時中の日記十一篇を翻訳している。またエミコ・オオヌキ＝ティエルニーは、*Kamikaze Diaries* で、神風飛行士の日記の抜粋を翻訳している。

2 山田が終戦の八月十五日までに読んだヨーロッパの作家の中には、チェーホフ（多作品）、バルザック（多作品）、ゴーリキー、ゴーゴリ、シュニッツラー、マーテルリンク（多作品）、ジュール・ルナール、トルストイ、スタンダール、ヴィリエ・ド・リラダン、ジード、ロティ、ダヌンツィオ、レニエ、ギッシング、フローベールがいる。八月十五日以降は、エンゲルス、ハンス・カロッサ、イプセン、ゾラ、ディケンズ、ブールジェ、その他様々な日本文学を読んでいる。山田のお気に入りは、その読んだ作品の数から判断してバルザックだった。ヨーロッパの作品を原語で読んだか日本語訳で読んだか山田は明らかにしていないが、思うにフランスとドイツの作家は原語で読んだのではないだろうか。

3 山田風太郎「戦中派不戦日記」講談社文庫新装版、五六ページ。

4 清沢洌「暗黒日記」岩波文庫、九五ページ。昭和十八年十月一日の項。

5 同右一九二ページ。昭和十九年六月二十二日の項。

6 同右一九五ページ。六月二十八日の項。

7 同右二二一―二二二ページ。八月二十日の項。前者は歌人の斎藤瀏、後者は平泉澄教授の言葉。「昭和の大葉子」とある大葉子は、大和朝廷の武将の妻の名で、新羅征伐におもむいた夫に従い、ともに捕えられ、歌を詠んで自殺したと言われている。

8 同右二六二ページ。昭和二十年一月一日の項。

9　徳川夢声「夢声戦争日記　抄」中公文庫、八九―九〇ページ。

第一章　開戦の日

1　「青野季吉日記」河出書房新社、一二九ページ。
2　「永井荷風日記」第六巻、東都書房、七六ページ。
3　同右。
4　「高村光太郎全集」第三巻、筑摩書房、四―五ページ。
5　レオニー・ギルモアは野口の内縁の妻（レオニーは自分のことを野口夫人と呼んでいた）であるという説があり、また野口はレオニーを妻と認めていなかったという説がある。二人の複雑な関係については、ドウス昌代「イサム・ノグチ――宿命の越境者」講談社、参照。二人の間に生まれた子供が、有名な彫刻家のイサム・ノグチ。
6　野口米次郎「八紘頌一百篇」冨山房、一一九―一二一ページ。
7　小田切進「続・十二月八日の記録」（「文学」第三十巻第四号一〇七ページ）に引用されている。
8　伊藤整「太平洋戦争日記」第一巻、新潮社、一一ページ。
9　伊藤整「この感動萎えざらんが為に」（「伊藤整全集」第十五巻、新潮社、一六二―一六七ページ）。
10　日本人にとって「民族」という言葉がどういう意味を持つかに関する興味深い論考が、Tessa Morris-Suzuki, *A descent into the past: the frontier in the construction of Japanese identity* (Donald Denoon et al., *Multi-cultural Japan*) にある。彼女は、次のように書いている。「ドイツ語のVolk と同じく民族という言葉には、共同社会の団結という力強い響きがある。しかし、団結の基盤については曖昧である。人種が、明らかに代々受け継がれた身体的特徴に基づいているのに対して、民族は血縁、国籍、文化、あるいはこれらの組み合わせによって、総合的に捉えられているかもしれない」（八八ページ）。また、彼女は、「民族は生物学でなくて文化の問題であり、なによりもイデオロギーの問題である」という意味の喜田貞吉の言葉を引用している。これは、伊藤が使った民族の意味に最も近いようである。

11 伊藤「太平洋戦争日記」第一巻二二ページ。

12 同右二〇ページ。

13 同右七〇ページ。

14 同右七六ページ。

15 吉田健一「編輯後記」(「批評」第四巻第一号、昭和十七年一月一日発行)。

16 米田利昭「一軍国主義者と短歌」(「文学」第二十九巻第五号五五ページ)に引用されている。

17 「高見順日記」第三巻、勁草書房、九ページ。

18 清沢洌「暗黒日記」七一ページ。昭和十八年八月一日の項。出版社の社長は、中央公論社社長嶋中雄作。

19 同右九五ページ。

20 伊藤「太平洋戦争日記」第三巻一九九ページ。

21 山田風太郎は、のちに忍者物で知られる大衆小説の作家となった。当時は、軍医になるために勉強中だった。

22 山田風太郎「戦中派不戦日記」一一ページ。

23 伊藤「太平洋戦争日記」第一巻一〇八—一〇九ページ。

24 「永井荷風日記」第六巻九五—九六ページ。

25 松浦総三「戦時下の言論統制」白川書院、六二—六五ページ。

26 「永井荷風日記」第七巻九ページ。

27 南博「流言飛語にあらわれた民衆の抵抗意識」(「文学」第三十巻第四号一—三ページ)参照。

28 山田「戦中派不戦日記」一七ページ。「ポー助」のような呼び名は、「ボーイング」をふざけて崩したものであったかもしれない。

29 橋本哲男編「海野十三敗戦日記」中公文庫、一一ページ。
30 山田「戦中派不戦日記」二三―二四ページ。
31 同右一四―一五ページ。
32 同右一二ページ。
33 清沢洌「暗黒日記」二六一―二六二ページ。
34 同右二六三ページ。
35 串田孫一・二宮敬編「渡辺一夫 敗戦日記」博文館新社、六九ページ。

第二章 「大東亜」の誕生

1 清沢洌によれば、戦争に反対した著名な人物は二人しか考えられない。石橋湛山と馬場恒吾である。清沢洌「暗黒日記」一六五ページ参照。開戦の際の作家たちの嬉々とした反応については、櫻本富雄「日本文学報国会 大東亜戦争下の文学者たち」青木書店、五六―七〇ページ参照。
2 伊藤整「太平洋戦争日記」第一巻一八八ページ参照。
3 日露戦争の旅順での勝利を知った時、明治天皇の最初の反応は歓喜ではなくて、ステッセル将軍の祖国への揺るがぬ忠誠に対する称賛だった。天皇は、山県有朋に命じてステッセルが将軍としての威厳を保てるように配慮している。
4 清沢「暗黒日記」一四七ページに引用されている。清沢は、日本人が捕虜をあたかも罪人のように扱うと書いている。罪人に体罰を与えるのが普通であれば、捕虜もまた殴られることになる。
5 伊藤「太平洋戦争日記」第一巻二一九―二二〇ページ。
6 作家伊藤整は北海道で生まれ、そこで育った。
7 ノモンハンは日本とソ連が戦った中国北部の戦場で、日本が敗北した。
8 伊藤「太平洋戦争日記」第一巻三四一―三四三ページ。

9 同右三四九ページ。
10 「高見順日記」第二巻ノ下五五九ページ。
11 「戦争文学全集」別巻、毎日新聞社、二〇八―二〇九ページ。原本は、歌集「金剛」。
12 同右二五二ページ。
13 ハイリル・アンワル原著「ヌサンタラの夜明け ハイリル・アンワルの全作品と生涯」舟知恵訳著、彌生書房、一一六ページ。
14 楠正成（?―一三三六）は戦前の日本の学校の教科書に、皇室に対する忠義の手本として登場していた。
15 「永井荷風日記」第六巻一五七―一五八ページ。
16 同右一五八ページ。「鎖国」と「攘夷」は、幕末の志士たちが使った言葉。荷風は文明開化以前の時代を、今になぞらえている。
17 アッツ島は、一年間を通して陽が差すのは八日か十日ぐらいしかない。
18 帝国劇場を略して「帝劇」と言った。明治四十四年（一九一一）にオープンしたが、大正十二年（一九二三）の震災でひどい損傷を受け、再建された。
19 吉田健一「編輯後記」（「批評」第四巻第十二号、昭和十七年十二月一日発行）。
20 ドナルド・キーン *Landscapes and Portraits* 三〇九―三一〇ページ参照。
21 尾崎秀樹「大東亜文学者大会について」（「文学」第二十九巻第五号）二一ページ。
22 日本は一九四三年八月一日、ビルマに独立を与えていた。フィリピンは同年十月十四日、独立を宣言させられた。
23 「大東亜政略指導大綱」に記されたこの決定については、三輪公忠「日本・一九四五年の視点」東京大学出版会、一七四ページ参照。これらの国々に独立を与える決定がなされたのは広島、長崎が原爆投下で破壊された後だった。

24　深田祐介「黎明の世紀　大東亜会議とその主役たち」文藝春秋、八ページ参照。バー・モウ（*Breakthrough in Burma* 三五五ページ）によれば、「インドは日本人の考えでは大東亜の圏外だった」。

25　バー・モウ *Breakthrough in Burma* 三三七ページ。

26　深田「黎明の世紀　大東亜会議とその主役たち」二七、三四ページ。

27　同右七七―八三ページ。

28　三輪「日本・一九四五年の視点」一七一ページ、また深田「黎明の世紀　大東亜会議とその主役たち」八二―八三ページ参照。ラウレルの回顧録 *José P. Laurel*に収録されている「演説・メッセージ・声明集」に一九四三年の写真が掲載されている(二二ページ)。「日本軍兵士によって逮捕され、二度と家族のもとに戻らなかったフィリッピン人の家族たち」に食料品を配布しているラウレルの姿が写っている。

29　*José P. Laurel* 二四ページ。

30　同右二七二ページ。

31　バー・モウは *Breakthrough in Burma*（一八〇ページ）に次のように書いている、「日本陸軍の中でも筋金入りで喧嘩っ早い軍国主義者たちが、残酷な振舞をしたことについては疑問の余地がない。(中略)緒戦での目のくらむような勝利が、彼らの多くを増長させたのだった。彼らは、日本人の邪悪で略奪を好む一面を剝き出しにした」。

32　深田「黎明の世紀　大東亜会議とその主役たち」一〇八ページ。バー・モウ *Breakthrough in Burma* 一七六―一九二ページも参照。

33　バー・モウ *Breakthrough in Burma* 三四三ページ。

34　同右二〇五ページの引用から。これは戦時外交協会の機関紙 *Burma* の記事から抜粋されたものだが、わたしはこの機関紙を見ていない。

35　リカルド・T・ホセ *World War II and the Japanese Occupation* 一二九ページ。ヴァルガスは日本軍がマニラから追われる直前、次のように断言したと言われる、「我々は将来、日本が確実に勝利し繁栄する運命にあることを知っている」。

ホセは、他の指導者たちの言葉も引用していて、たとえばベニグノ・アキノはフィリピン人がアジア人であることを主張し、日本の「崇高なる共栄圏構想」を喜んでいる。他の指導者たちは日本との協力を拒絶し、たとえばラウレルは日本人と友好関係を結ぶ考え方だったが、日本がフィリピンに米国への宣戦布告を求めた際、あくまで拒絶した。

36 深田「黎明の世紀　大東亜会議とその主役たち」一二〇ページ。

37 これらの組織および主要なメンバーの名前については、櫻本「日本文学報国会　大東亜戦争下の文学者たち」二一一七六ページ参照。

38 「永井荷風日記」第六巻一五五ページ。

39 内田百閒「東京焼盡」中公文庫、一四九一一五〇ページ。

40 「高見順日記」第四巻二七三ページ。

41 井上司朗「証言・戦時文壇史」人間の科学社、一〇一一四ページ。また、「平野謙全集」第十三巻、新潮社、三八九ページ参照。

42 文報に参加した作家たちの名前、および文報の業績についての詳細は、櫻本「日本文学報国会　大東亜戦争下の文学者たち」一三九一三六〇ページ参照。

第三章　偽りの勝利、本物の敗北

1 伊藤整「太平洋戦争日記」第二巻二〇五ページ。

2 同右二〇三一二〇四ページ。

3 同右八ページ、昭和十八年七月二日の項。

4 同右二一ページ。

5 同右四九ページ。伊藤は、読売新聞に掲載されたブエノスアイレス電を引用している。これは、伊藤によればキルフラーとかいう人物の言葉。

6 同右二〇九ページ、昭和十八年十二月二日の項。

7 清沢洌「暗黒日記」一五〇—一五一ページ、昭和十九年三月十日の項。

8 伊藤「太平洋戦争日記」第二巻三一ページ。

9 同右六五ページ、昭和十八年八月三十日の項。

10 同右四一ページ。

11 同右一七二ページ、昭和十八年十一月十日の項。

12 伊藤「太平洋戦争日記」第三巻六五ページ。

13 「アララギ」昭和十九年十二月号一六ページ。

14 石川淳「文学大概」（昭和十七年刊、小学館版）一三九ページ。石川はまた、トーマス・マンがドイツを離れた後もなおナチの悪口を言っていない（と伝えられている）ことに称賛を表明している。しかし、これは間違いだった。アメリカが参戦する前、コロンビア大学の学生だったわたしは、ニューヨークのタウンホールでトーマス・マンの講演を聴いたことがある。ドイツなまりで聴き取りにくかったが、はっきりナチは憎いと言っていた。

15 清沢「暗黒日記」一一九ページ。

16 伊藤「太平洋戦争日記」第三巻六一ページ。

17 伊藤整の次男伊藤礼による連載記事「父・伊藤整の日記を読む」（「新潮45」平成九年二月号〜平成十年三月号）は、父親の日記について、もっぱらそこに登場する父として、また友人としての伊藤整という観点から書いている。伊藤礼は、父伊藤整が大和民族の使命に対して心を奪われるほどの関心を示したことについては触れていない。

18 伊藤「太平洋戦争日記」第二巻八八、一二九、一九六、三〇四ページ。

19 同右一四ページ、昭和十八年七月八日の項。

20 同右一一九ページ、昭和十八年十一月二十日の項。内閣情報局次長の奥村喜和男は、昭和十七年五月二十六日の「日本文学報国会」の創立総会で政府側を代表して述べた挨拶で、いかにして文学が戦争遂行に協力しなければならないかを説いている。奥村「尊皇攘夷の血戦」旺文社、三七四—三七九ページ参照。

21 伊藤「太平洋戦争日記」第二巻七一ページ、昭和十八年九月四日の項。

22 伊藤「太平洋戦争日記」第三巻五九ページ、昭和十九年七月十四日の項。

23 同右一九九ページ、昭和十九年十二月十七日の項、また、第一章三四ページも参照。

24 同右一二七ページ、昭和十九年十月十二日の項。

25 伊藤「太平洋戦争日記」第二巻一六九ページ、昭和十八年十一月九日の項。

26 同右二〇二ページ。

27 同右三〇六ページ、昭和十九年三月十一日の項。

28 伊藤「太平洋戦争日記」第三巻一三六ページ、昭和十九年十月十八日の項。

29 彼は事実、日本の巡洋艦攻撃で勇敢に死んだ。しかし、一般に信じられているように名誉勲章は受けなかった。

30 伊藤「太平洋戦争日記」第三巻一四〇ページ、昭和十九年十月二十二日の項。

31 同右一四三—一四四ページ。

32 日本陸軍と海軍の両方に、アメリカの軍艦に自殺攻撃を行う飛行隊があった。陸軍は「特別攻撃隊」、海軍は「神風特別攻撃隊」として知られた。

33 横光利一「特攻隊」(「定本横光利一全集」第十四巻、河出書房新社、二九三ページ)。初出は、「文藝」昭和二十年三月号。

34 伊藤「太平洋戦争日記」第三巻二三〇—二三一ページ。

35 同右二四六ページ。

36 文報情報局文藝課長井上司朗によれば、交代の理由は武者小路の病気ではなく、代表団の団長にどうしても指名されたかった長与からの強い圧力によるものだった。情報局としては、長与では武者小路ほどの知名度がないので反対したが、最終的に譲歩した。戦後になって長与は、文報情報局に井上という「ファッショの課長がいて、私がいやだいやだというのに、無理に南京の大東亜文学者大会に団長としてゆかせた」と人にも言い、雑誌にも書いた。井上司朗「証言・戦時文壇史」八二―八七ページ参照。

37　「高見順日記」第二巻ノ下八五三ページ。

38　同右八五四―八五五ページ。

39　高見が、この経験を幾分フィクションめかして書いた小説については、ドナルド・キーン「日本文学の歴史」第十三巻「近代・現代篇4」中央公論社、三四二―三四四ページ参照。原文は、「高見順全集」第三巻、勁草書房、四七六ページ。

40　山田風太郎は歌舞伎座で名優羽左衛門の特別公演を見たが、劇場は「大いなる観客席に、見物半ばにも満たず」とある。山田風太郎「戦中派不戦日記」三一ページ、昭和二十年一月十一日の項。一週間後、映画館に行った時には「数うるに見物わずか十五人」とある。同右四四ページ、一月十八日の項。

41　「高見順日記」第三巻二〇ページ。

42　同右一九ページ。

43　同右三九七ページ、昭和二十年四月二十四日の項。大佛次郎(「大佛次郎 敗戦日記」草思社、一七四ページ)も、この噂を伝えている。ただし大佛によれば、らっきょうと一緒に食べるのは赤飯でなければならなかった。「幕末か明治初年の話としか考えられぬ」と、大佛は述べている。

44　「高見順日記」第三巻一七六―一七八ページ、昭和二十年二月二十七日の項。

45　「高見順日記」第四巻三〇三―三〇四ページ、昭和二十年七月二十七日の項。

第四章　暗い新年

1　「永井荷風日記」第六巻二六二ページ。

2 英語に訳せば"Eccentricity House"(奇人の館)とでもなる偏奇館は、いかにも荷風の家にふさわしい名前である。しかし、エドワード・サイデンステッカーが *Kafu the Scribbler*(九九ページ)で指摘しているように、これはペンキを塗らない日本家屋とは対照的な「ペンキ館」の意味も含んでいるかもしれない。荷風は、今でも東京の瀟洒な住宅地として知られる麻布に大正九年(一九二〇)、この家を建てた。荷風は、この家に二十五年間住んだことになるが、日記に荷風自身が足掛け二十六年の意味で「二十六年住馴れし偏奇館の焼け落るさまを……」と書いているので、本文の表記はそれに従った。

3 「永井荷風日記」第七巻一九ページ。

4 同右二二一—二二二ページ。

5 荷風が戦後になって、新しい状況に合わせて日記に修正を加えたとはよく指摘されることである。しかし、サイデンステッカー(*Kafu the Scribbler* 三四七—三四八ページ)は、日記の断片的な写しが幾つかあるからと言って、「いったん草稿に書かれたものは著しく変更されていないことが明らかで、それほど大幅な追加は加えられていない」と書いている。サイデンステッカーによれば、種々のテキストがあることは、なにも日記を書き換えた際の荷風の誠実を疑う理由にはならない。

6 山田風太郎「戦中派不戦日記」一〇二ページ。

7 同右一〇八ページ。

8 同右二〇四ページ。

9 鈴木は、すでに昭和十九年九月、駐日スウェーデン公使ウィダー・バッゲを訪問している。おそらく国王をも巻き込んだスウェーデンの仲介によって、戦争を終結させようとした。最終的に不成功に終わった交渉は、昭和二十年春まで続いた。

10 山田「戦中派不戦日記」五七—五九ページ。

11 同右一九八ページ。

12 同右一九九ページ。

13 同右二〇二―二〇三ページ。
14 同右二〇七ページ。
15 同右二七八ページ。
16 同右二七九ページ。
17 同右二二六ページ。
18 同右二二七―二二八ページ。
19 内田百閒「東京焼盡」一〇四―一〇五ページ。
20 同右一五八ページ。
21 同右一七一ページ。
22 同右一四九―一五〇ページ参照。百閒は長い間にわたって、文報が大政翼賛会の傘下にあることを疑問に思っていた。文報は、今や内閣情報局によって運営されていた(同一七五ページ)。
23 同右一七四ページ。
24 「渡辺一夫 敗戦日記」八―九ページ。"Mater dolorosa"（悲しみの聖母）は十字架の下でキリストの遺体を抱くマリアのこと。
25 同右一一ページ。
26 同右一二―一四ページ。
27 児童文学者で、特に北欧文学の専門家。
28 「渡辺一夫 敗戦日記」一五ページ。
29 戦時中のスローガンの一つで、日本の世界支配を示唆している。
30 「渡辺一夫 敗戦日記」一五―一六ページ。
31 同右一八―一九ページ。
32 同右二〇ページ。サイパン、硫黄島での出来事は同右二一ページ欄外の註に一部説明されている。陸海軍報道部長は「重傷にして起つ能はざる約三千名の傷兵は魂魄戦友と共に突入を誓つて自決……」と語っている。

33 同右二三ページ。日本語訳ではゲッベルスの名前の後に(?)のマークがついているが、同書に写真版で収録されている日記原文のフランス語に渡辺が"Goeppels (?)"と書いたのは、単に綴りに自信がなかったからである(実際の綴りはGoebbels)。同じマークをつけておくと、何か別の意味があるように読まれてしまうので引用文からは省いた。

34 同右二九ページ。

35 同右三〇ページ。

36 同右三二ページ。

37 同右三九ページ。

38 同右三九―四〇ページ。

39 同右四一ページ。

40 伊藤整「太平洋戦争日記」第三巻二七〇ページ。

41 同右二七七ページ。

第五章　前夜

1 「高見順日記」第三巻二四九―二五〇ページ。

2 同右二六八ページ。

3 「ととやの茶碗」は朝鮮の茶碗で、茶の湯の名器とされている。

4 「高見順日記」第四巻四―六、一一ページ。

5 同右三六―三七ページ。

6 山田風太郎「戦中派不戦日記」一九三ページ。

7 「高見順日記」第四巻三九ページ。
8 「高見順日記」第三巻二八六ページ。
9 山田「戦中派不戦日記」八三ページ。
10 同右一七四ページ。
11 「高見順日記」第四巻四五—四六ページ。
12 徳富の論説は、「高見順日記」第四巻五五—五九ページに全文が載っている。
13 同右五三ページ。
14 橋本哲男編「海野十三敗戦日記」一〇二ページ。
15 伊藤整「太平洋戦争日記」第三巻三一八—三二一ページ。
16 山田「戦中派不戦日記」一五七ページ。
17 大佛次郎「大佛次郎敗戦日記」二一七ページ。
18 同右二二八—二三二ページ。「マリヤナ時報」は、アメリカ軍が作っていた日本語新聞の中の一つで、宣伝活動のため使われた。
19 山田「戦中派不戦日記」二八二ページ。
20 米軍マニラ司令部「落下傘ニュース」新風書房復刻版、六ページ。
21 同右八ページ。戦後の調査では、そのように発表された。調査の回答者が事実に即した回答をしているかどうかはわからない。松浦総三「戦時下の言論統制」(六六ページ)によれば、宣伝ビラを信じた者の多くは、空襲を受けた都市の居住者だった。
22 山田「戦中派不戦日記」二八九—二九〇ページ。
23 「高見順日記」第三巻二四〇ページ。
24 「永井荷風日記」第七巻三〇ページ。
25 同右三一—三二ページ。

26 同右五五ページ。
27 同右五五―五六ページ。
28 谷崎は、勝山で荷風に会ったことに触れた日記の記述の中で、荷風が岡山に帰ることになった仔細について、いささか異なった事情を記している。当時、岡山では三日に一度の割合で食料の配給があったが、勝山は条件が甚だ悪かった。「予は率直に、部屋と燃料とは確かにお引受けすべけれども食料の点責任を負ひ難き旨を答ふ」と、谷崎は書いている。谷崎潤一郎「疎開日記」(「谷崎潤一郎全集」第十六巻、中央公論社、三九〇ページ)。
29 「永井荷風日記」第七巻六〇―六一ページ。
30 山田「戦中派不戦日記」三八五ページ。
31 伊藤「太平洋戦争日記」第三巻三三五ページ。
32 大佛「大佛次郎 敗戦日記」三〇五ページ。
33 橋本編「海野十三敗戦日記」一一八―一一九ページ。

第六章 「玉音」

1 清沢洌「暗黒日記」三〇八ページ参照。すでに昭和二十年三月三十日の段階で、同盟通信の記者から、海軍と陸軍の航空隊は英国かソ連を通しての和平工作に賛成だが、他の陸軍は絶対にこれを不可として抗戦説である、と清沢は聞いている。
2 「新装版 伊丹万作全集」第Ⅱ巻、筑摩書房、三三五―三三六ページ。
3 この中立条約の条件によると、どちらかの国が条約を破棄通告してから後一年間は有効だった。従って、たとえソ連が否定しても昭和二十一年(一九四六)四月まで中立条約は法的に有効だった。
4 「高見順日記」第四巻三七〇―三七一ページ。

5 同右三七七ページ。
6 同右三七八—三七九ページ。
7 同右三七九ページ。
8 同右三七九—三八〇ページ。
9 同右三九六ページ。
10 同右四一二ページ。「天皇」という言葉は、高見の日記には出てこない。代わりに、まるで検閲された言葉のように〇〇と書かれている。明らかに、まだ高見は自分の日記が警察に読まれるかもしれないことを恐れていた。
11 同右四一三ページ。
12 同右四一五—四一六ページ。
13 Ikuhiko Hata, *Hirohito*（訳者注・秦郁彦「裕仁天皇五つの決断」〈講談社〉の英訳本）七三ページ参照。
14 八月十五日の天皇の放送に先立つ最後の数日間の詳細については、大宅壮一編「日本のいちばん長い日」文藝春秋新社参照。
15 山田風太郎「戦中派不戦日記」四〇七—四〇九ページ。
16 徳川夢声「夢声戦争日記　抄」二七二—二七五ページ。
17 小田部雄次「梨本宮伊都子妃の日記」小学館、三〇九—三一〇ページ。伊都子の娘方子《まさこ》は、最後の韓国皇太子李垠《イウン》と結婚した。
18 平林たい子「終戦日記」(「平林たい子全集」第十二巻、潮出版社、一三二—一三三ページ)。
19 山田「戦中派不戦日記」四二三ページ。
20 同右四二七ページ。
21 同右四二九ページ。
22 同右四三一ページ。

23　同右四三三ページ。
24　大佛次郎「大佛次郎 敗戦日記」三〇九―三一〇ページ。戦後のもっと深刻なクーデター計画については、Hata, *Hirohito* 八八―一五九ページに記載されている *Schemes for Survival of the Imperial Line* に詳しい。
25　平林「終戦日記」一三三ページ。
26　大佛「大佛次郎 敗戦日記」三三二ページ。
27　同右三一三ページ。
28　「高見順日記」第五巻一五ページ。
29　同右一六ページ。
30　同右五六―五七ページ。

第七章　その後の日々

1　山田風太郎「戦中派不戦日記」四三一―四三二ページ。
2　同右四七四ページ。
3　同右四三〇―四三一ページ。
4　同右四三二ページ。高見が日記に貼った毎日新聞の記事は、宮城前で自刃した人々の名前を列挙している。自刃することで天皇に対する不忠を詫び、護国の神となることを望んだのだった。ほかにも愛宕山、明治神宮近辺で自刃している。
5　橋本哲男編「海野十三敗戦日記」一二三ページ。
6　同右一二六ページ。「大義」は天皇崇拝と禅の臨済宗黄竜派の教えを結合したもので、杉本五郎（一九〇〇―三七）が四人の息子に宛てた一連の手紙が原型となっている。軍人、特に若い士官の間で非常に人気があり、百三十万部以上が売れた。
7　同右一四五ページ。

8　「高見順日記」第五巻一一四ページ。
9　山田「戦中派不戦日記」四八七―四八八ページ。
10　「高見順日記」第五巻二四四ページ。
11　山田「戦中派不戦日記」四三二ページ。
12　「高見順日記」第五巻一七ページ。
13　山田「戦中派不戦日記」四三二―四三三ページ。東京には、まだアメリカ兵はいなかった。
14　同右四三四ページ。横浜に、アメリカ軍の部隊はいなかった。
15　「高見順日記」第五巻一一四ページ。
16　同右五三ページ。
17　山田「戦中派不戦日記」四五七ページ。
18　同右四五七―四五八ページ。
19　同右五〇〇ページ。
20　同右四八五ページ。
21　同右四八一ページ。戦艦ミズーリが式典の場に選ばれたのは、トルーマン大統領の生まれた州がミズーリだったからである。これを山田が知ったら、さらに皮肉なことを言ったかもしれない。
22　「高見順日記」第五巻一九ページ。
23　東久邇宮は八月十七日、鈴木貫太郎首相の後継として指名された。皇族の一人で、昭和天皇の叔父にあたる。大佛次郎(「敗戦日記」三三四―三三五ページ)は、自分も出席した九月十八日の連合軍記者団による東久邇宮の記者会見の模様を伝えている。記者団の質問は「かなり米国流で乱暴なり」と、大佛は書いている。東久邇宮内閣は十月五日に総辞職し、東久邇宮は首相として史上最も任期が短かった。東久邇宮は政治的自由、民事の自由、宗教の自由に関する制限の撤廃を求めたＧＨＱの要求を受け入れることが出来なかった。総辞職に至る簡潔な経緯については、五百旗頭真《いおきべまこと》「占領期　首相たちの新日本」講談社学術文庫、一一九―一二一ページ参照。マッカーサー元帥と天皇があくまで対等の立場で会見したという情報を、わざとニューヨーク・タイムスに流した内務省の作為的な行為が、めぐりめぐって結果的に総辞職に繋がった。

24 山田「戦中派不戦日記」四四二ページ。
25 「高見順日記」第五巻四九ページ。
26 同右五二ページ。
27 同右五五―五六ページ。
28 同右五九―六〇ページ。
29 同右六〇―六一ページ。
30 同右一一六ページ。
31 同右一二四ページ。
32 大佛次郎「大佛次郎 敗戦日記」三三一ページ。
33 「高見順日記」第五巻一二一ページ。高見は同時に、友人で小説家の今日出海の話として、接客婦千名を募ったところ四千名の応募者があったことを書いている。これは、新聞広告とはまた別の団体の話と思われる。
34 同右一二二ページ。
35 同右一九八ページ。
36 同右一九八ページ。
37 同右一六二ページ。
38 同右二六一ページ。
39 同右三〇八―三〇九ページ。
40 同右三三六―三三八ページ。

41　同右三四三ページ。
42　同右三四六ページ。

第八章　文学の復活

1　マッカーサー司令部が昭和二十年九月から二十四年九月までに課した検閲に関する英文の解説は、John W. Dower, *Embracing Defeat* 四〇六―四四〇ページ参照。ダウワーは四四一ページで、検閲当局が行使した「削除と発禁の範囲」を示している。
2　フィリピンで殺された里村欣三(一九〇二―四五)は例外と言っていいかもしれない。あえて日本軍の状況が絶望的だったフィリピンに行く決意をしたこと自体、一種の自殺だった。
3　「高見順日記」第五巻三二一―三三ページ。
4　同右一八―一九ページ。
5　これは、高見がその場の議論を要約した一節である(同右二五ページ)。高見は、自分と川端康成は議論の間ずっと黙っていた、と書いている(同右二七ページ)。
6　同右二七ページ。
7　「永井荷風日記」第七巻八〇ページ。
8　同右七二ページ。
9　同右六九―七〇ページ。
10　同右七四ページ。
11　同右八一ページ。
12　後の号では、随筆や小説の占める割合が遥かに増えた。
13　青野季吉「戦争雑感」(「新生」創刊号二六ページ)。
14　昭和二十年十月一日「毎日新聞」。この号は、表と裏一枚で構成されている。石川の記事は、裏ページの約三分の一程度を占めている。

15 「サロメ」のアメリカ初演は、メトロポリタン歌劇場で一九〇七年一月二十二日。しかし二度目の上演は、一九三四年までなかった。J・P・モーガンを始めとする有力なオペラ後援者が(婦人に見せるものとして不適切な)どぎついテーマに反対したため、一九〇七年の上演スケジュールはキャンセルされた。当時ニューヨークにいた荷風は、よくオペラを観劇した。

16 永井荷風「亜米利加の思出」(「新生」第一巻第二号二八ページ)。ゴーリキーは愛人とアメリカを旅行していた。このことがアメリカ人にショックを与え、ゴーリキーはアメリカ社会から締め出された。ゴーリキーはアメリカについて辛辣な攻撃文を書き、アメリカを去った。

17 これは、新作ではなかった。「中央公論」は昭和十七年十二月、この作品の発表を中止した。荷風は、この原稿を(日記と一緒に)持ち出したため焼失を免れた。Jay Rubin, *Injurious to Public Morals* 二七三ページ参照。

18 内田百閒「百鬼園戦後日記」ちくま文庫、一七二ページ。

19 荷風は文芸誌「文明」を編集、大正五年から七年の間に二十四号を出した。

20 「永井荷風日記」第七巻九七ページ。

21 同右一一二ページ。アメリカ人憲兵が、その場にいた人々に機関銃を乱射したとは信じ難い。

22 同右一二一ページ。

23 同右一九五ページ。

24 「高見順日記」第五巻二六八ページ。

25 同右二七三―二七四ページ。

26 同右二八五ページ。

27 同右三〇八ページ。

28 同右三六三ページ。

29 同右三四一―三四二ページ。この「問題」の原因が何かは明らかではない。おそらく、高見の出生と関係がある。福井県の小さな町に住んでいた高見の母親は、その町を訪ねた知事の一夜の伽を命じられた。子供(高見)は、この一夜から授かった。高見は青春期を通して、自分が私生児であることに悩んだ。転向した時、高見は自分の左翼的な活動を私生児であるせいにしている。

30 同右三六六、三七一ページ。

31 同右三五八ページ。

32 注釈29を参照。

33 「高見順全集」第三巻三二ページ。この一節は、「わが胸の底のここには」に出てくる。

34 この作品の発表の経緯は、まったく複雑である。高見は当初、『或る魂の告白』という二部構成の小説を発表する計画だったようである。「わが胸の底のここには」と呼ばれる第一部は、かろうじて完成した。第二部「風吹けば風吹くがまま」は未完に終わった。二部構成の各章は、いろいろな雑誌に別々に発表された。その全貌は、高見順全集第三巻に収録されている。

35 「高見順日記」第五巻三七一―三七二ページ。

36 同右三七三―三七四ページ。

37 同右三七九ページ。

第九章　戦争の拒絶

1 「高見順日記」第六巻一九ページ。

2 同右九ページ。

3 同右六三ページ。

4 山田風太郎「戦中派不戦日記」五〇八―五〇九ページ。

5 同右五一二ページ。この出来事は、日記の昭和二十年九月二十日の項に出てくる。しかし、わたしはこの事実を他の資料で確認出来なかった。

6 同右五三一ページ。

7 日本が永遠に栄えるというお告げ、すなわち「神勅」は天照大神が自分の孫を天界から下界に遣わすときに申し渡したもの。

8 山田「戦中派不戦日記」五一三—五一五ページ。

9 同右五四〇—五四一ページ。

10 同日の毎日新聞東京版に掲載されている石川の記事は違った題名(「日本再建の為に」)で、文中には「マッカーサー将軍よ一日も長く日本に君臨せられんことを請う」といった嘆願はない。たぶん山田は、連合軍の占領が必要なだけ続いてほしいという石川の嘆願を、マッカーサー元帥が同じだけの期間滞在するという意味に解釈したのだろう。あるいは、当時の山田が毎日新聞大阪版か名古屋版の方を東京版より簡単に手に入れられる地域に住んでいたということを考えると、どちらかの版が石川の同じ記事の別稿を掲載していたのかもしれない(わたしは、二つの版を東京版と照合することが出来なかった)。山田が、記事を捏造したとは考えられない。

11 山田「戦中派不戦日記」五四二ページ。

12 吉本隆明「高村光太郎 増補決定版」春秋社、一四三—一四四ページ。

13 同右一四五ページ。

14 同右一四七ページ。

15 山田「戦中派不戦日記」五四三ページ。

16 問題の短篇は「A夫人の手紙」。ドナルド・キーン「日本文学の歴史」第十五巻「近代・現代篇6」二〇ページ参照。一九四九年九月の検閲当局の指針変更と、検閲の終了については、John W. Dower, *Embracing Defeat* 四三二—四三三ページ参照。

17 映画「日本の悲劇」に関する話の出典は、Kyoko Hirano, *Mr. Smith goes to Tokyo* (訳者注・一九九八年、

著者の平野共余子本人の翻訳による日本語版として「天皇と接吻　アメリカ占領下の日本映画検閲」〈草思社〉を刊行）一一四—一四五ページ。

18 谷崎訳「源氏物語」の検閲については、Jay Rubin, *Injurious to Public Morals* 二五八—二六〇ページ参照。

19 一方で、軍国主義者によって長いこと上演を禁じられていた幾つかの演目が解禁された。「弁天小僧」が昭和二十年十月、第一劇場で上演された（「演劇界」第三巻一号四六ページ、「終戦直後劇界茶談」参照）。百姓一揆を是認する立場から描いた「佐倉宗吾」が、十一月に何年かぶりで上演された。また能の世界では、皇室に対する不敬呼ばわりをされて上演出来ないでいた「蟬丸」が上演出来るようになった。

20 「古川ロッパ昭和日記〈戦後篇〉」晶文社、五一ページ。

21 同右一六—一七ページ。

22 戦時中の映画に対する日本の検閲当局の取締りについては、Tadao Sato, *Currents in Japanese Cinema* 一〇一ページ参照。すべてのシナリオの事前検閲が行われたほか、国家の意向に反する私的な幸福を称えるようなテーマは禁じられた。

23 「古川ロッパ昭和日記〈戦後篇〉」五〇ページ。

24 同右八一ページ。

25 同右九五—九六ページ。

26 同右八七ページ。

27 同右一七七ページ。

28 萬澤遼「歪曲された現状——書籍出版の展望」（「占領期書誌文献」第一巻、「読書倶楽部」創刊号八ページ）。

29 「古川ロッパ昭和日記〈戦後篇〉」四〇ページ。

第十章　占領下で

1 「高見順日記」第六巻九四—九五ページ、昭和二十年十一月三日の項。
2 同右二〇〇ページ。
3 同右二四五ページ。
4 同右二〇八ページ。
5 この映画に関する簡潔な説明は、*Kyoko Hirano, Mr. Smith goes to Tokyo* 一五五ページ参照。
6 「高見順日記」第六巻二三—二四ページ。
7 第五章参照。
8 「高見順日記」第六巻二四—二六ページ。
9 同右二七—二八ページ。
10 同右一六一—一六二ページ。
11 同右三九九—四〇〇ページ。
12 山田風太郎「戦中派焼け跡日記」小学館、二四三—二四四ページ。
13 同右八三ページ。
14 同右七三ページ。
15 同右一四七ページ。
16 同右二八五ページ。
17 同右二九一ページ。
18 同右三一八ページ。
19 同右三三七ページ。
20 同右三六四ページ。三七八ページにも、日本が再起して米国とソ連に復讐するという山田の信念が繰り返し出て来る。

21　同右一四六ページ。
22　同右六五ページ。
23　同右六五―七六ページ。
24　同右七六ページ。
25　同右一〇三―一〇四ページ。
26　同右二七二ページ。山田は、バルザックとゾラを合体させたような作品を計画していた。
27　同右三八五ページ。
28　同右。
29　平成五年から八年にかけて発表されたエッセイをまとめた「あと千回の晩飯」（朝日新聞社、二二〇―二二二ページ）では、たとえば戦時中の台湾沖航空戦の虚偽の勝利を伝える新聞記事の報道に示されたような日本人の性格に、山田は手厳しい評価を下している。おそらく日本に批判的になるにつれて、復讐の念は薄れていったのではないかと思われる。
30　この時期、やはり自由の問題が昭和二十五年に朝日新聞に連載された有名な獅子文六の人気小説「自由学校」で取り上げられている。

参考文献

青野季吉「戦争雑感」（「新生」創刊号）一九四五年
「青野季吉日記」河出書房新社、一九六四年
荒正人「第二の青春・負け犬」冨山房百科文庫、一九七八年
五百旗頭真「占領期　首相たちの新日本」講談社学術文庫、二〇〇七年
石川淳「文学大概」小学館、一九四二年
石川達三「日本再建の為に」（「毎日新聞」東京版一九四五年十月一日付）
「伊丹万作全集」（新装版）第Ⅱ巻、筑摩書房、一九七三年
「伊藤整全集」全二十四巻、新潮社、一九七二―七四年
伊藤整「太平洋戦争日記」全三巻、新潮社、一九八三年
伊藤礼「父・伊藤整の日記を読む」（「新潮45」一九九七年二月号～一九九八年三月号）
井上司朗「証言・戦時文壇史」人間の科学社、一九八四年
内田百閒「東京焼盡」中公文庫、一九七八年
内田百閒「百鬼園戦後日記」ちくま文庫、二〇〇四年
永六輔「八月十五日」社会思想社、一九六五年
NETテレビ社会教養部編「八月十五日と私―終戦と女性の記録」（現代教養文庫）社会思想社、一九六五年
海老井英次「抵抗としての沈黙」（「講座　昭和文学史」第三巻）有精堂、一九八八年
大木惇夫「神々のあけぼの」時代社、一九四四年
大久保房男「終戦後文壇見聞記」紅書房、二〇〇六年
大宅壮一編「日本のいちばん長い日」文藝春秋新社、一九六五年

岡本卓治「文学者と〈大東亜共栄圏〉」(「講座　昭和文学史」第三巻) 有精堂
奥村喜和男「尊皇攘夷の血戦」旺文社、一九四三年
尾崎秀樹「大東亜文学者大会について」(「文学」第二十九巻第五号) 一九六一年
大佛次郎「大佛次郎　敗戦日記」草思社、一九九五年
小田切進編「続・十二月八日の記録」(「文学」第三十巻第四号) 一九六二年
小田部雄次「梨本宮伊都子妃の日記」小学館、一九九一年
清沢洌「暗黒日記」岩波文庫、一九九〇年
串田孫一・二宮敬編「渡辺一夫　敗戦日記」博文館新社、一九九五年
斎藤茂吉「童馬山房夜話(二一八)」(「アララギ」昭和十九年十二月号)
櫻本富雄「日本文学報国会　大東亜戦争下の文学者たち」青木書店、一九九五年
佐々木基一「戦争期文学の女性像」(「文学」第二十九巻第十二号) 一九六一年
佐藤賢了「大東亜戦争回顧録」徳間書店、一九六六年
佐藤勝編「戦後文学」(「シンポジウム日本文学」十九) 学生社、一九七七年
清水晶「戦争と映画」社会思想社、一九九四年
「終戦直後劇界瑣談」(「演劇界」第三巻三号) 一九四五年
杉野要吉「ある批評家の肖像　平野謙の〈戦中・戦後〉」勉誠出版、二〇〇三年
杉村優「日記に見る太平洋戦争」文芸社、二〇〇五年
鈴木醇爾「文学者の八月十五日」(「講座　昭和文学史」第三巻) 有精堂
「戦争文学全集」全六巻・別巻一、毎日新聞社、一九七一―七二年
「占領期書誌文献」第一巻(「読書倶楽部」一九四六年七月―一九四七年十一月) 大空社、一九九五年
高崎隆治「『一億特攻』を煽った雑誌たち」第三文明社、一九八四年
高崎隆治「戦時下文学の周辺」風媒社、一九八一年

「高見順全集」第三巻、勁草書房、一九七〇年
「高見順日記」全八巻(全九冊)、勁草書房、一九六四―六六年
「高村光太郎全集」(全二十一巻・別巻一)筑摩書房、一九九四―九八年
谷崎潤一郎「疎開日記」(「谷崎潤一郎全集」第十六巻)中央公論社、一九八二年
玉木研二「ドキュメント 占領の秋1945」藤原書店、二〇〇五年
東京新聞社会部編「あの戦争を伝えたい」岩波書店、二〇〇六年
ドウス昌代「イサム・ノグチ――宿命の越境者」全二巻、講談社、二〇〇〇年
徳川夢声「夢声戦争日記 抄」中公文庫、二〇〇一年
「徳富蘇峰 終戦後日記」全四巻、講談社、二〇〇六―〇七年
ドナルド・キーン「日本文学の歴史」第十三巻「近代・現代篇4」徳岡孝夫訳、第十五巻「近代・現代篇6」徳岡孝夫/角地幸男訳、中央公論社、一九九六年
永井荷風「亜米利加の思出」(「新生」第一巻第二号)一九四五年
「永井荷風日記」全七巻、東都書房、一九五八―五九年
中井英夫「彼方より」深夜叢書社、一九七一年
中島健蔵「回想の戦後文学」平凡社、一九七九年
蜷川譲「敗戦直後の祝祭日―回想の松尾隆」藤原書店、一九九八年
野口米次郎「八紘頌一百篇」冨山房、一九四四年
野坂昭如『「終戦日記」を読む』NHK出版、二〇〇五年
野呂邦暢「戦争文学試論」芙蓉書房出版、二〇〇二年
橋本哲男編「海野十三敗戦日記」中公文庫、二〇〇五年
秦郁彦「裕仁天皇五つの決断」講談社、一九八四年
平野共余子「天皇と接吻 アメリカ占領下の日本映画検閲」草思社、一九九八年

『平野謙全集』第十三巻、新潮社、一九七五年
平林たい子「終戦日記」(『平林たい子全集』第十二巻)潮出版社、一九七九年
深田祐介『黎明の世紀　大東亜会議とその主役たち』文藝春秋、一九九一年
福島鑄郎『戦後雑誌発掘―焦土時代の精神』日本エディタースクール、一九七二年
舟知恵『ヌサンタラの夜明け―ハイリル・アンワルの全作品と生涯』彌生書房、一九八〇年
古川ロッパ『古川ロッパ昭和日記』全三巻・補巻一、晶文社、二〇〇七年
米軍マニラ司令部『落下傘ニュース』(復刻版)新風書房、二〇〇〇年
細川護貞『細川日記』全二巻、中公文庫、一九七九年
松浦総三『戦時下の言論統制』白川書院、一九七五年
松本健一『昭和天皇伝説―たった一人のたたかい』朝日文庫、二〇〇六年
萬澤遼「歪曲された現状―書籍出版の展望」(『読書倶楽部』創刊号)一九四六年
南博「流言飛語にあらわれた民衆の抵抗意識」(『文学』第三十巻第四号)一九六二年
三輪公忠『日本・一九四五年の視点』東京大学出版会、一九八六年
山田風太郎『あと千回の晩飯』朝日新聞社、一九九七年
山田風太郎『戦中派不戦日記』(新装版)講談社文庫、二〇〇二年
山田風太郎『戦中派焼け跡日記』小学館、二〇〇二年
山本武利編『占領期文化をひらく』早稲田大学出版部、二〇〇六年
横光利一「特攻隊」(『定本　横光利一全集』第十四巻)河出書房新社、一九八二年
吉田健一「編輯後記」(『批評』第四巻第一号、第十二号)一九四二年
吉本隆明『高村光太郎　増補決定版』春秋社、一九七〇年
米田利昭「一軍国主義者と短歌」(『文学』第二十九巻第五号)一九六一年
読売新聞戦争責任検証委員会『検証　戦争責任』全二巻、中央公論新社、二〇〇六年

Ba Maw. *Breakthrough in Burma.* New Haven: Yale University Press, 1968.

Bix, Herbert P. *Hirohito and the Making of Modern Japan.* Harper Collins, 2000.

Butow, Robert J.C. *Japan's Decision to Surrender.* Stanford, 1954.

Denoon, Donald, Mark Hudson, Gavan McCormack, and Tessa Morris-Suzuki. *Multicultural Japan.* Cambridge: Cambridge University Press, 1996.

Dower, John W. *Embracing Defeat.* New York: Norton, 1999.

Duus, Masayo. *The Life of Isamu Noguchi.* Princeton: Princeton University Press, 2004.

Earhart, David C. "Nagai Kafu's Wartime Diary: The Enormity of Nothing" in *Japan Quarterly,* v.41, 4, 1994.

Gerow, Aaron and Abé Mark Nornes, eds. *In Praise of Film Studies.* Victoria, B.C.: Trafford, 2001.

Gordin, Michael D. *Five Days in August.* Princeton: Princeton University Press, 2007.

Hasegawa, Tsuyoshi. *The End of the Pacific War.* Stanford: Stanford University Press, 2007.

Hasegawa, Tsuyoshi. *Racing the Enemy: Stalin, Truman, and the Surrender of Japan.* Cambridge: Belknap Press, 2005.

Hata, Ikuhiko. *Hirohito.* Folkestone: Global Oriental, 2007.

Hirano, Kyoko. *Japanese Filmmakers and the Responsibility for War: The Case of Itami Mansaku* in Mayo and Rimer,*War, Occupation and Creativity.*

Hirano, Kyoko. *Mr. Smith goes to Tokyo.* Washington: Smithsonian Institution, 1992.

Jose, Ricardo Trota. *World War II and the Japanese Occupation.* Quezon City: University of the Philippines, 2006.

Keene, Donald. *Dawn to the West,* 1. New York: Holt, 1984.

Keene, Donald. *Emperor of Japan.* New York: Columbia, 2002.

Keene, Donald. *Landscapes and Portraits.* Tokyo: Kodansha, 1971.

Kiyosawa, Kiyoshi. *A Diary of Darkness,* trans. by Eugene Soviak and Kamiyama Tamie. Princeton: Princeton University Press, 1999.

Kockum, Keiko. *Ito Sei: Self-Analysis and the Modern Japanese Novel.* Stockholm: Stockholm University, 1994.

Koppes, Clayton R. *Hollywood Goes to War.* Berkeley: University of California Press, 1990.

Laurel, José P. *José P. Laurel.* Manila: Lyceum of the Philippines, 1997.

Lebra, Joyce C. *Jungle Alliance: Japan and the National Army.* Singapore: Asia Pacific, 1971.

Mayo, Marlene J. and J. Thomas Rimer. *War, Occupation, and Creativity.* Honolulu: University of Hawaii Press, 2001.

Mayo, Marlene J. *To Be or Not to Be: Kabuki and Cultural Politics in Occupied Japan* in Mayo and Rimer, *War, Occupation and Creativity.*

Ohnuki-Tierney, Emiko. *Kamikaze, Cherry Blossoms, and Nationalisms.* Chicago: University of Chicago Press, 2002.

Ohnuki-Tierney, Emiko. *Kamikaze Diaries.* Chicago: University of Chicago Press, 2006.

Orbaugh, Sharalyn. *Japanese Fiction of the Allied Occupation.* Leiden: Brill, 2007.

Pacific War Research Society. *Japan's Longest Day.* Tokyo and Palo Alto: Kodansha International, 1968.

Rabson, Steve. *Righteous Cause or Tragic Folly.* Ann Arbor: Center for Japanese Studies, University of Michigan, 1998.

Raffel, Burton. *The Complete Poetry and Prose of Chairil Anwar.* Albany: State University of New York Press, 1970.

Rewald, John. *Paul Cézanne: Correspondance.* Paris: Grasset, 1937.

Richie, Donald. *Japanese Cinema.* Anchor Books, 1971.

Rosenfield, David M. *Unhappy Soldier.* Lanham（MD）: Lexington Books, 2002.

Rubin, Jay. *Injurious to Public Morals.* Seattle: University of Washington Press, 1984.

Sato, Tadao. *Currents in Japanese Cinema,* trans. by Gregory Barrett. Tokyo: Kodansha International, 1982.
Seidensticker, Edward. *Kafu the Scribbler.* Stanford: Stanford University Press, 1965.

人名索引

ドナルド・キーン（Donald Keene）
1922年ニューヨーク生まれ。日本文学研究者。『源氏物語』に感動して以来、日本文学研究を志し、戦後はコロンビア大学大学院などを経て1953年に京都大学大学院に留学。帰国後、コロンビア大学で日本文学を教えながら、川端康成、谷崎潤一郎、三島由紀夫などの作家と交流を深める。1962年に菊池寛賞、また『百代の過客』で読売文学賞、日本文学大賞（1985年）を受賞。2002年に文化功労者、2008年に文化勲章を受章。2011年の東日本大震災後、日本永住・日本国籍取得を表明。漢字表記は鬼怒鳴門。『日本文学の歴史』18巻のほか、『徒然草』などの古典から三島由紀夫などの20世紀の作家まで英訳書も多数。2019年2月逝去。

角地幸男（かくち　ゆきお）
1948年東京都生まれ。早稲田大学卒業。ジャパンタイムズ編集局勤務を経て、現在、城西短期大学教授。ドナルド・キーン氏の著作の翻訳を手掛けており、『明治天皇』で毎日出版文化賞受賞。

文春学藝ライブラリー
歴37
日本人《にほんじん》の戦争《せんそう》　作家《さっか》の日記《にっき》を読《よ》む

2020年（令和2年）2月10日　第1刷発行

著　者　　ドナルド・キーン
訳　者　　角　地　幸　男
発行者　　花　田　朋　子
発行所　株式会社　文　藝　春　秋
〒102-8008　東京都千代田区紀尾井町3-23
電話（03）3265-1211（代表）

定価はカバーに表示してあります。
落丁、乱丁本は小社製作部宛にお送りください。送料小社負担でお取替え致します。

印刷・製本　光邦
Printed in Japan
ISBN978-4-16-813085-4

（　）内は解説者。品切の節はご容赦下さい。

内藤湖南
支那論
博識の漢学者にして、優れたジャーナリストであった内藤湖南。辛亥革命以後の混迷に中国の本質を見抜き、当時、大ベストセラーとなった近代日本最高の中国論。（與那覇　潤）
歴-2-1

磯田道史
近世大名家臣団の社会構造
江戸時代の武士は一枚岩ではない。厖大な史料を分析し、身分内格差、結婚、養子縁組、相続など、藩に仕える武士の実像に迫る。磯田史学の精髄にして、『武士の家計簿』の姉妹篇。
歴-2-2

野田宣雄
ヒトラーの時代
ヒトラー独裁の確立とナチス・ドイツの急速な擡頭、それが国際政治にひきおこしてゆく波紋、そして大戦勃発から終結まで――二十世紀を揺るがした戦争の複雑怪奇な経過を解きあかす。
歴-2-5

勝田龍夫
重臣たちの昭和史（上下）
元老・西園寺公望の側近だった原田熊雄。その女婿だった著者だけが知りえた貴重な証言等を基に、昭和史の奥の院を描き出す。木戸幸一の序文、里見弴の跋を附す。
歴-2-6

中西輝政
アメリカ外交の魂　帝国の理念と本能
初代ワシントンからオバマ大統領に至るまで、米外交は「孤立主義」と「理想主義」との間でなぜ揺れ動くのか。「国家としてのアメリカ」の根幹を解きあかす画期的アメリカ論。
歴-2-8

原　武史
完本　皇居前広場
明治時代にできた皇居前広場は天皇、左翼勢力、占領軍それぞれがせめぎあう政治の場所でもあった。定点観測で見えてくる日本の近代。空間政治学の鮮やかな達成。（御厨　貴）
歴-2-9

（　）内は解説者。品切の節はご容赦下さい。

橋川文三
西郷隆盛紀行
西郷が日本人を惹きつけるのはなぜか？　明治維新の「最大の立役者」にして、明治政府に背いた「逆賊」。近代日本の矛盾を一身に体現した西郷隆盛という謎に迫る。（中野剛志）
歴-2-10

龍《りょう》　肅《すすむ》
鎌倉時代
謀反、密告、暗躍。頼朝も後醍醐天皇も無視できなかった優雅でしたたかな公家たちがいた。その要職「関東申次」の研究を含む11論文。日本中世史研究の金字塔。（本郷和人）
歴-2-11

玖村敏雄
吉田松陰
高杉晋作、久坂玄瑞、伊藤博文らを育てた「松下村塾の熱血教師」の激しすぎる生涯を辿る『吉田松陰全集』編纂者による名著復活。動乱の幕末に散った思想家の実像とは。（小島　毅）
歴-2-12

シャルル・ド・ゴール（小野　繁　訳）
剣の刃
「現代フランスの父」ド・ゴール。厭戦気分、防衛第一主義が蔓延する時代風潮に抗して、政治家や軍人に求められる資質、理想の組織像を果敢に説いた歴史的名著。（福田和也）
歴-2-13

山崎正和
対談　天皇日本史
この国の歴史は天皇の歴史でもある。古代・天智天皇から昭和天皇まで九人の帝と、天皇制の謎について、司馬遼太郎をはじめとする稀代の碩学と語り尽くす。知的好奇心に満ち溢れた対談集！
歴-2-14

小坂慶助
特高　二・二六事件秘史
首相官邸が叛乱軍により占拠！　小坂憲兵は女中部屋に逃げ込んだ岡田啓介首相を脱出させるべく機を狙った――緊迫の回想録。永田鉄山斬殺事件直後の秘話も付す。（佐藤　優）
歴-2-15

（ ）内は解説者。品切の節はご容赦下さい。

猪木正道
日本の運命を変えた七つの決断
加藤友三郎の賢明な決断、近衛文麿の日本の歩みを誤らせた決断。ワシントン体制下の国際協調政策から終戦までを政治学の巨人が問い直す！（特別寄稿　猪木武德・解説　奈良岡聰智）
歴-2-16

秦　郁彦
昭和史の軍人たち
山本五十六、辻政信、石原莞爾、東条英機に大西瀧治郎……陸海軍二十六人を通じて、昭和史を、そして日本人を考える古典的名著がついに復刊。巻末には「昭和将帥論」を附す。

歴-2-17

小林計一郎
真田幸村
『真田十勇士』でも人気のヒーロー真田幸村。しかし、その実像は謎に満ちている。幸村という名前すら確実な史料では確認されない。研究者にも信頼されている唯一の決定的評伝。（高橋圭一）
歴-2-18

水谷三公
イギリス王室とメディア
エドワード大衆王とその時代
「安楽死」を選んだジョージ五世と、「王冠を賭けた恋」を選んだエドワード八世。二十世紀初頭、大衆化したイギリス社会と王室は、どう対峙したのか？　歴史ドキュメントの白眉！
歴-2-19

入江隆則
敗者の戦後
俗にいう「勝者の裁き」だけが、戦後を作るのか？　ナポレオン戦争後のフランス、第一次世界大戦後のドイツ、大東亜戦争後の日本。三者を比較検証しながら「戦後の克服」を問う労作。

歴-2-20

江藤　淳
完本　南洲残影
明治維新の大立者・西郷隆盛は、なぜ滅亡必至の西南戦争に立ったのか？　その思想と最期をめぐる著者畢生の意欲作。単行本刊行後に著した「南洲随想」も収録した完全版。（本郷和人）
歴-2-25

（　）内は解説者。品切の節はご容赦下さい。

近代以前
江藤　淳

日本文学の特性とは何か？　藤原惺窩、林羅山、近松門左衛門、井原西鶴、上田秋成などの江戸文藝に沈潜し、外来の文藝・思想の波に洗われてきた日本の伝統の核心に迫る。（内田　樹）

思-1-1

保守とは何か
福田恆存（浜崎洋介　編）

「保守派はその態度によつて人を納得させるべきであつて、イデオロギーによつて承服させるべきではない」——オリジナル編集による最良の「福田恆存入門」。（浜崎洋介）

思-1-2

聖書の常識
山本七平

聖書学の最新の成果を踏まえつつ、聖書に関する日本人の誤解を正し、日本人には縁遠い旧約聖書も含めて、「聖書の世界」全体の見取り図を明快に示す入門書。（佐藤　優）

思-1-3

わが萬葉集
保田與重郎

萬葉集が息づく奈良県桜井で育った著者が歌に吹きこまれた魂の追体験へと誘い、萬葉集に詠みこまれた時代精神と土地の記憶を味わいながら、それが遺された幸せを記す。（片山杜秀）

思-1-4

「小さきもの」の思想
柳田国男（柄谷行人　編）

『遊動論　柳田国男と山人』（文春新書）で画期的な柳田論を展開した思想家が、そのエッセンスを一冊に凝縮。柳田が生涯探求した問題は何か？　各章に解題をそえた文庫オリジナル版。

思-1-5

ルネサンス　経験の条件
岡﨑乾二郎

サンタ・マリア大聖堂のクーポラを設計したブルネレスキ、ブランカッチ礼拝堂の壁画を描いたマサッチオの天才の分析を通して、芸術の可能性と使命を探求した記念碑的著作。（斎藤　環）

思-1-6

ロゴスとイデア
田中美知太郎

ギリシャ哲学の徹底的読解によって日本における西洋哲学研究の基礎を築いた著者が、「現実」「未来」「過去」「時間」といった根本概念の発生と変遷を辿った名著。（岡崎満義）

思-1-8

（　）内は解説者。品切の節はご容赦下さい。

西部　邁
大衆への反逆
気鋭の経済学者として頭角を現した著者は本書によって論壇に鮮烈なデビューを果たす。田中角栄からハイエクまでを縦横無尽に論じる社会批評家としての著者の真髄がここにある。
思-1-10

文藝春秋　編
常識の立場
「文藝春秋」傑作論選
俗論に流されず、貫き通した持論とは。小泉信三、田中美知太郎、福田恆存から塩野七生、石原慎太郎まで、戦後日本を代表する碩学十三人が「文藝春秋」誌上で一石を投じた「常識」の集大成！
思-1-11

福田恆存（浜崎洋介　編）
国家とは何か
「政治」と「文学」の峻別を説いた福田恆存は政治をどう論じたのか？　福田の国家論が明快にわかるオリジナル編集。「個人なき国家論」批判は今こそ読むに値する。（浜崎洋介）
思-1-12

江藤　淳
一九四六年憲法——その拘束
アメリカの影から逃れられない戦後日本。その哀しみと怒りをもとに、戦後憲法成立過程や日本の言説空間を覆う欺瞞を鋭く批判した20年にわたる論考の軌跡。（白井　聡）
思-1-13

岡　義武
独逸《ドイツ》デモクラシーの悲劇
当時、最も進歩的と言われたワイマール憲法の下で、なぜヒトラーによるナチス独裁が生まれたのか？　日本を代表する政治学者が、その過程を解き明かす。（三谷太一郎）
思-1-14

福田恆存（浜崎洋介　編）
人間とは何か
『保守とは何か』『国家とは何か』に続く「福田恆存入門・三部作」の完結編。単なるテクスト論ではなく、人間の手応えをもった文学者の原点を示すアンソロジー。（浜崎洋介）
思-1-15

本居宣長・津田左右吉　他（上野　誠　編）
日本の古代を読む
この国の成立の根幹をなす古代史の真髄とは？　本居宣長、津田左右吉、石母田正、和辻哲郎、亀井勝一郎など碩学の論考を、気鋭の万葉学者が編纂したオリジナル古代史論集。（上野　誠）
思-1-16

（　）内は解説者。品切の節はご容赦下さい。

文藝春秋 編
天才・菊池寛
逸話でつづる作家の素顔

小林秀雄、舟橋聖一、井伏鱒二など縁の深い作家や親族が織り上げる、「本邦初のプロデューサー」菊池寛の様々な素顔。生誕百二十五年を記念して「幻の書」が復刊！（坪内祐三）

雑-3-1

リチャード・ニクソン（徳岡孝夫 訳）
指導者とは

栄光と挫折を体現した米大統領だから洞察しえたリーダーの本質。チャーチル、マッカーサー、ドゴール、周恩来、フルシチョフに吉田茂……。20世紀の巨星の実像に迫る。（徳岡孝夫）

雑-3-3

岸　信介・矢次一夫・伊藤　隆
岸信介の回想

満州、戦争、巣鴨プリズン、六〇年安保――動乱の昭和史において常にその渦中にあった名宰相が、刎頸の友と近代史家を前に語った「わが人生」。巻末資料として巣鴨日記も収録。

雑-3-9

本田靖春
現代家系論

没後10年、ノンフィクション作家・本田靖春初の著書が復活！美空ひばり、湯川秀樹から徳川家・旧皇族まで代表的日本人の一族の姿に、孤高の作家が鮮やかに迫る。（後藤正治）

雑-3-11

山本七平・岸田　秀
日本人と「日本病」について

責任をとらない日本人の体質。その根っこには何があるのか。歴史学者と精神分析学者。二人の権威が、今も変わらぬ「日本病」について語った白熱対談。（福嶋亮大）

雑-3-12

日本文化会議 編
西欧の正義 日本の正義

国際化の進行は、異文化間の衝突を招く。古代ギリシアから二十世紀の東西冷戦時代まで、価値観、倫理規範、法意識などの観点から「正義」のあり方について検討する記念碑的討論！

雑-3-13

（　）内は解説者。品切の節はご容赦下さい。

皇太子の窓
E・G・ヴァイニング（小泉一郎　訳）

戦後まもなく、当時の皇太子の英語家庭教師となったヴァイニング夫人が、ともに過ごした日々を瑞々しく綴った回想録。敗戦後の日本の風景も浮かび上がる。（保阪正康）

雑-3-14

世渡りの道
新渡戸稲造

『武士道』の著者にして国際的教育者だった新渡戸稲造が書いたベストセラー。人生の意味とは何か、何のために働くのか。万人が抱く問いに時を越えて熱く答える。（寺島実郎）

雑-3-15

近世快人伝
頭山満から父杉山茂丸まで
夢野久作

頭山満、杉山茂丸、奈良原到といった玄洋社の猛者たちの破天荒な人生を描いた痛快な人物評伝。奇人、怪人、豪傑たちがユーモア溢れる筆致でいきいきと動き出す。（寺田英視）

雑-3-16

失われた兵士たち
戦争文学試論
野呂邦暢

七歳当時、諫早から長崎の爆心地を遠望し終戦を迎えた芥川賞作家。戦後続々と刊行された有名無名兵士の戦記を読み、戦争とは何かを問う、幻のノンフィクション。（大澤信亮）

雑-3-17

対談　戦争と文学と
大岡昇平

司馬遼太郎、阿川弘之、大西巨人、野間宏――。戦争を問い続け、書き続けた戦争文学の巨人・大岡昇平が、あの戦地を経験した九人の文学者と交わした白熱の議論。（高橋弘希）

雑-3-18

戦中派の死生観
吉田　満

死んだ仲間は何のために戦ったのか？　戦後日本は戦争と敗戦から何かを学びえたのか？　死を覚悟して生き残った戦中派が「日本人として生きる」ことの意味を問う。（若松英輔）

雑-3-19

（　）内は解説者。品切の節はご容赦下さい。

近代政治家評伝　山縣有朋から東條英機まで
阿部眞之助

明治から昭和まで第一線で活躍した名物新聞記者が、原敬、伊藤博文、大隈重信、犬養毅、大久保利通、桂太郎など、戦前の大物政治家十二人の生身の姿を容赦なく描く。（牧原　出）

雑-3-20

五衰の人　三島由紀夫私記
徳岡孝夫

一九七〇年十一月のあの日、市ヶ谷の自衛隊駐屯地で「檄」を託された著者だから見透すことのできた三島由紀夫の本質とは？　新潮学芸賞を受賞した、傑出した三島論。（寺田英視）

雑-3-21

小林秀雄の流儀
山本七平

小林秀雄があれほどの影響力をもったのはなぜか？　過去を語ることで未来を創出したからだ。「書きたいことだけ書いて生活した」超一流の生活者」の秘密に迫る。（小川榮太郎）

雑-3-22

職人衆昔ばなし
斎藤隆介

大工、左官、庭師、指物師、蒔絵師など、明治に生を享け、戦後まで活躍した名工27人。その貴重な証言は、未来のモノ造りへの示唆に富む。その豊穣たる「語り」をご堪能あれ！

雑-3-23

ゴシック美術形式論
ウィルヘルム・ヴォリンガー（中野　勇　訳）

大聖堂などヨーロッパ中世に花開いたゴシック美術は、どのように創造されたのか？　ドイツを代表する美術史家が、その内奥に秘められた情念に迫った歴史的名著。（石岡良治）

雑-3-24

戦後政治家論　吉田・石橋から岸・池田まで
阿部眞之助

岸信介、池田勇人、吉田茂、石橋湛山、緒方竹虎、鳩山一郎など15人の政治家を、NHK会長も歴任した大政治記者が、ユーモアと皮肉の利いた切れ味ある文体で描き切る。（橋本五郎）

雑-3-25

（　）内は解説者。品切の節はご容赦下さい。

山本夏彦
私の岩波物語
日本出版界の魁・岩波書店は、日本語のリズムの破壊者だった――講談社、中公等の版元から広告会社まで、日本の言論と出版の百年を、自ら主宰した雑誌「室内」の歴史に仮託して論ず。

雑-3-26

小川鼎三
鯨の話
ふとしたきっかけで鯨に魅せられた若き解剖学者が、飽くなき探求心で、本邦初の学問を体系化していく。戦後日本の医学界を代表する科学者が遺した「鯨学」の金字塔！（養老孟司）
雑-3-27

新保祐司
内村鑑三
近代日本の矛盾と葛藤を体現する男、内村鑑三。多くの知識人に多大な影響を与えた破格の人物の核心に迫り、近代日本を貫く精神を明らかにする。（附録・郡司勝義）
雑-3-28

和田利男
漱石の漢詩
「少年期は英語より漢学が好きだった」と語る漱石。未だ色あせないその漢詩の世界の魅力を、杜甫や王維と比較しながら縦横に論ずる。没後百年を期して待望の復刊！（齋藤希史）
雑-3-29

渡辺京二
私のロシア文学
『逝きし世の面影』の著者の原点は、実は西洋文学、特にロシア文学。チェーホフ、プーシキン、ブルガーコフなど十九世紀作品を中心に縦横に語り尽くす、オリジナル文学講義！

雑-3-30

渡辺利夫
神経症の時代
わが内なる森田正馬
作家倉田百三ら、近代日本の多くの神経症患者を救った森田正馬。その功績を問いつつ、現代にまで続く「病める社会」に警鐘を鳴らす。開高健賞正賞受賞の話題作！（最相葉月）
雑-3-31

（　）内は解説者。品切の節はご容赦下さい。

半藤一利
ノモンハンの夏
参謀本部作戦課、関東軍作戦課。このエリート集団が己を見失ったとき、悲劇は始まった。司馬遼太郎氏が果たせなかったテーマに、共に取材した歴史探偵が渾身の筆を揮う。（土門周平）
は-8-10

半藤一利
ソ連が満洲に侵攻した夏
日露戦争の復讐に燃えるスターリン、早くも戦後政略を画策する米英、中立条約にすがってソ満国境の危機に無策の日本軍首脳——百万邦人が見棄てられた悲劇の真相とは。（辺見じゅん）
は-8-11

半藤一利
［真珠湾］の日
昭和十六年十一月二十六日、米国は日本に「ハル・ノート」を通告、外交交渉は熾烈を極めたが、遂に十二月八日に至る。その時時刻々の変化を追いながら、日米開戦の真実に迫る。（今野　勉）
は-8-12

半藤一利
日本のいちばん長い日　決定版
昭和二十年八月十五日。あの日何が起き、何が起こらなかったのか？　十五日正午の終戦放送までの一日、日本政府のポツダム宣言受諾の動きと、反対する陸軍を活写するノンフィクション。

は-8-15

半藤一利
日本国憲法の二〇〇日
敗戦時、著者十五歳。新憲法の策定作業が始まり、二百三日後、「憲法改正草案要綱」の発表に至る。この苛酷にして希望に満ちた日々を、歴史探偵が少年の目と複眼で描く。（梯　久美子）
は-8-17

半藤一利
あの戦争と日本人
日露戦争が変えてしまったものとは何か。戦艦大和、特攻隊などを通して見据える日本人の本質。「昭和史」「幕末史」に続き、日本の大転換期を語りおろした〈戦争史〉決定版。

は-8-21

半藤一利・加藤陽子
昭和史裁判
太平洋戦争開戦から七十余年。広田弘毅、近衛文麿ら当時のリーダーたちはなにをどう判断し、どこで間違ったのか。半藤〝検事〟と加藤〝弁護人〟が失敗の本質を徹底討論！

は-8-22

（　）内は解説者。品切の節はご容赦下さい。

半藤一利
聯合艦隊司令長官 山本五十六

昭和史の語り部半藤さんが郷里・長岡の先人であり、あの戦争の最大の英雄にして悲劇の人の真実について熱をこめて語り下ろした一冊。役所広司さんが五十六役となり、映画化された。

は-8-23

半藤一利 編
太平洋戦争 日本軍艦戦記

激戦の記録、希少な体験談。生残った将兵による「軍艦マイベスト5」。戦った日米英提督たちの小列伝。……大日本帝国海軍の栄光から最期までを貴重な写真とともに一冊でたどる！

は-8-24

半藤一利 編著
十二月八日と八月十五日

太平洋戦争開戦の日と、玉音放送が流れた終戦の日と。その日、人々は何を考え、発言し、書いたか。あらゆる史料をもとに歴史探偵が読み解き編んだ、真に迫った文庫オリジナル作品。

は-8-27

半藤一利・保阪正康
そして、メディアは日本を戦争に導いた

近年の日本社会と、戦前社会が破局へと向った歩みには共通点があった？　これぞ昭和史最強タッグによる決定版対談！　石橋湛山、桐生悠々ら反骨の記者たちの話題も豊富な、警世の書。

は-8-28

半藤一利 監修・秋永芳郎・棟田 博
学びなおし太平洋戦争 1
徹底検証「真珠湾作戦」

半藤一利氏曰く「おそらく唯一の、通史による太平洋戦史」。第1巻では真珠湾攻撃から南方作戦まで、日本軍の快進撃をつぶさに描き出す。本文総ルビ付き。親子でイチから学べます。

は-8-29

半藤一利 監修・秋永芳郎・棟田 博
学びなおし太平洋戦争 2
「ミッドウェー」の真相に迫る

第2巻では、ビルマ侵攻作戦からガダルカナルを経て、中国大陸の重慶攻略作戦まで。ミッドウェーでの山本五十六苦渋の決断も描く。米有利に戦況を転換させたものは何だったのか。

は-8-30

半藤一利 監修・秋永芳郎・棟田 博
学びなおし太平洋戦争 3
運命を変えた「昭和18年」

第3巻では、大激戦の少なかった昭和18年の重要性と、マリアナ、ニューギニア、インパールで苦境に立たされた日本軍の姿を描く。米軍の攻撃はついに日本本土にまで及んできた！

は-8-31